SALLY HEPWORTH

Wenn du an meiner Seite bist

Buch

Was könnte schöner sein als ein Sommer in Südfrankreich? Als Cate Worth von ihrer Freundin Céline eingeladen wird, die nächsten Wochen bei ihr an der Côte d'Azur zu verbringen, ist sie hin- und hergerissen. Vor fast einem Jahr musste Cate einen schweren Schicksalsschlag verkraften: Auf dem Weg zu seiner eigenen Geburtstagsparty geriet ihr Ehemann Graham in einen Verkehrsunfall und liegt seitdem im Koma. Jeden Abend sitzt Cate an seinem Krankenbett, und eigentlich möchte sie ihn keinen Tag allein lassen, doch spürt sie auch, dass sie dringend eine Auszeit braucht. Als Grahams Schwester Edwina sich bereit erklärt, in London die Stellung zu halten, nimmt Cate Célines Einladung an. Die Bewohner des malerischen Ortes Saint Marc bringen sie bald auf andere Gedanken – vor allem Jérôme, ein Fotograf, zu dem sie sich unwiderstehlich hingezogen fühlt. Nie hätte Cate damit gerechnet, sich neu zu verlieben, denn auch wenn sie die Hoffnung, dass Graham jemals wieder aufwachen wird, allmählich aufgegeben hat, gehört ihr Herz immer noch ihm. Sie möchte ihren Ehemann auf keinen Fall betrügen, doch Jérôme gibt ihr das Gefühl, endlich wieder lebendig zu sein …

Autorin

Sally Hepworth ist gebürtige Australierin, verbrachte jedoch viel Zeit damit, um die Welt zu reisen. Sie lebte in Singapur, Großbritannien und Kanada, wo sie als Eventmanagerin und im Personalwesen arbeitete. 2009 kehrte sie zurück nach Australien und wandte sich ganz ihrer großen Leidenschaft, dem Schreiben, zu. Sally Hepworth lebt mit ihrem Mann und ihren beiden Kindern in Melbourne.

SALLY HEPWORTH

Wenn du an meiner Seite bist

Roman

Aus dem Englischen von
Stefanie Karg und Heike Peetz

blanvalet

MIX
Papier aus verantwortungsvollen Quellen
FSC® C014496

Verlagsgruppe Random House FSC® N001967
Das für dieses Buch verwendete FSC®-zertifizierte
Papier *Holmen Book Cream* liefert
Holmen Paper, Hallstavik, Schweden.

4. Auflage
Deutsche Erstausgabe März 2014
bei Blanvalet, einem Unternehmen der
Verlagsgruppe Random House GmbH, München

Originaltitel: *Love Like the French*

Umschlaggestaltung: www.buerosued.de
Umschlagmotiv: Corbis/JAI/Shaun Egan
Redaktion: Eva Philippon
AF · Herstellung: sam
Satz: KompetenzCenter, Mönchengladbach
Druck und Bindung: GGP Media GmbH, Pößneck
Printed in Germany
ISBN: 978-3-442-38253-8

www.blanvalet.de

Prolog

»Du siehst großartig aus! Komm, lass uns gehen.«

Cate warf im Badezimmerspiegel einen flüchtigen Blick auf Graham.

»Ach, wirklich? Tue ich das?« Sie nahm ein Handtuch vom Halter und hielt es vor sich. »Also, was trage ich?«

Graham tat so, als würde er überlegen. »Ein kleines Schwarzes?«

»Gut geraten!«, antwortete Cate spitz und ließ das Handtuch fallen.

Sie zog noch einmal die Lippen nach und tupfte sie mit Toilettenpapier ab. Dann setzte sie sorgfältig die Deckel auf Make-up und Rouge und verstaute sie wieder in ihrem Kosmetikkoffer. Nachdem sie das Handtuch aufgehängt und das Waschbecken mit Desinfektionsspray ausgewischt hatte, war sie startklar. »Gut. Gehen wir!«

Auf Cates Knien schaukelte eine Schachtel mit Luftballons und Dekoartikeln hin und her, als sie, um dem Londoner Verkehr zu entgehen, durch Seitenstraßen rasten. Sie hatten zwar noch reichlich Zeit, doch Graham war angespannt. Schließlich war das sein großer Abend! Sein vierzigster Geburtstag! Dabei hatte er gar keinen Grund zur Besorgnis. Cate hatte das Ereignis bis ins letzte Detail geplant. Sie hatte schon oft gedacht, dass sie in einem Job als Eventmanagerin besser aufgehoben wäre als in dem der Personalreferentin. Sie hatte in seinem Lieblingspub einen Nebenraum gemietet. Sie hatte Freunde und Kollegen eingeladen und als Überraschung sogar noch ein paar alte Kumpel von der Uni. Die einzige Person auf der Gästeliste, die Cate Sorgen bereitete, war Grahams ältere Schwester Edwina alias Miss Sarkasmus. Leider war das eine Sorge, mit der sie leben musste.

Sie hatten schon die Hälfte der Strecke zurückgelegt, als ihr Telefon summte. Cate gab sich kurz der Hoffnung hin, es wäre Edwina, die Bescheid geben wollte, dass sie in einer Besprechung feststeckte und es leider nicht schaffen würde. Doch dieser Glücksfall trat nicht ein.

Je suis désolée. Ich schaffe es heute Abend nicht, *ma belle*. Sag Graham *bon anniversaire* von mir. CC

Cate lehnte sich über die Mittelkonsole und drückte Grahams Knie. »Céline wünscht dir alles Gute zum Geburtstag!«

Graham runzelte die Stirn. »Weißt du was, ich glaube, deine beste Freundin fängt tatsächlich langsam an, warm mit mir zu werden. Jetzt schon! Nach gerade mal neun Jahren …«

Cate kicherte. »Du darfst das nicht persönlich nehmen. Sie hasst einfach alle Männer. Dabei glaube ich sogar, dass sie dich mehr mag als die meisten anderen. He, wohin fährst du?«, fragte Cate, als sie bemerkte, dass Graham am Hintereingang des Pubs vorbeifuhr.

»Ich kann dich doch nicht mit solchen Schuhen übers Kopfsteinpflaster schicken!« Er zeigte auf ihre High Heels und lenkte in eine Parklücke vor dem Laden. »Ich lasse dich vorn raus.«

Graham hielt an, und Cate beugte sich zu ihm, um ihm einen Kuss auf die Wange zu geben, doch er drehte den Kopf, so dass sich ihre Münder trafen.

»Du bist ein guter Aufpasser, weißt du das? Und nicht nur, weil du dich um meine Schuhe sorgst.«

»Ich sorge mich um deine Füße«, bemühte er sich klarzustellen, als Cate ausstieg, »nicht um deine Schuhe.«

Cate ging in die Knie, balancierte die Schachtel mit den Dekoartikeln auf einer Hüfte und fixierte Graham durchs Wagenfenster. »Keine Angst, dein Geheimnis ist bei mir sicher.«

»Fangt nicht ohne mich an!« Graham zwinkerte ihr zu und scherte wieder in den Verkehr aus.

Cate war schon fast am Eingang zum Pub, als sie einen unvorstellbaren Lärm von quietschenden Reifen vernahm. Die Schachtel mit der Deko krachte auf den Boden.

1. Kapitel

»Zeit nützt man am besten, indem man sie vergeudet.«
Marguerite Duras

Ein Jahr später.

Der Wecker riss Cate aus einem absoluten Tiefschlaf. Ihre Hand schoss unter den Decken hervor und fuchtelte wild nach der Schlummertaste; sie musste schleunigst das Ding besänftigen, ehe es ihre ständig übel gelaunte Mitbewohnerin Lulu weckte. Natürlich verfehlte Cate die Snooze-Taste, fegte stattdessen eine Teetasse vom Nachttisch und verteilte deren kalten Inhalt über den gesamten Fußboden.

Da ihr nichts anderes übrig blieb, setzte sich Cate auf und zog ihr Nachthemd über den Kopf, um damit die trübe Flüssigkeit aufzuwischen. Dann drehte sie sich um und stierte mit leerem Blick auf den Wecker. Die roten Ziffern blinkten bedrohlich, aber sie benötigte mindestens dreißig Sekunden, ehe sie die Uhrzeit wahrnahm. Der Adrenalinstoß katapultierte sie aus dem Bett. Neun Uhr! Warum zum Teufel hatte sie ihren Wecker auf neun Uhr gestellt?

Sie verschwand in ihrem begehbaren Kleiderschrank und durchwühlte die Schubladen. Keine Unterwäsche weit und breit. Ein weiterer Beleg für ihre Theorie, dass ihre

Kleidung in ihrer Abwesenheit lebendig wurde – so wie Woody und Buzz in *Toy Story* – und sich an Orten versteckte, an denen sie niemals suchen würde, wie im Ofen. Oder in der Schmutzwäsche.

Cate gab ihre Suche nach Unterwäsche auf, wusch sich, zog sich rasch an und hastete aus dem Schlafzimmer. Im Wohnzimmer bot sich ihr der vertraute Anblick von Lulus Hinterkopf – knapp einen Meter vor dem Fernseher. Allerdings war es außergewöhnlich, Lulu zu dieser Tageszeit außerhalb ihres Bettes anzutreffen. Das konnte nur bedeuten, dass sie einen neuen Job hatte.

»Morgen, Lulu«, rief Cate auf dem Weg zur Haustür. »Neuer Job?«

»Ja«, antwortete Lulu, ohne sich umzudrehen. »Im Nagelstudio. Also muss ich mich selbst auch mal pflegen.«

Cate zögerte und beließ ihre Hand auf dem Türknauf. Pflegen? Das klang erschreckend. Unschlüssig ging sie wieder ein paar Schritte ins Haus zurück. Da flog ein kleines, hartes Etwas durch die Luft und landete in ihrem Gesicht – Lulu schnitt sich gerade die Zehennägel.

»Lulu!«, schrie Cate und schnippte den Zehennagel weg. »Das ist einfach widerlich!«

Lulu gebot Cate mit erhobenem Finger zu schweigen, wobei ihr Blick nicht eine Sekunde vom Fernseher wich. Cate versuchte, sich zu weiterem Widerspruch aufzuraffen. Doch sie versagte. Dann, als ihr nur noch weniger als eine Minute bis zum nächsten Zug blieb, griff sie in der Flurgarderobe nach ihrem schwarzen Trenchcoat und rannte die Stufen vor dem Haus hinab.

Cate war kaum eine Minute in ihrem Büro, als ihre geliebte Assistentin Anna im Türrahmen auftauchte. »Keine Sorge, ich habe dich heute Morgen gedeckt.«

Cate durchforstete ihr Gehirn nach einer Erklärung, die Annas Worten Sinn verleihen würde. Sie hatte keinen blassen Schimmer, wovon ihre Assistentin sprach.

»Das Managementmeeting um acht«, soufflierte Anna.

Cate ließ die Stirn auf ihren Schreibtisch plumpsen.

»Sylvie hat natürlich versucht, dich ins offene Messer laufen zu lassen, aber ich habe gesagt, dass du mit der Beschwerde einer Angestellten beschäftigt bist, die keinen Aufschub verträgt. Sie sind alle davon ausgegangen, dass es etwas mit David Cauldwell und seinen flinken Fingern bei der Cocktailparty zum Halbjahr zu tun hatte, also hat niemand nachgefragt.«

Cate blickte auf. »Anna, du bist einfach ein Engel!«

Anna ging nicht weiter auf das Kompliment ein und warf einen Blick auf ihre Notizen. »Okay. Natürlich hast du mehrere Nachrichten von deiner Schwägerin. Warte … 8 Uhr 34: ›Bitte ruf mich sofort an, wenn du da bist.‹ … 8 Uhr 45: ›Hat dir deine Assistentin meine Nachricht ausgerichtet? Ich muss mit dir reden, sobald du da bist.‹ … 9 Uhr 01: ›Ignorierst du mich? Ich würde es wirklich schätzen, wenn du mich so schnell wie möglich anrufen könntest. Es ist wichtig.‹«

Anna ahmte beim Verlesen von Edwinas Nachrichten einen affektierten britischen Upperclass-Akzent nach, der, wie Cate zugeben musste, absolut treffend war. Sie unterdrückte ein Kichern. »Du weißt, dass ich die Schuld auf dich schieben werde, weil du die Nachrichten nicht an mich weitergegeben hast, nicht wahr?«

»Das machst du doch immer.« Anna sah keineswegs betroffen aus. »Was war noch? Ach ja. Du hast heute Morgen ein Meeting mit Andrew Walker wegen der Umstrukturierung bei Tax.« Sie blickte auf. »Hast du den Termin vereinbart? Tax ist doch Sylvies Klient, oder nicht?«

»Ich weiß. Andrew hat um den Termin gebeten.« Cate machte sich eine Notiz, ihre Erzfeindin Sylvie über den Termin zu informieren: eine Aufgabe, auf die sie nicht sonderlich erpicht war. Sie senkte ihre Stimme und flüsterte: »Er ist mit Sylvie nicht soo glücklich.«

»Also nein!« Anna täuschte einen Schock vor. »Er erwartet von ihr doch nicht etwa, dass sie irgendeine anstehende Arbeit erledigt, oder? Alter Sklaventreiber. Na ja, du weißt schon, bei Leuten herumzuschleimen, die etwas zu sagen haben, ist schließlich ein Fulltime-Job.«

Cate gab sich Mühe, keine Miene zu verziehen. Aber es gelang ihr nicht.

»Ach, und hm, Cate … Da ist noch etwas.«

»Was?« Cate spielte in Gedanken die Worst-Case-Szenarien durch, eine Strategie, die sie erdacht hatte, damit schlechte Nachrichten weniger schockierend ausfielen. Japaner hatten das Unternehmen aufgekauft und waren gerade dabei, die Personalabteilung zu einem virtuellen Dienstleister auszulagern; Cate hatte versehentlich die Tabelle mit allen Gehältern an das komplette Unternehmen verschickt; man hatte Sylvie befördert, und Anna und sie waren ab sofort ihr unterstellt.

»Ich bin schwanger.«

Cate umklammerte den Stift in ihrer Hand so fest, dass sie befürchtete, er könne zerbrechen. Schwanger? Das war ja noch schlimmer als jedes Worst-Case-Szenario. Sie musste tatsächlich die Tränen zurückhalten, bevor sie ein halbherziges Lächeln zustande brachte.

Annas Gesicht verdüsterte sich.

»Cate, ich …«

»Anna …«

Cate wusste, dass sie die Situation retten musste, und zwar sofort. Anna war kurz davor, sich für ihre Schwangerschaft zu entschuldigen, und sie musste sie unbedingt bremsen. Cate stand auf und ging um den Schreibtisch herum, um Anna zu umarmen.

»Herzlichen Glückwunsch!«, flüsterte sie ihr ins Ohr.

Als sie einander losließen, war Anna immer noch skeptisch.

»Alles in Ordnung mit dir?«

»In Ordnung?« Cate räusperte sich einen Kloß von den Ausmaßen eines Schwertransporters aus der Kehle. »Ich bin begeistert!«

Begeistert war vielleicht etwas zu dick aufgetragen, aber Cate wollte ihren Fehlstart wiedergutmachen. Sie war glücklich für Anna, sie freute sich für sie. Nur für sich selbst war sie ein wenig traurig.

»Und jetzt«, griff Cate eilig nach dem nächsten Strohhalm, »will ich aber die Details wissen. Geburtstermin, Geschlecht, Namen – erzähl mir alles!«

Eine halbe Stunde später stierte Cate auf die weiße Wand und versuchte sich eine Welt – oder zumindest ein Büro – ohne Anna vorzustellen.

»Cate?«

Cate erwachte aus ihrer Trance und bemerkte, dass Andrew bereits in ihrer Tür stand. »Ach, entschuldige bitte, Andrew.« Sie lachte. »Nur ein kleiner Tagtraum. Komm rein.«

»Tut mir wirklich leid, dass ich mich verspätet habe.« Andrew hob seine teuer aussehende graue Hose an und nahm auf dem gepolsterten Lehnstuhl gegenüber Platz. »Im Moment macht Tax viel Arbeit.«

»Kein Problem.« Cate lehnte sich in ihrem Drehstuhl zurück.

»Danke, dass du Zeit für mich hast. Ich weiß, dass ich

eigentlich zu Sylvie Adam gehen sollte, aber ehrlich gesagt …«

Cate hob abwehrend eine Hand, wenn es ging, wollte sie vermeiden, dass schlecht über Sylvie geredet wurde. So sehr sie diese Art des Austauschs mit Anna auch genoss, außerhalb der Personalabteilung war es absolut unprofessionell. »Sag nichts mehr, Andrew. Ich bin froh, wenn ich helfen kann.«

Andrew schien das zu akzeptieren. »Also, es geht um die Umstrukturierung.« Er seufzte. »Es tut mir leid. Aber die bringt mich derzeit noch ins Grab.«

»Das kann ich mir vorstellen. Also, lass uns einen Blick darauf werfen. Sollen wir …«

Noch ehe Andrew seine Mappe aufschlagen konnte, zog ein Schatten an der Tür Cates Aufmerksamkeit auf sich. Da war doch irgendjemand. Sylvie. Angesichts von Annas Neuigkeiten hatte sie komplett vergessen, Sylvie über ihren Gesprächstermin mit Andrew zu informieren. Cate erschrak.

»Wenn die Frage erlaubt ist, was bitteschön geht hier vor?«

Cate zwang sich, Sylvie ins Gesicht zu sehen, obwohl sie am liebsten sonst wohin geschaut hätte. Sylvie stand so kerzengerade da, dass ihre wie im Comic aufgetürmte Frisur fast schon den Türrahmen berührte, und sie war so aufgeplustert, dass die Goldknöpfe an ihrem zweireihigen Blazer jede Sekunde abzuplatzen drohten. Cate fürchtete um ihr Augenlicht, falls die Knöpfe in ihre Richtung flogen.

»Hallo, Sylvie.« Cate versuchte heiter zu klingen. »Andrew hatte nur ein paar Fragen an die Personalabteilung wegen der Umstrukturierung bei Tax. Zu klärende Dinge im Vorfeld, ich hoffe, du hast nichts dagegen.«

»Selbstverständlich nicht.« Sylvies Lippen verzogen sich – zu Andrews Gunsten – zu einem steifen Lächeln. »Aber es ist eine Frage der Höflichkeit, mich darüber zu informieren, Cate, immerhin ist Tax mein Klient.«

»Ich weiß«, erwiderte Cate mit zusammengebissenen Zähnen. »Und es tut mir lei…«

»Eigentlich ist es mein Fehler, Sylvie«, mischte sich Andrew höflich, aber bestimmt ein. »Ich hatte eigens um den Termin mit Cate gebeten.«

Sylvies Blick wanderte zu Cate, und obwohl sie lächelte, erreichte ihr Lächeln ihre Augen nicht. »Verstehe. Nun, beim nächsten Mal wäre es wirklich nett, mich zu informieren. Ich gehe dann mal zu Giles und setze ihn in Kenntnis.«

Cate lächelte, als Sylvie abzog, aber sie wusste, dass ihr Tag soeben gelaufen war. Giles war der Leiter der Personalabteilung, und Sylvie würde ihm binnen Sekunden ein Ohr abquatschen, und im verzweifelten Bemühen, sie aus seinem Büro zu vertreiben, würde er ihr jedes Zugeständnis machen. Im vorliegenden Fall ging es vermutlich um eine Abmahnung für Cate. Oder um öffentliches Auspeitschen.

»Ich hoffe, ich habe dir keinen Ärger bereitet, Cate«, sagte Andrew. »Soll ich besser mit Giles sprechen?«

»Nein, nein.« Cate wischte seinen Vorschlag beiseite. »Ich komme schon klar mit Giles.«

»Bist du sicher? Ich könnte ihm erklären, dass ich dich nur deswegen gebeten habe, weil …«

»Ich bin sicher. Wirklich, es ist …«

»… du die beste Personalerin bist, die mir je über den Weg gelaufen ist.«

Cate hielt kurz inne, sie war unschlüssig, ob sie sich verhört hatte. Als sie begriff, dass sie völlig richtig verstanden hatte, wurden ihre Wangen feuerrot. »Oh, hm … danke.«

»Gern geschehen.« Andrew stand auf. »Also, kommen wir zu dieser Umstrukturierung.«

Andrew ging zu Cates Whiteboard und begann darauf zu kritzeln. Er besaß eine klare Vorstellung von dem, was er wollte, was großartig war – denn es würde die gesamte Umstrukturierung erleichtern. Und Anna hatte recht, befand Cate, als sie ihn beobachtete, Andrew war einfach traumhaft. Clooney-mäßig. Sein Gesicht wies schöne männliche Züge auf, und sein silbriges Haar verlieh ihm einen distinguierten Touch. Er hatte Stil.

Selbstverständlich zeigte sie kein Interesse an ihm, aber schließlich war sie eine Frau. Es war immer angenehm, einen attraktiven Mann anzusehen.

»Gut, du hast mir eine klare Vorstellung davon vermittelt, was du suchst.« Cate warf einen Blick auf ihre Notizen. »Ich setze einen Entwurf auf, den wir im Verlauf der Woche besprechen können.«

»Klingt gut.« Andrew stand auf. »Und wenn du deine Meinung änderst und ich doch lieber mit Giles sprechen soll, dann sag mir Bescheid.«

»Ja, mache ich.«

Cate hielt den Austausch von Höflichkeitsfloskeln für beendet und drehte sich zu ihrem PC, um sich einzuloggen. Als sie aufblickte, war sie überrascht, Andrew noch immer unschlüssig in der Tür stehen zu sehen.

»Hast du für das Wochenende schon etwas vor, Cate?«

»Oh. Ach, nein. Eigentlich nicht.« Cate warf einen Blick auf ihren Bildschirm und zuckte zusammen. Im Posteingang stand schon eine Mail von Giles.

»Es laufen einige gute Filme. Ich gehe nicht davon aus …«

»Wie bitte?« Cate wandte ihre Aufmerksamkeit wieder Andrew zu, während sie sich zugleich fragte, ob sie ihn nicht doch lieber bitten sollte, mit Giles zu sprechen. »Ich, äh, ich habe nur gesagt, dass ein paar gute Filme laufen und dass ich mich gefragt habe …« Andrew räusperte sich und verlagerte sein Gewicht auf den anderen Fuß.

Cates Magen verkrampfte sich. »Oh, ja. Stimmt, wirklich großartige Filme. Ich habe die meisten allerdings schon gesehen …« Sie stand auf und begleitete ihn hinaus. »Jedenfalls mache ich mich besser gleich an die Arbeit, es gibt viel zu tun. Ich maile dir noch eine Zusammenfassung von unserem Gespräch.«

Cate war der Ansammlung von Führungskräften, die sich gerade vor ihrer Bürotür aufhielten, richtiggehend dankbar. Sie verwickelten Andrew sofort in ein Gespräch und gingen mit ihm den Flur hinunter. Zurück in ihrem Büro, fühlte sie sich wie vom Blitz getroffen. Wieso hatte sie das nicht kommen sehen? Hatte sie ihn womöglich auch noch dazu verleitet? Nicht, dass die Vorstellung, mit Andrew auszugehen, schrecklich wäre. Er war ein guter Fang, absolut. Aber sie war eine verheiratete Frau.

Nachdem sie das im Geiste geklärt hatte, entspannte sich Cate ein wenig. Sie hatte richtig gehandelt, als sie ihn abwies, das war klar. Nun musste sie nur noch warten, bis ihr Herzschlag sich wieder verlangsamte, dann konnte sie so tun, als wäre die ganze Sache nie passiert.

Um sechs Uhr abends knurrte Cates Magen unüberhörbar, während sie ihre Unterlagen zusammenräumte. Sie hatte das Mittagessen völlig vergessen. Schon fast aus der Tür – sie träumte von der TK-Pizza in ihrem Gefrierschrank –, ging das Telefon. Als sie die Rufnummer erkannte, erwog sie, nicht dranzugehen, aber damit würde sie das Unvermeidliche ja nur hinauszögern.

»Hallo, Edwina.«

»Cate!« Edwina atmete schwer, offensichtlich sprach sie in die Freisprechanlage und war wie üblich unterwegs. »Du hast auf meine Nachrichten nicht reagiert!«

»Was für Nachrichten?«, fragte Cate, wobei sie sich Anna gegenüber furchtbar illoyal fühlte.

»Ach, vergiss es. Wo bist du?«

»Ich gehe gerade aus dem Büro.« Cate fragte sich, warum sie solche Schuldgefühle verspürte.

»Bist du auf dem Weg zum Krankenhaus?«

Cate zögerte. Normalerweise ging sie jeder von Edwinas Bitten nach, aber nun war sie hungrig und erschöpft und wollte einfach nur noch nach Hause. Sie hatte Graham am Abend zuvor besucht, und sie war der festen Überzeugung, dass sich nichts wesentlich verändert hatte. »Nein. Ich meine, ich hatte das eigentlich nicht vor.«

»Oh!« Die Pause lastete schwer. »Dann mach dir keine Gedanken. Ich hatte nur gehofft, dass wir ein bisschen reden könnten. Irgendwie hatte ich einen entsetzlichen Tag.«

Cate geriet ins Wanken. Edwina wirkte immer so stark, so tüchtig. Es wäre ein Fehler, sie jetzt im Stich zu lassen, wo sie endlich beschlossen hatte, sich zu öffnen. Außerdem, wenn sie sich aussprach, wäre es vielleicht ein guter Moment, das Thema anzugehen, das sie die letzten zwölf Monate vermieden hatten. Vielleicht war die Fahrt ins Krankenhaus doch keine so schlechte Idee?

»Okay, gut. Wir könnten uns gegen acht Uhr dort treffen, ja?«

»Um acht erst?« Edwina sprach mit dieser jämmerlichen Stimme, die Cate die Hände zu Fäusten ballen ließ. »Das ist ziemlich spät. Du kannst nicht schon um sieben dort sein, oder? Ich weiß, dass du mir damit einen Gefallen tust, aber ich bin ganz in der Nähe, und ich dachte, ich könnte gleich dorthin …«

Cate haderte gereizt mit ihrem ewigen guten Willen. Jedes Mal, wenn sie Edwina auch nur einen Zentimeter entgegenkam … Dann sah sie auf ihre Uhr. Wenn sie gleich losging, wäre es gerade noch zu schaffen.

»Einverstanden«, sagte sie in der vollen Überzeugung, es später zu bereuen. »Dann eben um sieben.«

2. Kapitel

»Freunde stellen eine Welt in uns dar, eine Welt, die erst entsteht, wenn sie ankommen, und nur durch diese Begegnungen wird eine neue Welt erschaffen.«
Anaïs Nin

Als Cate das Foyer des London Bridge Hospital betrat, läutete ihr Smartphone. Sie wühlte in ihrer Handtasche und schaffte es gerade noch dranzugehen, ehe die Mailbox ansprang.

»Céline?«

»Cate, Gott sei Dank! Ich liege in einer Krise.«

Cate musste lächeln. Céline hatte zwar gemeinsam mit Cate sechs Jahre lang ein Internat in England besucht, aber nach wie vor passierte ihr beim Englischsprechen der ein oder andere Ausrutscher, vor allem bei Slang oder Redewendungen.

»Du steckst in einer Krise«, korrigierte sie, über die Krise an sich keineswegs beunruhigt. Céline war schließlich Französin, für sie war alles eine Krise.

»Hadam 'at eine Affäre.«

»Stimmt das?« Cate unterdrückte ein Kichern. Céline sprach im Englischen das H als Anfangsbuchstaben nicht aus, doch um diesen ihr durchaus bewussten Fehler wiedergutzumachen, setzte sie gern vor beliebige andere Wörter ein eigentlich nicht vorhandenes H. So klang bei ihr Adam wie Hadam, und Cate hatte dabei eher einen Diktator im Nahen Osten vor Augen als einen attraktiven, drahtigen jungen Franzosen. Dass Adam eine Affäre hatte, war eher unwahrscheinlich. Célines großes Thema war die Treue – für Franzosen ein gängiges Problem. So sagte sie zumindest. »Und du bist dir sicher, dass du nicht gerade ein bisschen parano…«

»Pah! Warum spreche ich überhaupt mit dir darüber? Du bist viel zu gutgläubig, was diese Dinge angeht.« Ihre Sticheleien kreisten nun schon seit zwanzig Jahren immer um das Gleiche, seit Beginn ihrer Freundschaft im Internat. Cate war naiv, Céline war verrückt. Tatsächlich hatte ihre Freundschaft damit begonnen, dass Céline Cate die verschiedenen Männertypen erklärte. Und zwar genau an dem Tag, an dem Samuel, der jüngere Bruder von Hector Quinton, im Klassenzimmer Cate die Botschaft zusteckte, dass sie in der Pause seinen Bruder hinter dem Schuppen treffen solle. Alle wussten, was in der Pause hinter dem Schuppen passierte. Cate hatte es zuerst für einen Scherz gehalten. Schließlich war sie nur eine unbeliebte Streberin, und Hector war attraktiv und angesehen und spielte somit in einer anderen Liga. Dennoch meinte sie, es könne nicht schaden, der Sache nachzugehen.

Während des gesamten Unterrichts in Naturkunde zappelte sie herum, und sie eilte zu dem Schuppen hinüber, sobald der Pausengong ertönte. Hector erwartete sie bereits.

»Cate, du bist tatsächlich gekommen.«

»Natürlich, ich habe ja deine Nachricht erhalten!« Sie winkte ihm damit wie mit einer Fahne zu, erleichtert, dass es kein Trick war.

»Gut. Also, fangen wir an?«

»Ja«, sagte Cate in der Hoffnung, atemlos und sexy zu

klingen. Sie wusste zwar nicht so recht, wie sie vorgehen sollte, doch sie schloss ihre Augen und – obwohl sie mindestens einen Meter von ihm entfernt stand – beugte sich vor. So vergingen ein oder zwei Sekunden. Als Cate Gelächter vernahm, riss sie die Augen auf.

»Hector? Was ist denn?«

Hector kicherte hysterisch. Und obwohl sie keineswegs verstand, warum, begann auch Cate zu lachen. Sie wollte nicht so dastehen, als hätte sie den Witz nicht kapiert.

»Hast du etwa gedacht, dass ich dich küssen will?« Hector brach in schallendes Gelächter aus. »Ausgerechnet dich!«

Cate hörte auf zu lachen. Sie fragte sich, ob er das Klirren vernahm, mit dem ihr Herz zerbrach. »Warum …« Sie schluckte. »Warum wolltest du mich dann treffen?«

»Hausaufgabenhilfe«, brachte er unter Zuckungen hervor. »Samuel hat mir gesagt, dass du in seiner Klasse am meisten in der Birne hast. Ich konnte doch niemanden in meiner eigenen Klasse darum bitten, sie hätten mich doch für einen Dummkopf gehalten.«

Cate drehte sich um, bevor ihr die Tränen kamen. Diese Erniedrigung war schon schlimm genug, aber sie wusste, dass es, sobald Hector seinen Freunden davon erzählt hatte, noch viel schlimmer kommen würde. »Warte!« Hectors Stimme wurde milder. »Ich habe einen Plan. Ich werde niemandem von diesem kleinen Vorfall berichten, wenn du niemandem erzählst, dass du meine Hausaufgaben machst.« Er gab ihr ein Arbeitsblatt. »Für nächsten Dienstag.«

Er ging los, kichernd und kopfschüttelnd, bis Céline aus dem Gebüsch auftauchte und eine Zigarette ausdrückte. »He, du Idiot«, rief sie. »Bleib sofort stehen!«

Hector drehte sich überrascht um.

»Ich habe auch einen Plan.« Céline ahmte Hector sehr gut nach, wenn auch mit ihrem französischen Akzent. »Cate wird dir deine Hausaufgabe machen, aber nur wenn du niemandem erzählst, was hier passiert ist, wird sie auch niemandem erzählen, dass du der Dummkopf bist, dem eine Dreizehnjährige helfen muss. *Compris?*«

Cates Blick wanderte zu Hector.

»Und in Zukunft«, sagte Céline ganz beiläufig, »wirst du von Cate mit größter Hochachtung sprechen, oder ich erzähle allen, dass du einen kleinen Pimmel hast.«

Als er gegangen war, wehrte Céline Cates Dank ab. »Alle Männer sind Scheißkerle, Cate. Wir Frauen müssen ihren Willen brechen. Deshalb hat Maria auch ihr Baby Jesus in die Krippe gelegt. Um uns Frauen beizubringen, dass Männer Tiere sind.«

»Cate?«, schrie Céline in den Hörer. »Bist du noch dran?«

»Ja, Entschuldigung. Ich bin gerade im Krankenhaus, Céline, ich kann nicht so lange reden.«

»Im Krankenhaus? *Ah, bien!* Das ist auch der Grund, warum ich anrufe.« Céline atmete tief ein, vor allem, so dachte Cate, um eine dramatische Pause einlegen zu können. »Ich plane gerade eine Mischung.«

Cate zuckte zusammen. »Was hast du vor?«

Céline zögerte, so wie immer, wenn sie wusste, dass sie ein falsches Wort erwischt hatte, es aber nicht selbst korrigieren konnte. »Hm, wie heißt das noch einmal, *ma belle?* Wenn jemand aus der Familie oder Freunde einen von etwas abhalten wollen, was nicht gut ist. Ohne spezielle Erlaubnis?«

»Sich einmischen?«

»*Oui!*« Cate konnte aus Célines Stimme ein Lächeln heraushören. »Ich habe vor, mich einzumischen.« Cate wich einer Krankenbahre aus. »In was denn einmischen? Wovon willst du mich abhalten?«

»Ich will dich davon abhalten, weiterhin unglücklich zu sein!«

Cate blieb mitten im Foyer stehen.

»Du musst nur«, sprach Céline weiter, »den Sommer in Saint Marc verbringen. Ich habe schon alles geplant.«

»Du willst, dass ich nach Saint Marc komme? Den ganzen Sommer?« Cates anfängliche Überraschung wich zunehmend Heiterkeit. »Klar doch. Kein Problem. Ich bin nächste Woche da.«

»*Bien!*«

Cate runzelte frustriert die Stirn. »Céline«, versuchte sie es noch einmal. »Ich würde ja liebend gern nach Saint Marc kommen, aber ich kann nicht. Du weißt das doch. Das, was mit Graham und ...«

»Edwina?«

Cate ging zum Lift und drückte auf den Knopf mit dem Pfeil nach oben. »Nein.«

»Komm schon, *ma belle!* Gib es zu! Du hast Angst davor, dass ein abgehackter Pferdekopf in deinem Bett landet, wenn du deine Meinung sagst.«

»Das habe ich nicht, Céline«, sagte Cate. Aber sie verfluchte sich dafür, damals *Der Pate* mit Céline angesehen zu haben.

Die Lifttür öffnete sich mit einem Pling, und Cate stieg ein. »Also, ich würde ja gern weiter darüber reden, aber vermutlich habe ich gleich keinen Empfang mehr ... Céline?«

Die Verbindung brach ab, sobald Cate den Knopf für die 4. Etage gedrückt hatte, und sie ließ das Telefon in ihre Handtasche plumpsen. Als die Tür wieder aufging, war Cate überrascht, direkt vor Edwina zu stehen, so als wäre diese in Erwartung ihrer Ankunft vor dem Lift auf- und abgegangen. Wahrscheinlich war sie das auch tatsächlich.

Sie wirkte jünger als sonst, fiel Cate auf. Sie trug flache Schuhe und eine Sporthose, keines ihrer formellen Businesskostüme. Ihr pechschwarzes Haar, das normalerweise straff zurückgekämmt war und in einem Knoten steckte, umspielte offen und lockig ihr Gesicht.

»Hallo«, murmelte Cate, als sie aus dem Lift trat.

»Cate, ich würde dich gern jemandem vorstellen.« Edwina setzte ein breites, künstliches Lächeln auf und nickte einer hübschen brünetten Frau zu, die einen weißen Kittel trug und ihr die Hand entgegenstreckte. »Das ist Dr. Caroline Collins von der Universität Bristol. Sie hat jahrelange Erfahrung mit Patienten im Langzeitkoma, und sie führt gerade eine Studie durch …«

Cate schüttelte die Hand der Ärztin und sah dabei unverständig von einer zur anderen. Dr. Caroline Collins? Was war mit dem »entsetzlichen Tag«, über den Edwina unbedingt um sieben Uhr abends mit ihr reden musste? Cate hörte mit halbem Ohr zu, und aus den Gesprächsfetzen heraus schloss sie, dass die Medizinerin eine Studie mit irgendeiner Therapie leitete. Das war keine große Überraschung. Edwina hatte bislang jede Therapie unter der Sonne an Graham anwenden lassen – Geistheilung, Osteopathie, Akupunktur, Homöopathie und sogar irgendein indianisches Ritual aus Nordamerika, das damit begann, dass in Grahams Zimmer ein kleines Feuer entfacht wurde. Aber nachdem die ersten Versuche nicht angeschlagen hatten, hatte Cate sämtliche Hoffnungen aufgegeben. Edwina nicht.

»… und deshalb sind wir sehr glücklich, dass sie es möglich gemacht hat, uns heute Abend zu treffen!« Edwina war mit ihrem Geplapper zu Ende und bedeutete Cate mit einer auffordernden Kopfbewegung, auch zuzustimmen.

Cate nickte daraufhin und folgte den beiden Frauen durch den Flur zu Grahams Krankenzimmer, wo sie die unbekannte Ärztin dabei beobachtete, wie sie ihren Ehemann untersuchte, so wie schon so viele andere Ärzte vor ihr. Cate war zwar mehr als beleidigt wegen der heimtückischen List, mit der Edwina sie ins Krankenhaus gelockt hatte, doch sie war einfach zu müde, um irgendeinen Wirbel zu veranstalten. Außerdem, warum sollte sie ihren Ärger zeigen? Sie konnte ihn ebenso gut hinunterschlucken und später in ihrer eigenen Therapiesitzung verarbeiten.

»Dr. Collins hat gesagt, dass sie großartige Ergebnisse erzielt haben, und wir sind wirklich überaus glücklich, dass Graham für die Studie ausgewählt worden ist.«

Cate schwieg so lange, bis sie begriff, dass von ihr erwartet wurde, dass sie auch etwas sagte. »Ach ja, die Studie. Das ist ja, hm, großartig. Ich danke Ihnen, Frau Dr.... Dr....«

»Collins«, ergänzte Edwina spitz. »Es tut mir leid, Dr. Collins, es sind einfach so viele Ärzte, dass es wirklich schwierig ist, auf dem Laufenden zu bleiben. Sie können Cate die Unterlagen zur Unterschrift hierlassen, ich begleite Sie inzwischen hinaus.«

Dr. Collins überreichte Cate einen großen gelben Umschlag. »Schön, Sie kennengelernt zu haben. Wenn Sie noch irgendwelche Rückfragen haben, scheuen Sie sich nicht, mich anzurufen.«

Cate blieb stehen, bis Dr. Collins mit Edwina das Krankenzimmer verließ. Dann sank sie mit dem Umschlag in der Hand auf einen Stuhl und betrachtete ihren Ehemann. Ihren wunderschönen Graham. Sein kräftiges schwarzes Haar lag zerzaust auf dem Kissen, und nadelspitze Bartstoppeln überzogen wie Sommersprossen sein Gesicht. Wie immer sah er aus, als würde er schlafen. Irgendwelche Anzeichen dafür, dass Dr. Collins ihn belästigt haben könnte, waren entweder verborgen oder gar nicht vorhanden. Er sah aus, als ob … Cate konnte sich nicht dazu durchringen, den Gedanken zu Ende zu führen.

»Hallo, Schatz«, sagte sie, während sie näher rückte und sich neben ihn setzte. »Ich bin's.«

Dort, wo früher in der linken Wange ein Grübchen gewesen war, wirkte sein Gesicht nun dauerhaft eingefallen. Sie strich mit einem Finger über die Stelle. »Und, gibt es irgendetwas zu berichten? Hat dir heute vielleicht eine der hübschen Krankenschwestern ein nettes Schaumbad verpasst?« Einer ihrer Mundwinkel verzog sich zu einem Lächeln. »Oder war heute Schreckschraube Barbara dran?«

Entgegen ihrer Gewohnheit wartete sie ein paar Sekunden ab, um ihm die Möglichkeit für eine Antwort zu geben, wenn er es denn beabsichtigte. »Ich habe dir doch schon gesagt, dass ich dir Barbara schicke, wenn du nicht aufwachst. Weißt du, ich glaube, sie ist ein Fan von dir.«

Cate starrte auf sein Gesicht, verzweifelt hegte sie die Hoffnung, ein Zucken der Lippe, ein Runzeln der Braue oder irgendeine andere Regung zu entdecken, die verriet, dass er sie wahrnehmen konnte. Nichts.

»Aber mach dir nur keine Hoffnung mit Dr. Collins. Sie ist vielleicht ganz hübsch, aber ich glaube nicht, dass sie dir irgendwelche Schaumbäder verabreicht …«

Cate verstummte, als Edwina wieder ins Zimmer kam. Ihre Schwägerin hatte niemals den Humor von ihr und Graham verstanden, und sollte sie ihre Unterhaltung mitbekommen haben, hielt sie Cate vermutlich für verrückt oder, noch schlimmer, für pervers.

»Cate, es tut mir leid, ich wollte dich nicht damit überfallen.« Anerkennend musste sie feststellen, dass Edwinas Miene nach einer Entschuldigung aussah.

»Den Anruf von Dr. Collins habe ich in allerletzter Minute erhalten, und es war einfach so praktisch, dass du auch herkommen konntest …«

Cate zuckte mit den Achseln. »Schon in Ordnung.«

»Also, was hältst du davon?«

Cate sah sie ausdruckslos an. »Wovon?«

»Von der Therapie? Das ist doch aufregend, oder? Das ist doch genau das, was wir gesucht haben, nicht wahr?«

Cate sah wieder zu ihrem Ehemann. »Ja, sicher.«

»Cate!« Edwinas Tonfall wurde schärfer. »Es ist ein großes Glück, wenn Dr. Collins uns in ihr Programm aufnimmt. Bist du denn gar nicht glücklich?«

Cate starrte noch einen Moment auf Graham. Dann drehte sie langsam den Kopf, um Edwinas Blick zu erwidern. Sie konnte zwar ihr eigenes Gesicht nicht sehen, doch sie hatte das Gefühl, dass es eine ungewohnte Kälte ausstrahlte. Sie spürte, wie ihre Haut von innen heraus sekundenschnell auskühlte. Und sie konnte den Reflex in Edwinas Blick entdecken. »Wie bitte?«

Zum ersten Mal wirkte Edwina so, als wüsste sie nicht, was sie sagen sollte. »Ich wollte doch nur …«

Cate ließ das Schweigen in der Luft hängen, aber Edwina schien nicht in der Lage zu sein, den Satz zu beenden, also sprach Cate weiter. »Was wolltest du nur? Du wolltest wissen, ob ich glücklich bin? Nein, das bin ich nicht. Bist du etwa glücklich?«

Edwina bedachte Cate mit einem langen Blick. »Nein, natürlich nicht. Ich werde erst dann glücklich sein, wenn mein Bruder wieder aufwacht. Und das wird er. Sobald wir …«

»Was?« Selbst in der Hitze des Gefechts beschlich Cate

das Gefühl, dass sie dieses Gespräch einmal bereuen würde, aber trotz dieser Erkenntnis konnte sie nicht anders. »Sobald wir was tun? Ihn auf eine vegane Diät setzen? Ihn in ein Eisbad stecken? Seinen Hintern mit heißen Schürhaken traktieren? Was? Wann wird er aufwachen?« Cate schloss einen Moment die Augen, doch als sich in ihrem Hirn ein Plan festsetzte, riss sie sie weit auf. »Ich werde für einige Zeit verreisen, Ed. Nach Frankreich, den Sommer über. Ich werde Céline besuchen.«

Ihre eigenen Worte überraschten sie ebenso sehr wie Edwina.

Edwinas Gesicht verdüsterte sich. »Du willst was?«

»Ich werde verreisen«, wiederholte Cate, wenn auch mit weniger Überzeugung als zuvor, fast wie eine Frage. »Nach Saint Marc, zu …«

»Du machst einfach Ferien?« Edwinas Augenbrauen zuckten bis zu ihrem Haaransatz hoch. »Während dein Ehemann im Koma liegt?«

Cate atmete mehrere Male tief durch.

»Ach so, jetzt habe ich es kapiert.« Edwinas Stimme nahm einen bedrohlichen Tonfall an. »*Das* macht dich also glücklich. Du willst dir vorgaukeln, dass das hier alles gar nicht passiert. Gut, schön.« Edwina erhob sich aus ihrem Stuhl. »Wenn du etwas für deine Bräune tun musst oder Ferien benötigst, um dich einer Gewissensprüfung zu unterziehen, oder was auch immer, dann tu das. Lass dich von der Sonne verwöhnen! Ich werde hierbleiben. Bei *deinem* Ehemann.«

Nachdem Edwina gegangen war, starrte Cate immer noch auf die Stelle, an der Edwina vor einigen Minuten gestanden hatte. Ja, ihre Schwägerin hatte recht. Sie selbst hatte Graham aufgegeben. Nicht weil es ihr egal war oder weil sie nach einem Ausweg suchte, sondern schlichtweg weil sie glaubte, dass er nicht mehr zu ihr zurückkäme. Daran glaubte sie schon seit einem Jahr nicht mehr.

Sie musterte Grahams Gesicht. Seine Miene war unverändert. Es gab kein Anzeichen dafür, dass er durch ihr Streitgespräch gelitten hätte. Keine gerunzelte Stirn, kein Schmollmund. Keine Regung eines Augenlides. Nichts. Cate beugte sich zu ihm. Sie kam ihm so nahe, dass ihre Lippen beim Sprechen seine Wange leicht berührten.

»Ich möchte nur Frieden haben, Liebling. Für uns alle, aber vor allem für dich. Ich möchte, dass du dein nächstes Ziel findest, wo auch immer das sein mag. Und wenn es so weit ist, das verspreche ich dir, sehen wir uns dort.«

Als sie ihn küsste, wurde sie von den Erinnerungen eines ganzen Lebens überwältigt. Zunächst von ihrer ersten Verabredung, ihrem ersten Kuss, ihrer ersten gemeinsamen Nacht. Und dann von all den folgenden Nächten, ihrem Zusammenleben, ihren gemeinsamen Zukunftsplänen. Es hätte ruhig noch viel mehr dieser Nächte geben dürfen. Eine Sekunde lang, nur eine einzige Sekunde lang, fühlte Cate, während sie sich an ihn presste, den Frieden, nach dem sie sich so sehnte. Doch trotz der Intensität der Gefühle ließ sich nicht leugnen, dass sie einseitig waren: Grahams geöffnete Lippen hingen welk an ihrem Mund, seine Arme lagen schlaff zu beiden Seiten. Als sie den Kuss beendete, verspürte Cate eine Gewissheit.

Er war gegangen.

3. Kapitel

»Eine verlorene Schlacht ist eine Schlacht,
die man verloren glaubt.«
Jean-Paul Sartre

Cate überflog am Gate die Gesichter. Weit und breit keine Céline. Ja, es stimmte schon, Franzosen waren nicht gerade für ihre Pünktlichkeit berühmt, aber Céline führte dieses Vorurteil in ungeahnte Dimensionen.

Nicht, dass die Arbeit oder irgendetwas anderes sie aufhielt. Céline arbeitete freiberuflich als Modedesignerin, was im Grunde genommen nichts anderes bedeutete, als dass sie sich ihre eigene Kleidung schneiderte und zwischen Mailand, New York und Madrid durch die halbe Welt pendelte, dabei Stoffproben sammelte und Nadeln in schicke Nadelkissen steckte. Cate war jedenfalls sicher, dass Céline sich derzeit in Paris aufhielt. Immerhin war sie diejenige gewesen, die Cate davon überzeugt hatte, das Wochenende bei ihr und ihrer Familie zu verbringen, ehe sie beide am Montagmorgen nach Saint Marc aufbrechen würden.

Als schließlich alle Passagiere aus Cates Flug von ihren Angehörigen abgeholt oder in Taxis eingestiegen waren, fügte sich Cate in ihr Schicksal und schleppte ihr umfangreiches Gepäck ins Freie. Sie hatte drei große Taschen mitgebracht, aber schließlich blieb sie ja den ganzen Sommer. Und auch wenn sie Célines neues Apartment noch nicht kannte, sie wusste hinlänglich um die Vorliebe ihrer Freundin für Extravagantes, und Cate ging davon aus, dass es darin mehr als reichlich Platz für ihr bescheidenes Hab und Gut gab.

Hinter den automatischen Türen herrschte die für Paris übliche Hektik. In gebrochenem Französisch verhandelten Touristen über Taxipreise, Informationspersonal erklärte Stadtpläne, und uniformierte Chauffeure öffneten die Türen von schwarz glänzenden Limousinen. Der Himmel zeigte sich an diesem frühen Abend pink-lavendelfarben und war von den ersten Lichtern der Nacht gesprenkelt.

Cate winkte ein Taxi erst einmal weg und fand auf einer Bank Platz, neben einem erschütternd hageren Mädchen in weißen, hautengen Jeans und einem Mann mit Dreadlocks und einem schäbigen Rucksack, die im Gleichtakt ihre Zigaretten rauchten. Es war schon faszinierend, wie es den Franzosen gelang, in einem dermaßen schmuddeligen Aufzug so sexy und attraktiv auszusehen. Cate war versucht, sich den beiden Rauchern anzuschließen, schließlich hatte sie sonst nichts zu tun, und sie war in London in so einer Hetze abgereist, dass sie nicht einmal eine Zeitschrift gekauft hatte.

Es war unglaublich, aber sie hatte es tatsächlich getan: Sie tauschte das trostlose alte London gegen einen spontanen Aufenthalt in Frankreich – noch vor achtzehn Stunden erst hatte sie bei einem Konflikt unter Kollegen vermitteln müssen, bei dem es um die mangelhafte Spülung in der Herrentoilette ging. Sie selbst war überrascht, wie einfach und wie befreiend es war, sich eine Auszeit zu genehmigen, und das auch noch von jetzt auf gleich.

Nachdem sie Céline zurückgerufen hatte, um ihr zu sagen, dass sie tatsächlich käme, galt ihr nächster Anruf Giles. Er zeigte sich überraschend verständnisvoll und, so fand sie zumindest, fast unbekümmert in seinem Desinteresse. Sie machte ihm allerdings die ganze Sache auch sehr einfach. Anna war die geeignete Kandidatin für ihre Vertretung, sagte sie ihm, und obwohl sie noch nicht lange in der Firma war, hielt sie sie für mehr als kompetent.

»Verdammt gute Idee«, hatte er auf ihren Vorschlag hin gemurmelt. »Anna kann für dich einspringen, gar kein Problem.«

»Soll ich eine Info für meine Klienten aufsetzen, damit sie von der Veränderung erfahren?«, schlug Cate vor, überrascht, wie gelassen ihr Chef die Nachrichten aufnahm.

»Ach, eine Info, ja«, meinte er zerstreut. »Gute Idee.«

»Und du informierst natürlich Sylvie, bevor du die Info verschickst?«

»Selbstverständlich. Also gut. Nun, wenn das alles ist …«

Cate war von seinem lockeren Auftreten verblüfft, aber auch erleichtert. Sie hatte damit gerechnet, dass Giles angesichts der Aussicht, dass sie ihn im Stich ließ, ausrasten würde, insbesondere weil er – wie anscheinend alle anderen auch – in Sylvies Fähigkeiten nicht allzu viel Vertrauen zu setzen schien. Aber wenn er sich keine Sorgen machte, dann tat sie das auch nicht.

Sobald der Arbeitskram geordnet war, schickte sie mehrere SMS an ihre Mitbewohnerin Lulu, die das Wochenende in Bath verbrachte, und schon saß sie Samstagnachmittag im Flieger. Ihre Mutter kontaktierte sie erst am Flughafen, denn sie wusste, dass ihre Mum damit nicht klarkommen und versuchen würde, sie davon abzuhalten, und das noch in diesem strengen, missbilligenden Tonfall. Cate wollte einfach nicht riskieren, dass sie die Nerven verlor. Als ihre Mutter dranging, raste Cates Herz.

»Mum, ich bin's.«

»Cate?« Die Stimme ihrer Mutter klang panisch, wie

immer, wenn Cate sie anrief. Sie telefonierten nur selten, also ging ihre Mutter, wenn sie sich dann schon einmal meldete, selbstredend davon aus, dass etwas passiert war. »Ist alles in Ordnung?«

»Alles bestens«, verkündete Cate mit fröhlicher Stimme. »Übrigens, ich rufe dich gerade vom Flughafen …«

»Vom Flughafen?« Die Stimme ihrer Mutter schrillte eine Oktave höher. »Warum das denn? Ist wirklich alles in Ordnung?«

Für ihre Mutter bedeutete eine Reise eine Unternehmung, um an der Beerdigung eines Familienmitgliedes teilzunehmen oder um Freunden einen Krankenbesuch abzustatten. Niemals gute Nachrichten.

»Ja, Mum, alles bestens!« Cate versuchte, nicht genervt zu klingen. »Ich besuche nur Céline, das ist alles.«

»Ach.« Ihre Entspannung war hörbar, als Cate sie mit den Details versorgte. »Gut. Ich sehe zu, dass ich bei Graham vorbeischaue, während du weg bist. Grüß Céline schön von mir!«

Auch Cate entspannte sich zunehmend, immerhin hatte sie die nächste Hürde genommen. »Das mache ich, Mum. Ich hab dich lieb.«

»Hm, ich dich auch, mein Schatz. Tschüs!«

Ihre Mutter verschwendete niemals große Worte, um Gefühle auszudrücken; anscheinend fiel ihr das schwer. Aber Cate wusste, dass ihre Mutter sie lieb hatte, und zwar auf die ihr eigene spröde Art. Trotzdem war sie innerlich dankbar, dass sie kein falsches Versprechen auf ein baldiges Telefonat gegeben hatte.

Cate genehmigte sich per Passivrauchen einen kräftigen Zug Nikotin und blickte auf ihre Armbanduhr. Wo zum Teufel steckte Céline? Sie angelte das Smartphone aus ihrer Handtasche und schaltete es ein. Sofort piepste es.

Cate tippte auf der Suche nach Nachrichten auf das Display und entdeckte eine Mail von Andrew Walker, ausgerechnet.

Cate, habe von deiner Auszeit gehört. Schön für dich, hast sie verdient. Hab aber nicht zu viel Spaß! Will sicher sein, dass du zurückkommst. Brauche dich für die Umstrukturierung ;-) Pass auf dich auf. Andrew

Cate überflog die Nachricht noch einmal. Sie konnte nicht umhin, irgendwie fühlte sie sich geschmeichelt. Andrew stand in der Hierarchie von SandersonHinley weit oben, und es war sehr nett von ihm, ihr so eine Nachricht zu schicken. Sie bedankte sich für seine Mail und bot ihm an, sie anzurufen, falls er dringende Fragen wegen der Umstrukturierung habe. Dann checkte sie die übrigen Nachrichten.

Wie nicht anders zu erwarten, stammte eine von Céline, die schrieb, dass sie aufgehalten wurde und dass Cate ein Taxi nehmen und ihre Familie in der Galerie in der Stadt treffen sollte. Cate seufzte, Céline war einfach ein hoffnungsloser Fall. Sie nahm ihre Reisetaschen und rief sich ein Taxi. Als sie schließlich auf der Rückbank im Wagen saß, atmete sie tief aus.

»Galerie François, s'il vous plaît!« Dann knallte sie die Wagentür zu.

»Wann bist du so fett geworden?«

Célines Stimme klang, als hätte sie soeben eine Maus in ihrem Schmuckkästchen entdeckt: überrascht, entsetzt und ein bisschen hysterisch.

Während sie vor der Galerie François standen, sackten Cates ausgestreckte Arme wieder nach unten. Okay, ihr war bewusst, dass sie nicht gerade großartig aussah. Sie hatte sich am Morgen ein einfaches weißes Tanktop und

Boyfriend-Jeans angezogen, aber immerhin lag eine Reise hinter ihr. Sie war ungeschminkt, ihr Haar steckte in einem Pferdeschwanz, und sie trug marineblaue elastische Turnschuhe, die sie beim Security Check besser aus- und anziehen konnte. Und was ihre Fettleibigkeit anging – nun, sie hatte ein paar Kilo zugenommen, weshalb sie vermutlich französischen Standards gemäß *très grasse* war, aber ihr Speck war nun wirklich die geringste ihrer Sorgen. Bis jetzt. »Fett? Wirklich?«

»*Oui! Tu ressembles à un sac de patates!*«

Cates Französisch war zwar ein bisschen eingerostet, aber sie verstand sehr wohl, dass Céline sie gerade mit einem Sack Kartoffeln verglich. Sie versuchte, es nicht persönlich zu nehmen. Als Französin war Céline den Anblick von Bohnenstangen und Hungerhaken gewohnt. Im Vergleich dazu kam sich Cate wie eine Walküre unter lauter schmächtigen *petites filles* vor.

»Na, dann siehst du neben mir umso besser aus«, sagte Cate.

Nicht dass Céline in dem Gebiet auf Hilfe angewiesen wäre. Sie sah großartig aus, mit einem maßgeschneiderten marineblauen Hosenanzug über einem silberfarbenen, tief ausgeschnittenen Neckholder Top und rattenscharfen pinkfarbenen Stilettos, bestimmt von Manolo Blahnik. Nun schien sie ihren Kommentar zum Thema Fett zu bereuen.

»Ach, vergiss es«, sagte sie schnell. Sie umfing Cate mit einem Arm und bat einen Angestellten, sich um ihr Gepäck zu kümmern. »Komm rein, komm rein! Alle sterben schon vor Sehnsucht nach dir!«

Cate versuchte ihre Ehrfurcht zu überwinden, während Céline sie in die Galerie führte, in der avantgardistische Gemälde und afrikanische Skulpturen ausgestellt waren.

Cates Vorstellung von einem tollen Abend in London beschränkte sich auf einen Kinobesuch und das All-you-can-eat-Büfett beim Chinesen im Viertel. *Guy Savoy* war da schon etwas anderes. Als sie um eine Ecke bogen, rückte der komplette De-la-Fargue-Clan in ihr Gesichtsfeld.

»Cate!« Auf halbem Weg durch den Raum traf Cate mit Eric zusammen, der die Freundin seiner Tochter mit den üblichen zwei Wangenküssen begrüßte.

»*Bienvenue!* Willkommen!«, begrüßte er sie und umschlang sie in einer kräftigen Umarmung. Cate wurde starr, Umarmungen waren nicht ihr Ding.

»Herzlichen Dank für die Einladung. *Bonsoir*, Adélaïde«, grüßte Cate Célines Zwillingsschwester, die neben ihrem Vater stand.

»*Ça va, Cate?*«, sagte Adélaïde zur Begrüßung und setzte zu zwei Küsschen an, die so weit in der Luft landeten, dass Cate sich fragte, ob sie überhaupt damit gemeint war. Cate akzeptierte sie dennoch dankbar. Adélaïde hatte nicht mit Cate und Céline das King-William's-College besucht, und obwohl Cate sie im Lauf der Jahre bei ihren diversen Ferienaufenthalten bei der Familie de la Fargue gut kennengelernt hatte, wirkte Adélaïde, vorsichtig ausgedrückt, immer etwas distanziert. Sie und Céline waren keine eineiigen Zwillinge, doch Adélaïde war ebenso eine Schönheit wie Céline, mit dem gleichen schwarzen Haar und dem anmutigen Gesicht. Oberflächlich betrachtet, ähnelten sich auch ihre Persönlichkeiten: phlegmatisch und desinteressiert. Doch Céline war durchaus tiefgründiger und vielschichtiger, als es der erste Eindruck vermittelte, während Adélaïde nur oberflächlich war. Zudem hatte Cate das Gefühl, dass sie bei Adélaïde nicht gerade oben auf der Hitliste stand.

Aber Célines Schwester war nicht die einzige Person,

deretwegen Cate sich unbehaglich fühlte. In einer Ecke des Raumes stand Véronique, die Mutter der Geschwister: Sie war überaus elegant ganz in Schwarz gekleidet und trug über ihre Schultern einen teuer aussehenden Schal drapiert. Sie bedachte Cate kurz mit einem Lächeln, bevor sie kühl zu Adam sah, Célines Freund. Aber Adam bemerkte das gar nicht, er eilte auf Cate zu.

»Cate!« Adam drückte sie leicht, so wie alte Freunde. Dabei waren sie sich tatsächlich bislang erst ein einziges Mal begegnet, und zwar kurz nach Grahams Unfall, als das Leben ein einziges Chaos gewesen war.

»Bienvenue!« So spontan, wie er sie willkommen hieß und seine Zuneigung nicht verhehlte, fühlte Cate sich schon wieder überrumpelt und unbehaglich.

»Danke«, sagte sie, sobald sie wieder ein Wort hervorbringen konnte. Sie hatte vergessen, wie angenehm sich Französisch anhörte, und obwohl sie noch ein wenig überfordert war, liebte sie seinen Klang.

Zwei Stunden und sechs Gläser Perrier-Jouët Belle Epoque später ging es Cate fantastisch, und sie beglückwünschte sich selbst zu ihrer Entscheidung, Abstand zu Edwina und ihrem deprimierenden Leben genommen zu haben. Sie stand mit Céline vor einem abstrakten Gemälde in roten, gelben und goldenen Farbtönen, das von bunten Federn bedeckt war.

»Céline, bist du wirklich ein Fan von diesem Künstler?« Cate besah sich die bizarren modernen Werke. »So was hätte ich auch im Kindergarten hingekriegt.«

»Ach, Cate. Du bist eben Britin«, teilte Céline aus.

»Was soll das denn schon wieder bedeuten?«

Céline warf ihr einen Blick zu. »Dein Volk kann einfach keine Dinge würdigen, die keine Logik haben.«

Cate trat von dem Gemälde ein wenig zurück, um

anderen Besuchern eine nähere Betrachtung zu ermöglichen, und nahm einem der umherkreisenden Kellner ein weiteres Glas Champagner ab. »Mein Volk?«

»Ja, die Briten«, erklärte Céline, während sie Cate zu einem anderen absolut langweiligen »Kunstwerk« führte: einer mit trockenem Gras bedeckten phallischen Skulptur.

Cate seufzte. »Ich kann nicht für mein Land sprechen, Céline, aber ich selbst weiß durchaus viele Dinge zu schätzen, die nicht logisch sind. Ich gehe im Londoner Winter zur Wachsbehandlung. Ich trete nicht auf Risse im Beton. Ich stopfe mich nach dem Fitnessstudio mit Süßigkeiten voll.«

Céline warf ihr aus den Augenwinkeln einen scheelen Blick zu. »Nicht im Ernst, oder?«

»Aber sowas kann ich nun wirklich nicht würdigen!«

Als Cate in Richtung der Skulptur gestikulierte, blieb ihr Arm an irgendetwas hängen. Nein, an irgend*jemandem*. An einem durchaus attraktiven, aber etwas vernachlässigt aussehenden Mann im Karohemd, der sie verschmitzt anlächelte.

»Es tut mir leid.« Cate wurde knallrot und entschuldigte sich. *»Je suis désolée.«*

Der Mann hatte sehr kurzes dunkles Haar, einen sonnengebräunten Teint und ein markantes Kinn. Und obwohl er noch kein Wort gesagt hatte, strahlte er diese Art Sexappeal aus, den die Franzosen für sich gepachtet zu haben schienen. Er war kräftig gebaut, vor allem im Vergleich zu den übrigen drahtigen französischen Männern im Raum, und sein breiter Brustkorb war offensichtlich behaart – das verriet zumindest der Blick auf den Hemdausschnitt. Insgesamt bot er allerdings eine eher ungepflegte Erscheinung: Er war unrasiert, seine Arme steckten in umgekrempelten Hemdsärmeln, und die Risse in seiner Jeans waren echt, nicht die einer Designer-Jeans. Vermutlich ein Student von der Kunsthochschule. Der Mann sah sie erstaunt an.

»No problem«, sagte er mit tiefer Stimme und heftigem französischen Akzent. »Es war mein Fehler.« Er streckte eine Hand aus. »Sind Sie England?«

»Ja, hm, ich bin Eng*länderin*«, korrigierte Cate und drückte die gereichte Hand. »Ja, das bin ich.«

»Nett, Sie kennenzulernen, Engländerin. Ich bin Jérôme.«

Cate lächelte. »Das ist meine Freundin Céline.«

»Enchanté«, sagte der Mann, ohne seine Augen von Cate zu lassen. Cates Magen schlug einen Salto, bevor sie sich daran erinnerte, dass sie eine verheiratete Frau war.

»Also, ich habe gehört, dass Sie über dieses Werk gesprochen haben, Engländerin.« Er machte eine Kopfbewegung in Richtung der Skulptur. »Mögen Sie es?«

»Ach …« Cate zögerte. Sie wollte das Gespräch nicht damit beginnen, den Künstler zu verreißen, mit dessen Werk sich dieser Student vermutlich beschäftigte oder – Gott bewahre! – dem er nacheiferte.

»Ja, schon, also, ich finde, es ist, hm, interessant, und …«

Jérôme gab ein verdammt sinnliches Lachen von sich. »Seien Sie ehrlich!«

»Also, okay.« Cate betrachtete von Neuem die Skulptur. »Also, ich würde sagen, es ist … es ist … prätentiös, überteuert, ach, es ist einfach untalentierter Mist.«

Cate fuhr sich mit einer Hand über den Mund, sobald ihr die Worte über die Lippen gekommen waren, und Jérôme lachte noch lauter. Als dabei auf beiden Seiten seines Mundes tiefe Falten entstanden, schätzte Cate sein Alter noch einmal. Womöglich war er ja doch kein Student. Vielleicht ein Kurator?

»Sorry, das war hart. Gefällt es Ihnen denn, Jérôme?«

Doch bevor er antworten konnte, näherte sich ein grauhaariger Herr im Anzug und flüsterte Jérôme etwas ins Ohr. Jérôme nickte und wandte sich an Cate.

»Bitte entschuldigen Sie mich, Engländerin. Ich muss gehen. Es war sehr nett, Sie kennengelernt zu haben.« Er küsste sie auf beide Wangen, wobei er an ihrem rechten Ohr verweilte. »Ich hoffe, ich sehe Sie später. Unten in der Bar. Es gibt noch so eine kleine After-Party.«

Er stand so nahe bei ihr, dass Cate den Geruch seiner Seife wahrnahm. Sie schluckte und versuchte etwas zu sagen.

»Oh, in Ordnung. Ja. Okey dokey. Warum nicht?«

Lange nachdem Jérôme verschwunden war, stammelte sie immer noch diverse alberne Dankesfloskeln vor sich hin. Sie konnte einfach nicht anders. Plötzlich fühlte sie sich ein wenig aufgeregt.

Cate konnte nicht abwarten, bis die Ausstellungseröffnung zu Ende war. Sie beschloss, den offiziellen Teil auszulassen, bei dem der Künstler seine Rede hielt, und stattdessen lieber hinunterzuflitzen und einen Hocker an der Bar zu entern. Céline und Adam leisteten ihr Gesellschaft, gerieten aber schnell in einen Streit darüber, ob er nun die weibliche Bedienung attraktiv fand oder nicht, und binnen Kurzem war Cate allein.

Es machte ihr nichts aus, schließlich leistete ihr der Champagner Gesellschaft. Und einige Gläser später war der Raum brechend voll.

Doch Jérôme war nirgends zu sehen.

Sie wusste, dass es so besser war – sie war schließlich verheiratet –, doch Cate konnte nicht umhin, sie fühlte sich ein wenig enttäuscht. Die kurze Unterhaltung mit Jérôme hatte etwas in ihr angesprochen, einen Urinstinkt, der seit einem Jahr brachlag. Entschlossen, ihre Bedenken hinunterzuspülen, schwenkte Cate ihr leeres Glas in Richtung des Kellners. »Ich brauche etwas Stärkeres.«

Zuvorkommend zauberte dieser ein Glas mit purem Wodka hervor, den Cate unverzüglich probierte. Und sich dabei genauso schnell verschluckte.

»Ich brauche doch etwas Schwächeres.«

In dem Moment, in dem der Alkohol in ihre Adern schoss, tauchte Jérôme hinter einer Herde unglaublich attraktiver Frauen auf.

»Engländerin!« Sein Lächeln ließ zwischen seinen beiden Vorderzähnen eine kleine Lücke erkennen – eine ernstzunehmende Schwachstelle für Cate. »Sie sind hier!«

»Tatsächlich bin ich schon eine ganze Weile hier.« Sie neigte sich verschwörerisch vor. »Ich wollte mich einfach nicht von dem langweiligen Gerede da oben nerven lassen.«

Jérômes Lippen verzogen sich nach oben. »Ja, ich verstehe, was Sie meinen. Dieses Gerede über Kunst. Einfach langweilig. Ich hätte auch früher gehen sollen. Also«, sagte er nach einer längeren Pause. »Was führt Sie nach Paris, Engländerin? Hoffentlich nicht diese Ausstellung.«

»Aber nein.« Cate errötete, als Jérômes Blick jeden Zentimeter ihres Gesichts erforschte, so als würde er versuchen, es sich einzuprägen. Offensichtlich so ein Trick, den sie den französischen Jungs schon in der Schule beibrachten. »Ich bin hier und treffe mich mit meiner Freundin Céline, die das Wochenende in Paris verbringt. Ihr Vater hat die Karten für die Ausstellung organisiert.«

»Ach so.« Jérôme nickte. »Also, es tut mir leid, dass sie so eine Enttäuschung gewesen ist.«

»Das muss Ihnen überhaupt nicht leidtun«, sagte Cate. »Es ist ja nicht Ihre Schuld.«

Cate spürte, dass sie die Art und Weise, wie sein Blick

nicht von ihrem Blick abließ, irgendwie irritierend fand, inmitten der flüchtigen Blickkontakte ringsumher. Irritierend, aber absolut reizvoll.

»Also, wie lange bleiben Sie noch in Paris?«

»Nur noch heute Abend«, antwortete Cate. »Ich fahre morgen nach Saint Marc. Ich werde den Sommer bei Céline verbringen.«

»Saint Marc?« Er lächelte. »Ein sehr schöner Ort. Aber Sie fahren schon morgen ab? Das ist ja eine Tragödie.«

In seinem Blick lag etwas – etwas so unmissverständlich Intensives –, das Cate an die hypnotisierende Schlange im *Dschungelbuch* erinnerte, und sie musste schleunigst wegsehen, ehe sie voll und ganz seinem Zauber erlag. Himmel noch mal, was veranstaltete sie da? Es war nicht ihre Aufgabe, mit einem charmanten, attraktiven Franzosen zu flirten. Oder mit irgendeinem Mann! Himmel noch mal, warum flirtete er überhaupt mit ihr? Selbst wenn sie nicht verheiratet wäre, sie und Jérôme spielten ganz eindeutig in unterschiedlichen Ligen. Merkwürdig, dass er nicht der gleichen Ansicht war.

Merkwürdig auch, was dann passierte. Vielleicht lag es am Alkohol. Vielleicht lag es an der Erlösung, nach einem Jahr der Hölle entkommen zu sein. Vielleicht lag es daran, dass sie sich in Frankreich befand. Aber auf einmal verspürte Cate das dringende Bedürfnis, etwas zu machen, das gar nicht ihrer Art entsprach. Etwas Gewagtes und Provokantes und Impulsives. Etwas, das sie sich in England niemals trauen würde.

Das Nächste, was Cate verspürte, war, dass sie Jérôme küsste.

4. Kapitel

»Die Begierde des Mannes gilt der Frau,
doch die Begierde der Frau gilt der des Mannes.«
Madame de Staël

Seine Lippen waren so nah; in einer Sekunde hatte sie sie erreicht. Und in der nächsten Sekunde segelte sie der Sonne entgegen. Cate bemerkte, dass Jérôme ein wenig hölzern war. Vermutlich ein wenig überrascht. Aber zum Glück entspannte er sich – nach einer schrecklich langen Sekunde – in ihren Armen.

Ihre Gedanken kreisten darum, wo sie es machen würden. Könnte sie ihn etwa zu Célines Elternhaus mitnehmen? Wahrscheinlich eher nicht. Also, was könnten sie tun? Sie könnte auch eine Stippvisite des kleinen Häuschens in Kauf nehmen, das Jérôme gewiss mit einem Dutzend weiterer Pariser Bohemiens teilte, beschloss sie, vorausgesetzt natürlich, sie hätten einen Raum für sich. Und wenn nicht, könnten sie immer noch ins Badezimmer gehen. Gegen die Vorstellung, von diesem verführerischen Franzosen eingeseift zu werden, hatte sie rein gar nichts einzuwenden.

Dank ihrer geöffneten Augen – eine ihrer lästigen Kussgewohnheiten – bemerkte Cate, dass die Menge in dem Lokal auseinandertrat und Platz machte. Das war merkwürdig, schließlich war es proppenvoll, und nur einen Moment zuvor hätte Jérôme nicht einmal einen Schritt zurücktreten können. Gerade als sie ihre Aufmerksamkeit wieder voll und ganz Jérôme schenken wollte, fiel ihr eine tobende – und unglaublich schöne – Frau auf, die auf sie zuraste. Nur zögernd unterbrach Cate den Kuss und schob Jérôme sanft weg, um ihn zu warnen.

»Emilie«, sagte er, als er die Frau entdeckte.

Cate war schlagartig nüchtern. So als würde sie aus einem wunderschönen Traum auf einem Fakirbett aufwachen. Was zum Himmel veranstaltete sie hier eigentlich? Und, noch wichtiger, wer zum Teufel war Emilie?

Zu Cates Entsetzen pflügte die Frau sich weiter zu ihnen durch, bis sie schließlich Jérôme am Kragen packte. Mit erstaunlichen Kräften zog sie ihn zurück, und er landete auf dem Schoß einer Dame mit silbrigem Haar, die eine Zigarette mit einer dreißig Zentimeter langen Spitze rauchte. Dann drehte sie sich wieder zu Cate um.

Cate hielt nach einem Fluchtweg Ausschau, aber sie stand mit dem Rücken zur Bar; dort gab es keinen Ausweg. Schließlich sah sie wieder zu Emilie, deren schmale Hand zu einer Faust geballt war und geradewegs auf Cates Kinn zusteuerte. Ihr blieb gar nichts anderes übrig, als sich vor dem Schlag zu schützen.

Die Menschenmenge tobte. Es war schon spät, und eine Keilerei zwischen Betrunkenen – noch dazu zwischen Frauen – hatte einen großen Unterhaltungswert. Auch Cate war eine typische Engländerin und für eine ordentliche Kneipenschlägerei durchaus zu haben, zumindest als Zuschauerin. Hinter ihren schützenden Armen konnte Cate die Jubel- und Anfeuerungsrufe vernehmen, die immer lauter geworden waren, und das, obwohl der eigentliche Schlag noch ausstand. Und dann hörte sie noch etwas, einen keuchenden, erstickten Laut, gefolgt von einem Wimmern. Aber sie hatte noch nichts verspürt. Cate wartete einen Moment ab, dann senkte sie die Arme vor ihrem Gesicht und blinzelte. Sie musste sich die Augen reiben, um sicher zu sein, dass sie richtig sah.

Aber sie sah klar und deutlich. Céline saß auf Emilie wie auf einem Stier und hielt sie an einer Strähne ihres platinblonden Haares fest. Emilies Gekreisch nach zu urteilen, war sie überrascht worden, aber offensichtlich würde sie sich nicht kampflos ergeben. Ihr Gesicht war von der Anstrengung verkrampft, während sie darum rang, sich aus Célines Griff zu befreien.

Hinten in dem Raum standen die Gäste auf Stühlen und versuchten, einen Blick auf das Spektakel zu erhaschen. Sie sollten nicht enttäuscht werden. Als klar war, dass Céline ihren Griff nicht lockern würde, begann Emilie wie beim Rodeo wild auszuschlagen, um sie wieder abzuwerfen. Es funktionierte. Céline segelte von Emilies Rücken und schrammte einen Couchtisch, ehe sie geduckt auf den Füßen landete. Im nächsten Moment hatte sie Emilie an der Gurgel.

Es war ein gerechter Kampf; die beiden Frauen besaßen die gleiche zierliche Statur, doch beide waren mit dem Killerinstinkt ausgestattet, der einer beleidigten Französin zu eigen ist. Man konnte nicht sagen, welche von ihnen gewonnen hätte, wenn Adam und Jérôme den Kampf nicht beendet hätten.

Als alles vorbei war, beobachtete Cate hilflos, wie Céline zu den Toiletten verschwand, um sich wieder in Fasson zu bringen, und wie Jérôme Emilie an den Schultern aus dem Lokal führte. Dabei berührte er sie nur leicht, fiel Cate auf, so als wäre sie ein wildes Tier.

Wieder allein an der Bar – beschämt und ein wenig benommen –, winkte Cate dem Kellner.

»Ich hätte jetzt gern den Wodka. Und zwar pur.«

»Was für eine Erniedrigung!«, heulte Cate am nächsten Morgen, das Gesicht im Kissen vergraben. »Ich kann gar nicht fassen, was für eine fürchterliche Person ich bin. Ich bin verheiratet, mein Ehemann liegt im Koma! Wie konnte ich nur einen anderen Mann küssen? Das ist Karma, Céline, schlicht und ergreifend.«

Céline saß an ihrem Bettrand und rauchte eine Zigarette. »Du hattest ja nicht vor, den Mann zu heiraten, du wolltest nur Sex mit ihm haben. Wenn du im Koma liegen würdest, würdest du dann von Graham erwarten, dass er den Rest seines Lebens im Zölibat verbringt?«

Cate blickte vom Kissen auf. »Ich weiß nicht.«

»Natürlich nicht. Du hast das Richtige getan, Cate. Denn das, was dir fehlt, sind Affären. Und zwar nicht eine, sondern viele!«

Cate blinzelte.

»Sexaffären, *ma belle*, reine Sexaffären«, beruhigte Céline sie. »Wie nennt Lionel Richie das so schön? *Sexual Healing*!«

»Marvin Gaye«, berichtigte Cate, während sie ihr Gesicht wieder vergrub.

»So weit musst du ja auch nicht gehen!«, schnaubte Céline. »Heterosex ist völlig in Ordnung. Menschen brauchen Sex. Graham würde doch auch nicht von dir erwarten, dass du ein Jahr lang nichts isst, oder?«

Céline besaß durchaus Talent, Dinge zu verdrehen. Aber Cate war sich in letzter Zeit ihrer Libido unangenehm bewusst geworden. Hatte Céline womöglich recht? Vielleicht würden ein paar bedeutungslose One-Night-Stands solche Gefühle im Zaum halten. Nein! Wie konnte sie sowas nur denken?

»Komm schon!« Céline massierte mit ihrer zigarettenfreien Hand Cates Schulter. »Lass uns frühstücken. Das wird dir guttun.«

Cate setzte widerstrebend die Beine auf den Boden und folgte Céline in den Frühstücksraum. Anders als in den meisten Häusern, wo »Frühstückszimmer« nur ein anderer Begriff für »Küche« während des Frühstücks war, besaß das Haus der Familie de la Fargue in Paris in der Tat ein Frühstückszimmer, das einzig und allein diesem Zweck diente. Es befand sich hinter der siebten Tür rechts, hinter dem Hauptfoyer im Ostflügel. Kein Vergleich zu dem bescheidenen Reihenhaus in South London, in dem Cate groß geworden war.

Eric und Véronique saßen bereits am Tisch, und der ganze Raum roch nach Melonen und Zigaretten. Eric wirkte trotz der harten Nacht frisch geduscht, gekämmt und sauber, er stocherte in einer Schüssel mit Müsli, frischem Obst und Naturjoghurt. Véronique war bereits angekleidet, ihr Haar steckte in Lockenwicklern, sie trank Champagner und rauchte. Von Adélaïde war kein Lebenszeichen zu sehen.

»Guten Morgen!«, sagte Cate.

Eric blickte auf. Joghurtreste klebten in seinen Mundwinkeln, als er warmherzig lächelte. »*Bonjour!* Hast du einen schönen Abend verbracht?«

»Hm, ja.« Cate rückte einen Stuhl zurecht.

Céline setzte sich ihr gegenüber. Sie pulte zwei Schmerztabletten aus einer silbrigen Blisterverpackung und ließ sie zu Cate hinüberkullern. Sie nahm gerade eine Zigarette aus der offenen Packung auf dem Tisch, als eine Hausangestellte mit einem Stapel Zeitungen und einem Tablett mit warmen *pains au chocolat* den Raum betrat.

»Sie können gehen, Elise«, sagte Véronique, ohne aufzusehen.

Céline griff nach einer Zeitung und reichte Cate ein zweites Exemplar. Die beiden Frauen überflogen simultan die Titelseite, um dann die Seite Drei mit den Nachrichten aus der Gesellschaft aufzuschlagen. Cate bemühte sich gar nicht erst, die Artikel zu lesen, sie betrachtete stattdessen die Fotos.

Sie erstarrte, als sie es sah. Célines Schnauben nach zu urteilen, hatte sie es im gleichen Augenblick entdeckt. Auf Seite Drei war tatsächlich die Phallus-Skulptur von der Ausstellung abgebildet. Und neben der Skulptur stand ein attraktiver, etwas abgerissen aussehender Mann. Mit sehr kurzem dunklen Haar und sonnengebräuntem Teint. Cates Herz sackte bis unter die Dielenböden.

»Neeiin!«

Céline verabreichte ihr stolz einen Stupser. »Bravo, Cate! Du hast den Künstler persönlich geküsst!«

Eric sah von seinem Müsli auf. »Du hast Jérôme Brousseau geküsst?«

Cate starrte verzweifelt auf die Zeitungsseite, sie bemühte sich, den Artikel auf Französisch zu lesen. Schließlich kapitulierte sie und sah zu Céline. »Lies mir vor!«, forderte sie ihre Freundin aufgebracht auf. »Was steht da? Verdammt noch mal, was steht da geschrieben?«

Véronique sah von ihrer Zeitung auf. Selbst Céline schien von Cates Ausbruch irritiert.

»Also, dann wollen wir mal sehen«, begann Céline und überflog schnell den Artikel. »Hier steht, dass die Vernissage von Jérôme Brousseau gestern Abend ein voller Erfolg gewesen ist. Und dass der Künstler, wie sagt ihr noch einmal, vielverkündend war?«

»Vielversprechend«, korrigierte Cate ungeduldig.

»*Ah, oui.* Also, dieser vielversprechende Künstler hat es nun geschafft. Anscheinend hat er gestern Abend mehr als hunderttausend Euro verdient, indem er seine Werke an die französische High Society verkaufte.«

»Hunderttausend Euro?« Cate konnte es nicht fassen. »Der sah doch wie ein Penner aus.«

»Ach, Künstler sind oft Bohemiens«, versuchte Céline ihr beizustehen.

Cate stöhnte. Wie konnte sie nur so blöd sein? So überheblich! Auf den ersten Blick hatte sie Jérôme für einen einsamen, mittellosen Franzosen gehalten, der auf eine gemeinsame leidenschaftliche Nacht scharf war, dabei war er tatsächlich ein reicher und erfolgreicher Künstler. Ganz zu schweigen davon, dass sie ihr Ehegelübde gebrochen und sich der Lächerlichkeit preisgegeben hatte.

Céline bemerkte ihr Entsetzen und sprach sie leise an. »Cate, was macht das schon? Du hast dich einem berühmten Künstler an den Hals geworfen? Schön für dich. Du solltest stolz auf dich sein, das ist doch kein Grund, sich zu schämen. Außerdem«, sagte sie, »du musst ihn ja niemals wiedersehen. Und seine durchgeknallte Freundin auch nicht.«

Doch während Cate weiter auf Jérômes Foto in der *Paris Métropole* blickte, konnte sie nicht umhin, sie hoffte – trotz ihrer Erniedrigung –, dass dies nicht der Fall wäre.

5. Kapitel

»Zuweilen ist es ratsam, bei all unserem Streben
nach Glück eine Pause einzulegen
und einfach nur glücklich zu sein.«
Guillaume Apollinaire

Am nächsten Tag flogen sie nach Saint Marc.

Es war gut, dass Céline kein Morgenmensch war, denn Cate hatte seit ihrem Schock nicht mehr viel gesagt. Tatsächlich war das Erste, was ihr seit ihrer Abreise aus Paris über die Lippen kam, der Stoßseufzer, als sie Célines Wohnung in Saint Marc erblickte: *»Wow!«*

Cate betrat bedächtig das Apartment, nachdem sie ihre Reisetaschen an der Wohnungstür abgestellt hatte. »Wow« wurde dem Ganzen nicht ganz gerecht. Célines Bleibe lag im Obergeschoss eines wunderschön umgestalteten ehemaligen Speichers mit knapp fünf Meter hohen Decken und einer Wohnfläche in den Abmessungen von einem richtigen Tennisplatz. Die Wand, die zum Meer zeigte, war komplett verglast, die übrigen Wände bestanden aus unverputztem rotem Ziegelmauerwerk. Die einzelnen Bereiche erhielten durch Webteppiche, Kerzenleuchter oder Raumteiler aus dünnem Japanpapier ein eigenes Ambiente. Eigentlich war es unmöglich, dass ein so riesiger, nüchterner Raum gemütlich oder charmant sein könnte, aber irgendwie – vielleicht mithilfe der zahllosen Kissen – war Céline dies gelungen.

Céline deutete auf zwei beige Ledersitzsäcke am anderen Ende des Raumes. »Setz dich. Ich mache uns Kaffee.«

Cate tat, wie ihr geheißen. Sollte sie jemals Selbstvertrauen besessen haben, so war ihr dies in Paris abhandengekommen, und nun fühlte sie sich nur noch wie ein Hund, der darauf wartete, herumkommandiert zu werden. Beim Durchqueren des Raumes fiel Cates Blick auf Célines Atelier. Abgeteilt durch nackte, kopflose Kleiderpuppen, lag in diesem Bereich hüfthoch Krempel. Auf jeder nur verfügbaren freien Fläche, egal ob ein Stuhl oder ein Quadratzentimeter Fußboden, lagerten riesige Berge von Stoffen sowie Beutel mit bunten Bändern, dazwischen aufgeschlagene Modemagazine mit Eselsohren oder herausgerissenen Seiten. In der Mitte des Ateliers stand ein Spiegeltisch, auf dem die einzige Nähmaschine aus massivem Gold thronte, die Cate je gesehen hatte. Doch unter all den Schichten von Krimskrams begraben, konnte man deren Pracht kaum würdigen.

Der Sitzsack gab ein knisterndes Geräusch von sich, als sie darin versank, und dann tauchte Céline mit den Kaffeetassen auf. Sie stellte sie auf einem niedrigen Tisch ab und ließ sich in den anderen Sack fallen.

»Und?« Sie zündete sich eine Zigarette an und atmete aus. »Bist du jetzt so weit, dass du sprechen kannst?«

Cate riss sich von dem Panorama los und sah Céline ins Gesicht. »Worüber?«

Céline bedachte sie mit einem intensiven Blick im Sinne von »Ich bin deine beste Freundin, mich kannst du nicht verarschen!« und begann: »Komm, lass uns reden, Cate. Sag mir die Wahrheit. Bist du mit den Nerven am Ende?«

Célines Gesichtsausdruck war ernst.

»Wie bitte? Nein, Céline. Ich habe keinen Nervenzusammenbruch.«

Céline blickte skeptisch. »Komm schon! Eigentlich habe ich darauf gewartet, dass du nicht länger um die heiße Suppe herumredest. Aber ich merke, dass du das nicht vorhast, also tue ich es. Wir müssen über Graham reden. Ich möchte doch nur, dass du, hm ...« Nun kämpfte sie mit der nächsten Formulierung, »... dass du dein Herz ausgießt.«

Cate war so sprachlos, dass sie nicht einmal die falschen Redewendungen korrigierte. Céline sprach sonst nicht über Gefühle, ebenso wenig wie Cate; diesbezüglich herrschte zwischen den beiden eine Art stillschweigende Vereinbarung. Céline war viel zu egozentrisch und Cate viel zu beherrscht dafür. Aber nun konnte Cate an Célines Miene erkennen, dass sie etwas sagen musste.

»Also, es war wirklich ein hartes Jahr«, meinte sie schließlich. »Ein verdammt hartes Jahr.«

Céline nickte. Und wartete ab.

Cate riss die Hände hoch. »Ich weiß nicht, was du von mir hören willst, Céline! Dass ich deprimiert bin? Dass ich am Boden zerstört bin? Dass ich traumatisiert bin? Ja, das ist alles richtig. Können wir das jetzt bitte vergessen?« Sie wollte unbeschwert klingen, doch als sie Célines besorgten Blick auffing, wusste sie, dass ihr dies nicht gelungen war. Sie seufzte. »Du weißt doch schon alles, Céline. Ich will das nicht für Graham. Ich habe das Gefühl, dass ich ihm seinen Frieden vorenthalte.«

Céline drückte ihre Zigarette aus und rückte ein wenig näher. »Wie lange soll das noch so weitergehen, *ma belle?*«

»Ist das die Millionen-Frage?« Cate wischte sich eine Träne ab. »Bis Edwina das entscheidet, vermute ich.«

»Nein, *ma belle*«, sagte Céline nach einer längeren Pause. »Bis *du* das entscheidest.«

Dieser Satz überraschte Cate allerdings. »Wie bitte? Du weißt doch, dass ich nicht ...«

»Du kannst sehr wohl«, sagte Céline mit Bestimmtheit. »Aber du wirst es nicht tun.«

Cate versuchte aufzustehen, aber es fiel ihr schwer, aus dem Sitzsack hochzukommen. Schließlich gelang es ihr, zumindest aufrecht zu sitzen. »Was willst du damit sagen? Dass es meine Schuld ist? Dass ich gegen Edwinas Willen entscheiden und Grahams Leben beenden soll?«

»Nein, das sage ich nicht«, entgegnete Céline mit entwaffnender Ruhe. »Ich sage doch nur, dass du die Kontrolle darüber hast. Und nicht Edwina.«

»Du hast doch gar keine Ahnung, wovon du sprichst.« Cate spürte, wie Entrüstung in ihr aufstieg. »Ja, ich habe das letzte Wort, aber ich bin weder Richter, Geschworener noch Henker. Und das will ich auch gar nicht sein. Die Verantwortung ist einfach zu groß, die Konsequenzen sind unwiderruflich.«

Céline ließ die Schweigepause zu, doch Cate wusste, was sie dachte. Und ihre Freundin lag richtig. Sie war so sehr damit beschäftigt gewesen zu versuchen, es allen recht zu machen, dass sie nicht einmal darüber nachgedacht hatte, was das Richtige für Graham war. Ja, Edwina hatte ihre Meinung durchgesetzt, aber sie selbst hatte es zugelassen. Dabei war sie Grahams Ehefrau, dabei war sie die nächste Angehörige. Sie selbst hatte das Heft in der Hand.

»Ich weiß, dass ich ihn gehen lassen muss, Céline. Aber allein der Gedanke, diejenige zu sein, die tatsächlich …«

Sie nahm dankbar ein Papiertaschentuch an und schnäuzte sich. »Ich meine, ist es nicht schlimm genug, dass man ihn mir genommen hat? Dass er seit einem Jahr im Koma liegt? Und nun will jemand da oben, dass ich über seinen Tod entscheide? Gegen den Willen seiner Familie? Wirklich, in einem anderen Leben muss ich richtig viel Scheiße verbrochen haben.«

»Wahrscheinlich«, stimmte Céline zu, während sie ihr das nächste Papiertaschentuch reichte. »Aber du musst ja gar nichts unternehmen. Das versuche ich dir ja gerade zu erklären. Es geht mich nichts an. Und auch nicht Edwina. Es geht dich an. Und zwar nur dich.«

»Nur mich«, wiederholte Cate, während sie mit dem Taschentuch ihr Gesicht abtupfte. »Nur mich.«

Plötzlich erschien ihr das als der traurigste Aspekt der ganzen elenden Angelegenheit. Cate dachte an Graham, sie dachte an ihren verstorbenen Vater, an die förmliche Nicht-Beziehung zu ihrer Mutter. Alle Freundschaften, die sie einmal gehabt hatte, waren seit Grahams Unfall auf der Strecke geblieben. Abgesehen von Céline, gab es nur noch sie selbst. Ein Strom heißer Tränen rann ihr über die Wangen.

»Alle haben Leute um sich, Céline. Ihr Sicherheitsnetz. Menschen, die sie anrufen, wenn das Auto eine Panne hat und es gerade regnet. Alle, nur ich nicht! Ich habe wirklich niemanden …«

Dann brachen plötzlich alle alten Verletzungen auf und ergossen sich in eine Worttirade. Der Schmerz in Cates Brustkorb war unerträglich, als sie diese Wahrheit wiederholte. Dann verstrich unendlich viel Zeit. Die Tränen flossen weiter. Der Schmerz der Verletzungen wuchs. Cate glitt allmählich aus dem Sitzsack auf den Fußboden, wo sie schließlich Seite an Seite mit Céline lag. Cate nahm kaum wahr, wie Céline ihr mit den Fingern über den Rücken strich, eine Geste, die sie eher als mütterlich denn als freundschaftlich empfand, aber die in ihrem Zustand genau das Richtige war.

»Ich habe niemanden, Céline«, wiederholte Cate nach einer langen Schweigepause.

»Doch«, erwiderte Céline, »du hast mich!«

6. Kapitel

»Die Liebe ist keine Wissenschaft,
sondern eine Kunst.«
Mireille Guiliano

Cate wachte in Célines Bett auf. Die Jalousien waren hochgezogen, und die Sonne stand hoch am Himmel. Es musste schon spät sein. Sie hatten ziemlich verschlafen.

Zumindest Cate. Céline lag neben ihr und starrte sie an. Es war ein wenig unheimlich.

»Morgen«, sagte Cate verunsichert. »Warum glotzt du so?«

»Weil ich Angst habe, du könntest dich aufbringen, wenn ich einschlafe. Ich bin die ganze Nacht wach geblieben und habe auf dich aufgepasst.«

Cate erforschte Célines Gesicht, sie versuchte herauszufinden, ob das ein Scherz sein sollte. Es war schwer zu sagen, also beschloss Cate, Célines Worte ernst zu nehmen.

»Umbringen, nicht aufbringen«, verbesserte sie noch, ehe sie zu dem wichtigeren Aspekt kam. »Ich begehe doch keinen Selbstmord, Céline! Hast du wirklich die ganze Nacht nicht geschlafen?«

»*Oui!* Ich bin erledigt.« Céline ließ sich in die Kissen zurückfallen. »Es ist wirklich schwere Arbeit, deine Freundin zu sein.«

Cate rang sich zu einem Lächeln durch. »Du musst dir keine Sorgen machen, Céline. Ich verspreche dir, dass ich mich nicht umbringen werde.«

Céline betrachtete sie noch einen Moment, dann entspannte sie sich wieder. »Das hoffe ich sehr. Das wäre ein fürchterlicher Sommer, wenn ich jede Nacht wach bleiben müsste. Wenn ich nicht schlafe, werde ich zum Tier.«

Nach diesen Worten verschwand Céline in der Küche, und Cate reckte und streckte sich. Sie fühlte sich noch ein wenig benommen, eine angenehme Begleiterscheinung des Gefühlsausbruchs der letzten Nacht. Ihre Augen fühlten sich trocken und gereizt an, anscheinend hatte sie ihre gesamte Körperflüssigkeit über die Augäpfel verloren, und ihr schmerzte von dem Ausbruch noch immer der Kopf. Sie setzte sich langsam auf und erwartete schon, dass noch weitere Wehwehchen auftauchten, aber das schien vorerst alles zu sein.

Im Sitzen konnte sie das gesamte Ausmaß von Célines Meerblick erfassen. Der weiße Sandstrand erstreckte sich, so weit sie sehen konnte, und am Horizont schaukelten Jachten sanft vor einem perfekt azurblauen Hintergrund. Leute schlenderten ohne jede Eile, so als müsste niemand irgendwohin. Es war himmlisch.

Minuten später reichte Céline ihr einen Espresso. »Bist du immer noch im Bett? Steh auf! Sofort! Wir müssen zum Restaurant!«

Cate wollte gerade in Aktionismus verfallen, als Céline die Zeitung aufschlug und sich kichernd auf einen Lehnstuhl niederließ. Céline war einfach ein wandelnder Widerspruch. Cate entschied nun, dass ihr vermutlich noch genug Zeit blieb, um ihren Kaffee zu genießen und gemütlich zu duschen, ehe die Rede wieder auf das Restaurant kam.

»Ja, fein«, sagte sie, während sie sich auf die Seite rollte. »Ich freue mich schon darauf.«

Seit ihrer gemeinsamen Schulzeit hatte Cate von dem Restaurant gehört. Célines Vater hatte das Lokal kurz nach der Geburt von Céline und Adélaïde gekauft und geplant, darin eine Kunstgalerie einzurichten. Doch Benoît, Célines Onkel, der seine Ausbildung an der renommierten Kochschule *Cordon bleu* absolviert hatte, überzeugte seinen Bruder, daraus ein kleines, schickes Lokal zu machen. Das Restaurant erhielt zu Ehren von Céline und Adélaïde den Namen *Jumelles* – Zwillinge –, und Benoît führte es nun seit dreißig Jahren.

»Das ist auch gut so«, sagte Céline hinter der Zeitung. »Denn genau dort wirst du diesen Sommer arbeiten.«

Cate verschluckte sich an ihrem Kaffee. »Arbeiten? Céline! Ich bin für eine Auszeit hier. Ich habe nicht vor zu arbeiten. Ich wollte hier …«

»Was?« Céline senkte ihre Zeitung gerade so weit, dass ihre zu bedrohlichen Schlitzen verengten Augen zu sehen waren.

»Was wolltest du hier machen? Auf deinem Riesenhintern herumsitzen und dich in Selbstmitleid ergehen? In deinen Kaffee heulen und Tagebuch schreiben?«

Cates Kiefer sackte nach unten. »Also …«

»Und morgens, mittags und abends *pain au chocolat* essen, damit deine Oberschenkel so dick wie Baumstämme werden?«

»Hm …«

»Museen besichtigen? Traurige Romane lesen und lange Spaziergänge machen?«

Célines Augen verengten sich, bis sie fast geschlossen waren. Sie wartete gespannt auf eine Antwort.

Cate biss sich auf die Lippen. Das war genau das, was

sie geplant hatte. Selbst als sie hörte, wie Céline ihr das vorbetete, klang es gar nicht so übel. Doch leider schwieg sie zu lange.

»Ich habe mir das anders vorgestellt.« Mit diesen Worten beendete Céline triumphierend ihre Anklage und tippte auf ihre Zigarette über dem Aschenbecher, einer umgedrehten Muschel. Ihre Augen weiteten sich und verschwanden dann wieder hinter der Zeitung. »Und übrigens, nimm deine Taschen mit«, sagte sie noch. »Wir können sie nachher noch zum Boot bringen.«

Cate schluckte. »Was … was für ein Boot?«

»Das Boot, auf dem du wohnen wirst«, erklärte Céline, doch in einem Tonfall, als hätte sie es schon hundertmal erwähnt.

»Ach. Ich habe gedacht, dass ich hier wohnen würde.«

»Dann hast du falsch gedacht.«

Nachdem sie einen Moment benötigt hatte, um die Neuigkeiten zu verdauen, fragte Cate nach: »Und wem gehört das Boot, auf dem ich wohnen werde? Muss ich auch noch als Schiffsjunge arbeiten, um mir die Unterkunft zu verdienen?« Sie zwang sich zu einem Kichern, aber als Céline schwieg – und über die Idee ernsthaft nachzudenken schien –, wünschte sie, sie hätte den Mund gehalten.

»Onkel Benoît hat alles organisiert. Der Besitzer ist ein Freund von ihm und wird es diesen Sommer nicht benutzen. Er freut sich, wenn du dort wohnst, solange du es sauber hältst.« Sie blätterte eine Seite um und strich die Zeitung mit einem lauten Knistern glatt. »Ich habe es noch nicht gesehen, aber ich bin sicher, dass es sehr bequem ist. Du brauchst einen Ort für dich, und ich habe nicht genug Platz für dich und deinen Hintern. Und es wäre nett«, fügte sie beiläufig an, »wenn du Benoîts Freund schreiben könntest, um dich für seine Gastfeindschaft zu bedanken.«

»Gastfreundschaft«, verbesserte Cate, aber mit ihren Gedanken war sie ganz woanders. Diese Reise, die ihr eigentlich helfen sollte, ihr Leben wieder in den Griff zu bekommen, ließ sich allmählich fast noch nerviger an als ihr Leben in London. Und noch überraschender war die Schnelligkeit, mit der Céline ihr Leben organisiert hatte. Vor kaum achtundvierzig Stunden hatte sie dem Frankreich-Aufenthalt überhaupt zugestimmt, und in dieser knappen Zeit hatte Céline für sie sowohl einen Job als auch eine Bleibe aufgetan, während sie gleichzeitig Adam im Auge behielt und vermutlich die nächste Verschwörungstheorie wegen seiner Untreue entwickelte. Es war schon imponierend. Dabei hatte sie sich selbst immer für das große Organisationstalent gehalten. Zumindest früher einmal.

Als sie ihren Kaffee getrunken und sich geduscht hatten, zogen sie sich an und schlenderten zum *Jumelles*. Cate verdrängte das überraschende Doppelpaket Job und Boot und beschloss, einfach den Augenblick zu genießen. Schließlich war sie hergekommen, um zu relaxen und sich zu vergnügen. Die Nachmittagssonne war heiß, als sie gemächlich durch Saint Marc spazierten, und über den Straßen lag der Duft von Eiswaffeln, Sonnenlotion und Kokos. Céline berichtete von ihren jüngsten Verdachtsmomenten gegen Adam, und Cate hörte ergeben zu, hütete sich allerdings, über eine der beteiligten Seiten ein Urteil zu fällen. Sie wusste aus Erfahrung, dass man niemals Partei ergreifen sollte, wenn es um die Liebesgeschichten einer Freundin ging. Während Céline sprach, fuchtelte sie wild mit den Armen, und die dramatischen Pausen und überdeutlichen Betonungen verliehen ihren Gefühlen noch mehr Ausdruck. Cate konnte nicht anders, bei einigen der besonders ausgeklügelten Theorien musste sie einfach kichern, doch dieses Verhalten brachte ihr sofort einen Tadel wegen Naivität ein. Céline war aber niemals länger böse auf Cate.

Sie bogen in eine schmale Straße mit Kopfsteinpflaster ein, die von hohen Steinhäusern mit roten, blauen und grünen Fensterläden flankiert war. In den unteren Etagen wechselten sich Haustüren mit gläsernen Ladenfronten ab, und unter ausziehbaren Segeltuchmarkisen standen schmiedeeiserne Tische und Stühle. Noch bevor Cate das Schild des *Jumelles* sah, hörte sie ihre Namen.

»Céline! Cate!«

Cate folgte dem Klang der Stimme, bis sie den grauhaarigen Mann entdeckte, der vom Tisch aufgesprungen war und ihnen zuwinkte.

»*Bienvenue!* Willkommen!«, begrüßte Benoît sie. »Was für eine Freude, dich zu sehen, Cate. Wir alle haben deine Ankunft mit Spannung erwartet.«

Cate blickte sich um, um zu erkennen, wen er mit »wir alle« meinte. Im Lokal war niemand, abgesehen von einer mürrisch dreinblickenden Frau mittleren Alters, die hinter dem Tresen stand. »Danke, Benoît. Ich freue mich so, dich endlich kennenzulernen. Céline hat mir schon erzählt, dass ich hier arbeiten kann. Wann soll ich anfangen?«

»Ach, das hat doch Zeit bis morgen. Du bist doch gerade erst angekommen! Bitte, setzt euch! Ich werde Marie-Claude bitten, uns etwas zu essen zu bringen.«

Benoît verschwand im Restaurant, und Céline und Cate setzten sich an einen der kleinen schmiedeeisernen Tische in der Gasse. Die anderen Tische waren voll besetzt mit entspannten, lässigen Gästen, die rauchten und sich mit großen, dramatischen Gesten und ausdrucksstarken Mienen unterhielten. Das Ganze war ein echter Schmelztiegel verschiedener Akzente, Sprachen und Kulturen. Cate schätzte alle Kulturen, doch für sie besaßen die Franzosen etwas – vielleicht diese dreiste Flegelhaftigkeit –, das sie bis ins Mark entzückte. Es überkam sie das Gefühl, dass sie für immer hier sitzen bleiben könnte, um einfach nur das Ambiente in sich aufzunehmen und dem Klang dieser sexy Sprache zu lauschen, selbst wenn sie kein Wort verstand.

»Du vin rouge«, kommentierte Benoît, als er mit Gläsern, einer Karaffe Rotwein und Wasser wieder auftauchte. Er setzte sich und prostete ihnen zu: *»Santé!«*

»Wo ist Marie-Claude, Benoît?«, fragte Céline, während sie eine Zigarette ansteckte und ihrem Onkel anbot.

Benoît griff nach der Zigarette und nahm einen tiefen Zug. »Was denkst du denn?«

»Hinter dem Tresen, wo sie deinen Fusel trinkt und sich darüber beschwert, dass sie völlig unterbezahlt ist, oder?« Céline steckte eine weitere Zigarette für sich selbst an. »Ich vermute, das ist der Grund, warum *du* selbst bedienst, während sie da drinnen ihren Arsch nicht hochbekommt, nicht wahr?«

»Nichts ändert sich hier«, meinte Benoît lächelnd. »Und genau das mag ich so.«

Kurz darauf erschien eine Frau – vermutlich Marie-Claude – mit einem Tablett mit Käse-Baguettes. Ihr Haar war fast vollständig ergraut und zu einem flachen Haarknoten zurückgesteckt, doch Cate bemerkte, dass sie, aus der Nähe betrachtet, eigentlich eine Schönheit war. Oder es zumindest einmal gewesen war. Nun war ihr Gesicht faltig, und ihre Schultern waren leicht gebeugt, aber sie hatte hohe Wangenknochen, und ihre Augen besaßen einen ungewöhnlichen Grünton, weshalb ihre Erscheinung relativ auffällig war.

»Marie-Claude«, sagte Benoît sanft, »ich möchte dir gern eine Freundin der Familie vorstellen, Cate Worth.«

Cate blieb sitzen und reichte ihr eine Hand, die zu ihrer Erniedrigung jedoch völlig ignoriert wurde. Benoît wirkte peinlich berührt, als Marie-Claude die Teller scheppernd auf den Tisch knallte und dann zurück in die Küche stapfte, wobei sie auf dem Rückweg mit ihrer Hüfte gegen Cates Wasserglas stieß, das sich prompt über Benoîts Schoß ergoss.

»Marie-Claude!« Benoît verdrehte die Augen, schien aber weder überrascht noch verärgert.

Marie-Claude drehte sich um und inspizierte die Lage. Sie stöhnte entnervt, als sie den Schlamassel erblickte, und warf Benoît einen Lappen zu. »Das nächste Mal passt du besser auf, ja?«, maulte sie Cate an.

Cate klappte erst einmal der Kiefer hinunter.

»Und genau deshalb kümmere ich mich um die Gäste«, sagte Benoît scherzhaft, während er seine Zigarette ablegte und versuchte, die feuchte Stelle im Hosenschritt mit dem Lappen trocken zu reiben. »Ich habe ihr schon hunderte Male gekündigt, aber sie taucht immer wieder zum Arbeiten auf. Was soll ich denn machen?«

»Sie vielleicht nicht mehr bezahlen?«, schlug Céline vor.

»Ach was«, Benoît winkte ab. »Es geht nun schon seit über zwanzig Jahren so. Ich würde sie vermissen.«

Cate wurde neugierig. Wie konnte ein so netter Mann wie Benoît nur eine so unfreundliche Bedienung über so viele Jahre hinweg aushalten? Und überhaupt, warum hatte Marie-Claude so schlechte Laune? Cate konnte sich eigentlich kaum vorstellen, dass man als Bewohner von Saint Marc überhaupt schlechte Laune haben konnte. Doch dann sagte sie sich, dass Unglück wohl überall zu finden war.

Cate nahm ein Käse-Baguette, doch Céline schlug es ihr aus der Hand.

»Soll das ein Witz sein? Du darfst doch keinen Käse essen. Was sollen denn die Leute denken? Eine fette Frau, die Käse isst?« Céline lachte und reichte Cate eine Zigarette. »Rauchen darfst du und Rotwein trinken. Das ist aber auch alles.«

So verging die Zeit, und mit den frühen Abendstunden trudelten auch wieder die ersten Gäste ein. Céline gestattete Cate, eine kleine Portion Salat mit Schinken und Walnüssen zu essen, und ihre Karaffe mit dem offenen Rotwein wurde wieder aufgefüllt, sobald sie geleert war. Als es dunkel wurde, hatten beide vom Rotwein fleckige Zähne, und Cate verspürte die warme Wallung von einem leichten Schwips. Sie überlegte, wie ihre Mutter wohl reagieren würde, wenn sie sie in einem derartigen Zustand anträfe. Höchstwahrscheinlich würde sie zwischen zusammengepressten Zähnen zischen: »Schau sofort, dass du wieder nüchtern wirst und dich wie eine Dame benimmst!«, und dabei vorsichtshalber ein Lächeln aufsetzen, falls jemand zusah. Doch Benoît reagierte völlig gegenteilig, als er sich zu später Stunde wieder zu ihnen setzte. Anscheinend bereitete es ihm Freude, dass sie sich vergnügten.

»Na, meine schönen, berauschten Damen, amüsiert ihr euch gut?«

Céline zog einen der Stühle heran. »Du musst noch ein wenig aufholen, Benoît! Ich bringe dir ein Glas!«

»Ach, nein«, lehnte er kopfschüttelnd ab. »Vielleicht solltest du Cate zum Boot bringen?«

»D'accord«, murmelte Céline ihr Einverständnis. »Gehen wir, Cate.«

Unten am Hafen war die Luft noch immer warm, und der Geruch nach Meer und Salz war sogar intensiver als am frühen Abend. Auf ihrem Weg über die Holzplanken des Piers konzentrierte sich Céline darauf, die Zahlen an den Liegeplätzen zu lesen. Schließlich entdeckte sie die 129 und rief: »Wir sind da!«

Céline war weniger phlegmatisch als üblich und präsentierte mit großer Geste Cates neue »Heimat«, wie die liebreizende Assistentin eines Magiers. *»Mademoiselle«*, schnurrte sie enthusiastisch, *»votre palace vous attend!«*

Cate gefiel das Boot auf Anhieb. Ihr gefiel, dass es eines von den kleineren Booten im Hafen war und keine der großartigen Jachten, die eher dem Lebensstil von Céline und ihrer Familie entsprachen. Ihr gefiel, dass die Schlafkajüte und der Wohnbereich mit poliertem dunklem Holz getäfelt waren. Ihr gefiel, wie die Vorhänge, Kissen sowie die Tisch- und Bettwäsche im Marinestil in Blau und Weiß aufeinander abgestimmt waren. Und ihr gefiel, dass die Dusche fließendes Wasser hatte – ganz offensichtlich ein Luxus – und dass die Spülung der Toilette mit ein paar Pumpbewegungen an einem Plastikknopf funktionierte. Mitten auf dem Tisch stand eine Vase mit pinkfarbenen und weißen Geranien sowie eine Flasche Rotwein. Auf der Nachricht stand:

Bienvenue en France, Cate. Benoît

»Ich lass dich dann mal in Ruhe, damit du dich eingewöhnen kannst«, sagte Céline, während sie schon die Stufen zum Deck hochwankte.

Als Céline gegangen war, herrschte völlige Ruhe. Cate konnte zwar hören, wie Leute den Pier entlanggingen und auch wie das Wasser sanft gegen die ankernden Boote plätscherte. Doch ohne Céline und ihr andauerndes belangloses Geplänkel verspürte sie den Stich der Einsamkeit.

Cate setzte sich auf eines der voluminösen Kissen und entkorkte die Rotweinflasche. Sie schenkte sich ein Glas ein und stieß mit der Blumenvase an.

»Bienvenue en France, Cate!«

7. Kapitel

»Das Leben ist alles, was wir haben, und wir leben es,
so wie wir glauben, es zu leben. Aber das zu opfern,
was man ist, und ohne Glauben zu leben,
solch ein Schicksal ist schlimmer als der Tod.«
Jeanne d'Arc

Der Klang von Schritten riss Cate aus ihrem Traum. Noch im Halbschlaf – und furchtbar verkatert –, benötigte sie eine Minute, bis ihr wieder einfiel, wo sie war. Als sie begriff, dass sie eine charmante kleine Jacht in Südfrankreich bezogen hatte, plumpste sie auf die weiche Matratze zurück.

Ein wunderbares Gefühl durchströmte sie, als sie sich in den Laken rekelte. Es war einfach großartig, weit weg vom trostlosen alten England zu sein, wo es selbst im Juni keine Anzeichen dafür gab, dass der Sommer vor der Tür stand. In Saint Marc hingegen hatte man sogar in der Kajüte, in die der Duft nach Meer und Sand drang, das Gefühl, es wäre das ganze Jahr über August.

Als sie die Schritte wieder hörte, verharrte Cate mucksmäuschenstill. Sie klangen verdammt nah. Das untrügliche Klackern von hohen Absätzen auf den Stufen veranlasste sie, sich aufzurappeln und sich hinter der Kabinentür zu verstecken. Sie waren richtig nah. Cate lugte gerade rechtzeitig durch den Türspalt, um zu erkennen, dass eine

Frau mit einem strengen blonden Bob die Hauptkabine betrat und die Räumlichkeiten inspizierte.

Cate nahm verdutzt den hellbraunen Trenchcoat und die schwarzen, hochhackigen Stiefel wahr, während ihr verschiedene mögliche Erklärungen durch den Kopf schossen. War die Frau auf der falschen Jacht gelandet? Oder – Gott bewahre! – befand sie selbst sich vielleicht auf dem falschen Boot? Céline kannte es ja gar nicht, und sie beide waren gestern Abend schließlich ziemlich angetrunken, da war so etwas durchaus möglich. Aber der Begrüßungswein war doch eindeutig für sie gedacht gewesen! Cate warf nervös einen Blick in den Spiegel an der Rückseite der Tür. Ihre Augen waren blutunterlaufen, ihr Haar war zerzaust, und ihr Höschen zierte ein pinkfarbenes Herzmuster. Würde die vermeintliche Jachtbesitzerin ihr wenigstens zugestehen sich anzuziehen, bevor sie des Landes verwiesen wurde? Cate griff so leise es ging nach ihrer Jeans und schlüpfte hinein. Aber sie hatte sie erst zu den Knien hochgezogen, als eine Hand mit blutrot lackierten Fingernägeln die schwere Holztür umfasste. Cate knallte die Tür zu.

»*Merde alors!*«

Cate erkannte die fluchende Stimme sofort. Sie packte die Klinke und zog die Tür auf, um sogleich die nächste Lawine vulgärer Schimpfwörter auszulösen. »Céline, was machst du denn hier?« Sie knöpfte ihre Jeans zu und fragte dann entgeistert: »Céline, was hast du da an?«

»Sag bloß nichts!« Céline besah eingehend ihre lädierten Finger. »Sag besser nichts!«

»Céline, es tut mir so leid … Ich … ich hatte Angst! Du bist auf einmal … blond. Und du bist angezogen wie eine … wie eine … Agentin. Und ich … ich habe gedacht, dass ich auf der falschen Jacht bin und dass das Boot einer fremden Frau gehört und … und … dass du die Besitzerin bist … Aber was machst du in diesem Aufzug?«

Céline beendete die Inspektion ihrer Hand und wurde ein wenig munterer, als sie an den sorgfältig lackierten Fingernägeln keine bleibenden Schäden entdeckte. »Ich trage Tarnkleidung. Heute werde ich Adam in flagranti erwischen. Und du kommst mit mir.«

»Ich kann nicht, Céline.« Cate spürte, wie die ersten Nadelstiche ihres Katers ihren Kopf erreichten. »Ich muss arbeiten gehen, hast du das vergessen? Der Job, den du für mich organisiert hast!«

»Pah! Das hat Zeit bis heute Abend. Es ist noch früh.«

Cate schüttelte den Kopf. »Benoît hat mich gebeten, heute Mittag anzufangen. Also muss ich mich langsam fertig machen.«

Cate spürte Célines Blick auf sich, während sie das Bett machte und ihren Pyjama sorgfältig faltete und unter das Kissen legte. Dann drehte sie sich um.

»Was ist?«

»Du bist schon wieder so … ordentlich!« Das war eindeutig ein Vorwurf. »Mir hat die chaotische, schlampige Cate richtig gut gefallen. Sag bloß nicht, dass du schon wieder zu dem verspannten, methodischen Kontrollfreak mutierst, Cate! Sag mal, wann hattest du eigentlich die Zeit, all das aufzuhängen?« Céline ertastete ungläubig den Saum einer Button-down-Bluse, die an der Kleiderstange hing. »Hast du die etwa auch noch gebügelt?«

Cate schnappte ihr die Bluse weg und entschied, sie anzuziehen. »Na und? Ich bekomme mein Leben wieder in den Griff. Das hast du doch so gewollt, oder? Und ich beginne damit, indem ich für Ordnung sorge.« Sie entdeckte noch einen dazu passenden, knielangen schwarzen Rock und legte beide Kleidungsstücke aufs Bett.

»Ich glaube, du musst ein bisschen legerer werden!« Céline setzte sich auf das frisch gemachte Bett. »Kommst du wenigstens mit, wenn ich Adam auf dem Weg zur Arbeit auflauere? Dafür wirst du ja wohl Zeit haben!«

Cate hielt dies für einen vernünftigen Kompromiss. Nach einer schnellen Dusche und dem mehr als notwendigen Zähneputzen zog sie sich an und ging an Deck. Céline war gerade dabei, eine überdimensionierte Straßenkarte zu studieren, die über und über mit rotem Marker vollgekritzelt war.

Céline bedeutete Cate, ihr beim Kartenstudium Gesellschaft zu leisten. »Wir müssen uns beeilen. Adam bricht bald zu Hause auf.« Sie zeigte auf ein rotes X auf der Karte, das so auffällig markiert war, als bezeichnete es auf einer Schatzkarte die versteckten Juwelen. »Und dann«, erklärte sie weiter, »werden wir uns trennen, und du wirst Richtung Osten gehen und ich …«

Cate schaltete ab, während Céline eine ganze Reihe ausgeklügelter Anweisungen erteilte, deren Planung sie offensichtlich einen unsinnigen Haufen Zeit gekostet hatte. Wenn sie diesen Elan in ihr Modebusiness stecken würde, dachte Cate, dann würde sie es aus eigener Kraft zur Millionärin bringen.

»Cate!«, schrie Céline ihre Freundin von der Seite an.

»Wie bitte?«

»Hast du noch Fragen?«

»Nein, alles klar wie Kloßbrühe.«

»Perfekt.« Céline zog eine schwarze Baskenmütze aus ihrem Trenchcoat und setzte sie auf ihr blondes Haupt. »Gehen wir!«

Sie brausten auf Célines Moped davon – weiß der Kuckuck, in welche Richtung. Als der Wind immer wieder Haarsträhnen aus ihrem Haarband riss, fiel Cate ein, dass sie vielleicht besser Helme tragen sollten, vor allem im Hinblick auf Célines Fahrkünste. Doch sieben schreckvolle Minuten später saßen sie bereits auf hohen Barhockern in einem Café gegenüber von Adams Reiseagentur und nippten an ihrem Kaffee.

Cate versuchte, ein Lachen zu unterdrücken. »Céline, was suchen wir hier eigentlich?«

»Was denkst du denn … Ahh!« Céline kreischte. »Adam!«

»Bonjour, ma chérie!« Adam ließ die Speisekarte sinken und setzte die dunkle Sonnenbrille ab. »Bei dem Spiel können doch auch zwei mitmachen, oder?« Er brach in schallendes Gelächter aus, während er herantrat und lässig einen Arm um die Schultern seiner Freundin legte. »Du siehst auch als Blondine großartig aus!«

»Meine Güte, Adam!« Céline stöhnte dramatisch. »Wegen dir bekomme ich noch einen Herzinfarkt!«

»Hallo, Cate!« Adam hob seine freie Hand zum Gruß. »Entschuldigt bitte, aber ich kann euch leider nicht Gesellschaft leisten, ich habe zu tun.«

Adam führte in Saint Marc eine äußerst erfolgreiche Reiseagentur für Luxustouristen. Die meiste Arbeit hatte er während der Internationalen Filmfestspiele von Cannes, wenn er für Schauspieler, Filmemacher und sonstige Berühmtheiten, die zu der Zeit scharenweise in die Gegend kamen, exklusive Ausflüge in die Region anbot. Während der Hauptsaison beschäftigte er eine Handvoll Angestellte, und den Rest des Jahres betrieb er die Agentur als One-Man-Show, indem er vor allem Flitterwochen für VIPs und Superreiche organisierte. Adam verdiente genug, um während der Nebensaison nur wenig arbeiten zu müssen, und er genoss die Vorzüge der flexiblen Arbeitszeit, die es ihm erlaubte, sich freizunehmen, wann er wollte.

Cate warf einen Blick auf ihre Armbanduhr. »Ich muss auch los. Das *Jumelles* ist doch gleich um die Ecke, oder?«

»*Oui.*« Céline drückte ihr die vollgekritzelte Straßenkarte in die Hand. »Nächste rechts, dann links und noch einmal links.«

Cate winkte Céline und Adam zum Abschied und machte sich auf den Weg. Sie war ein bisschen nervös. Ihr war klar, dass Benoît ihr mit dem Job in dem Restaurant einen Gefallen erwies, und sie wollte ihn nicht enttäuschen. Aber würde ihr die Arbeit überhaupt liegen? Sie könnte Wein einschenken, Gerichte servieren und mit den Gästen plaudern. Zumindest würde sie einen besseren Job machen als diese furchtbare Marie-Claude.

Sie bog in die Gasse mit dem Kopfsteinpflaster und stellte fest, dass das *Jumelles* noch geschlossen war. Kein Licht brannte, niemand war im Inneren zu sehen. Sie überprüfte die Zeit auf ihrer Armbanduhr – fünf Minuten vor zwölf. Nach allem, was sie über die Pünktlichkeit der Franzosen wusste, war es keineswegs überraschend, dass sie allein dastand. Sie beschloss, einen guten Eindruck zu machen und mit der Arbeit anzufangen.

Sie begann damit, die Tische und Stühle von den Stapeln zu heben, die in der schmalen Gasse unter einer Plane steckten. Sie wogen schwer – schließlich waren sie aus Schmiedeeisen –, und während Cate die Tische aufstellte und die Stühle darum gruppierte, bekam sie rosige Wangen und begann zu schwitzen. Als sie fertig war und immer noch niemand zu sehen war, sperrte sie die seitliche Eingangstür mit dem Schlüssel auf, den Benoît ihr am Vortag ausgehändigt hatte.

Das *Jumelles* war wirklich winzig. Es war länglich geschnitten und schmal, mit dem Tresen an der einen Seite und nur Platz für drei kleine Tische mit jeweils vier lackierten Thonet-Stühlen. Doch auf dem Vorplatz in der Gasse standen viermal so viele. Drinnen war es dunkel, die Steinwände waren unverputzt, und nur ein Fenster zeigte zur Straße, aber Cate fand das Lokal keineswegs trist, sondern gemütlich. Charmant. Genau der Ort, um ein Glas Rotwein zu trinken, ein paar Oliven zu essen und die Zeitung zu lesen.

Als Cate die Uhrzeit wieder überprüfte, zeigte die Wanduhr mit dem römischen Zifferblatt fünf Minuten vor halb eins an, genauso wie ihre Armbanduhr. Benoît hatte doch »Mittag« zu ihr gesagt, oder etwa nicht? Cate sah sich nach einem Dienstplan oder einem Schild mit den Öffnungszeiten um, doch als sie nichts dergleichen vorfand, begann sie, die Spülmaschine auszuladen und das Geschirr an die Plätze zu räumen, die ihr logisch vorkamen. Als sie damit fertig war, füllte sie das Spülbecken mit kochendem Wasser und schrubbte die schmierigen Töpfe, ehe sie die hartnäckige Fettschicht einweichen ließ. Als ihr nichts mehr einfiel, was sie noch tun könnte, setzte sich Cate auf einen der Barhocker und blätterte in einer französischen Zeitschrift.

Eine weitere Dreiviertelstunde verging, bis Marie-Claude durch den Seiteneingang hereinkam. »Was zum Teufel ist hier los? Warum ist das Lokal noch nicht geöffnet? *Mon dieu!*«

»Oh, hm.« Cate rutschte von dem Barhocker und blickte Marie-Claude verwirrt an. »Ich habe gedacht, dass wir uns hier gegen Mittag treffen und das Lokal gemeinsam aufmachen.« Plötzlich kam sie sich wie ein Dummkopf vor.

»Du hast also nur herumgesessen und Klatschzeitschriften gelesen?« Marie-Claude deutete mit einem Kopfnicken auf die Zeitschrift in Cates Händen. »Um Himmels willen, leg das Teil weg und mach dich an die Arbeit! Benoît wird gleich kommen und sich gewaltig aufregen!«

Cate legte die Zeitschrift weg und sah sich um. Sie fragte sich, was sie noch machen sollte. Sie erwartete, angelernt zu werden, aber es sah so aus, als wäre das Ganze eher eine Unternehmung nach dem Motto: »Friss oder stirb!«

»Gut, hm, was soll ich denn jetzt tun?«

»Also, vielleicht könntest du aufsperren und das Schild umdrehen, damit man sieht, dass das Lokal geöffnet ist?«, schlug Marie-Claude ihr so laut und langsam vor, als wäre Cate ein Kleinkind. »Und dann könntest du die Bestellungen aufnehmen ...«

Cate spürte die Erniedrigung. Natürlich, sie hätte das Lokal aufschließen sollen! Was hatte sie sich eigentlich dabei gedacht, als sie hier wie ein Teenie herumlungerte und auf Anweisungen wartete? Sie öffnete die Tür, und sogleich strömten die ersten Gäste herein. Sie begrüßte sie höflich, bevor sie auf der Suche nach einem Notizblock und einem Stift in die Küche ging.

»Wo sind denn die großen Teller?«, stöhnte Marie-Claude, während sie durch die Schwingtüren in die Küche rauschte. »Verdammt noch mal, wo sind die Weingläser? Und was ist mit dem Besteck passiert?«

Cate glotzte sie mit großen Augen an. »Also, hm, ich habe die Spülmaschine ausgeräumt, und die großen Teller stehen hier im Regal über der Spüle, neben den kleinen Tellern. Und die Weingläser, die habe ich über die Weinflaschen gehängt, mit den Stielen nach oben. Und, hm, also das Besteck liegt in der oberen Schublade ...«

Doch sie verhaspelte sich umso mehr, je tiefer die Falte zwischen Marie-Claudes Augenbrauen wurde. Warum hatte sie nur ihr Revier umstrukturiert? Am liebsten hätte

Cate die Schürze, die sie sich umgebunden hatte, hingeschmissen und wäre weinend weggelaufen. »Es tut mir leid, Marie-Claude. Das war kein guter Anfang. Könnten wir das bitte vergessen und noch einmal frisch loslegen?«

»Uns bleibt ja nichts anderes übrig«, meinte die Kollegin barsch. »Die Gäste warten schon.«

Am Abend, gegen sechs Uhr, war Cate nur noch deprimiert. Sie war zum wiederholten Male gerügt worden, und zwar für Sachen, auf die sie eigentlich selbst hätte kommen können. Der Koch hatte laut mit ihr geschimpft – wobei er, wie Cate vermutete, die allerübelsten französischen Worte verwendete –, weil sie die Töpfe in kochendem Wasser eingeweicht und geschrubbt hatte, für die er Jahre gebraucht hatte, bis sie endlich eine Patina nach seinem Geschmack angenommen hatten. Und Marie-Claude war wütend, weil Cate die Tische so eng aufgestellt hatte, dass es unmöglich war, sich durchzuquetschen, um Bestellungen aufzunehmen, vom Servieren der Speisen ganz zu schweigen.

Als Benoît schließlich gegen halb sieben eintraf, ging Cate kleinlaut zu ihm. Sie war sich sicher, dass sie ihren Job los war.

»Und, wie war dein erster Tag?«, fragte er.

»Ich fürchte, er war ein ziemliches Desaster, Benoît.«

»Warum das denn?« Er zog eine besorgte Miene und rief über die Schulter: »Cate macht jetzt Pause!«, während er sie zu einem freien Tisch auf der Terrasse führte. Sie setzten sich, und Benoît warf ihr einen wissenden Blick zu. »Ist es wegen Marie-Claude?«

Cate lachte und schüttelte den Kopf. »Nein, es ist wegen mir. Ich veranstalte nur Chaos.«

Als ihr Tränen in die Augen schossen, verknitterte Benoîts zerfurchtes Gesicht noch mehr, was bei ihr weitere Tränen hervorrief. Und da fiel Cate zum ersten Mal die

Ähnlichkeit zwischen Benoît und Céline auf. Sein Haar war grau, aber zwischen all dem Salz war noch ein bisschen Pfeffer, offensichtlich hatte auch er einmal rabenschwarzes Haar gehabt. Wahrscheinlich war er früher ein sehr attraktiver Mann gewesen. Merkwürdig, dass er niemals geheiratet hatte. Und in Anbetracht des lässigen Umgangs mit seiner Nichte war es schon merkwürdig, dass er keine eigenen Kinder hatte. Er legte eine Hand auf Cates Hand, auf diese beiläufige Art, mit der Franzosen einander berühren.

»Dein Herz ist gebrochen, Cate.«

Cate blickte ihn erstaunt an und spürte, wie ihr Kinn bebte.

»Keine Sorge, wir werden es wieder reparieren.« Benoît lächelte warmherzig. »Und bis dahin werden wir Wein trinken, und zwar eine ganze Menge.«

Es war gestern Abend spät geworden. Benoît hatte Wort gehalten und dafür gesorgt, dass Cate reichlich Wein trank, und ihr Kater hatte sie mit dem Bedürfnis nach sofortiger Re-Hydration früh geweckt. Nun lungerte sie lustlos auf dem Deck der Jacht herum und versorgte ihr System nach und nach mit Wasser und Elektrolyten.

Es war noch früh, noch nicht einmal acht Uhr morgens, und da in Frankreich schließlich vor der Mittagsstunde nichts los war, beschloss Cate, ein paar Ibuprofen einzuwerfen und zu versuchen, an Deck noch ein bisschen zu dösen. Während sie sich darauf einstimmte, wieder in das Stadium der Bewusstlosigkeit zurückzufallen, holte ein Signalton sie ins Leben zurück. Sie griff nach ihrem Smartphone und stellte die Lautstärke leiser, ehe sie den Posteingang checkte. Ihr Herz raste, als sie entdeckte, dass Edwina der Absender war.

Cate, sorry wegen unserem Streit. Ich weiß, du willst das

Beste für G. Wieder Freunde? Erneutes Treffen mit Dr. Collins gut gelaufen. G evtl. bei Studie in Prag mit dabei. Informiere dich weiter. Ed

Cate seufzte. Es war nett von Edwina, ihr die Hand zu reichen, doch sie hatte das Gefühl, dass sich eigentlich nichts verändert hatte. Edwinas Leben war voll und ganz auf Graham ausgerichtet. Sein Zustand hatte völlig von ihr Besitz ergriffen. Und das Schlimmste an der Sache war, dass Cate nicht das Gleiche von sich behaupten konnte.

Sie fragte sich, ob die Dinge nicht anders lägen, wenn Edwina verheiratet wäre oder wenn es außer Graham noch weitere Familienangehörige gäbe. Ja, Ed hatte einmal einen netten Freund gehabt, sie und Thomas waren sogar verlobt gewesen. Thomas war ein liebenswerter Mann, und da er ziemlich unterwürfig war, hatte Cate ihn durchaus für die perfekte Ergänzung zu Ed gehalten. Doch je näher der Tag ihrer Hochzeit rückte – die ein paar Monate vor der von Cate und Graham angesetzt war –, begann Edwinas Begeisterung für ihren zukünftigen Gatten zu schwinden.

Cate hatte das wahre Ausmaß von Edwinas Zweifeln bis zu jenem Tag nicht erfasst, an dem die beiden Frauen sich gemeinsam in South Kensington nach Brautkleidern umsahen.

»Ich weiß nicht so recht«, äußerte Ed nun zum hundertsten Mal, während sie gerade an einer schulterfreien Corsage zerrte. »Es fühlt sich einfach nicht richtig an. Ich bin mir eigentlich nicht einmal sicher, ob wir überhaupt heiraten sollten.«

Cate, die sich gleich zu Beginn ihrer Einkaufstour für ein Brautkleid entschieden und sich in den letzten drei Geschäften mental ausgeklinkt hatte, schaltete sofort wieder auf Empfang.

»Wie bitte? Meinst du das ernst, Ed?«

Edwina betrachtete gerade ihr Spiegelbild. Für eine Person, die gerade darüber sprach, die eigene Hochzeit abzusagen, wirkte sie relativ ruhig, insbesondere, da sie in einem Brautkleid steckte. »Also, ja und nein«, sagte sie bedächtig. »Natürlich liebe ich Thomas, ich bin mir nur nicht sicher, ob ich mit ihm zusammenleben kann. Mit ihm oder mit sonst irgendjemandem. Ich glaube, ich … ich brauche Raum für mich selbst.«

»Ja, also, hm … Vielleicht kannst du ja …«, stotterte Cate auf der Suche nach den richtigen Worten, doch sie hatte bislang keine Erfahrung mit kalten Füßen – oder wie auch immer man so etwas nannte. »Vielleicht könnt ihr ja getrennte Schlafzimmer haben oder so? Dann hast du einen Raum für dich selbst.«

»Nein, ich denke, es liegt einfach an mir. Ich bin nicht für die Ehe gemacht. Heiraten ist etwas für junge Romantiker, so wie für dich und Graham. Ich werde Thomas wohl sagen, dass es aus ist.«

Junge Romantiker? Edwina war sechsunddreißig, also nicht gerade alt. Ihr Bruder war nur drei Jahre jünger. Und außerdem waren sie mit Thomas und Graham um vier Uhr auf einen Drink im *Whitehorse* verabredet. Was zum Teufel würde sie ihnen sagen?

»Mach dir keine Sorgen«, sagte Edwina, als sie Cates Gesichtsausdruck sah. »Ich bekomme es hin, es wird schon okay sein.«

»Ed, bitte!«, flehte Cate. »Du hast nur Fracksausen!« Aber je mehr Cate sie davon abhalten wollte, umso sicherer wurde Edwina.

»Ich habe mich entschieden«, sagte sie in einem Tonfall, als ginge es um die Bestellung einer Suppe in einem Restaurant. »Ich weiß jetzt, was ich will.«

Edwina organisierte die Absage der Hochzeit sehr professionell. Natürlich war Thomas verärgert, aber Edwina versicherte ihm, dass es nur zu seinem Besten wäre, und nach einer Weile erkannte Cate, dass er ihr tatsächlich glaubte. Die eingeladenen Gäste bewunderten Edwinas Mut, die Hochzeit abzusagen, um mit sich im Reinen zu sein, statt irgendwelche Verschwörungstheorien aufzustellen und darüber zu tratschen, warum die Beziehung zerbrochen war. Die ganze Angelegenheit wurde äußerst effizient gemanagt. Mit Gespür und – das war das Beste – nach Edwinas Geschmack.

Nun, acht Jahre später, wurde Cate das Gefühl nicht los, als wäre sie selbst Teil einer Angelegenheit, die Edwina effizient managte. Doch da sie es nun einmal auf sich genommen hatte, die Hand auszustrecken, hielt Cate es für eine Frage der Höflichkeit, die Versöhnungsgeste zu erwidern. Sie tippte schnell eine Entschuldigung ein, um dann an Deck wieder ihre müden Knochen zu entspannen.

Das war nun schon ihr dritter Kater in ebenso vielen Tagen, und sie spürte jedes einzelne Lebensjahr. Cate war sich nicht sicher, ob mit zunehmendem Alter ihre Kater immer schlimmer wurden oder ob sie einfach nur mehr trank. Natürlich hatte sie schon diverse Abstürze durchgestanden, als sie jünger war, aber es war nie so, dass nicht ein paar Maxolon für Abhilfe gesorgt hätten.

Sie erinnerte sich an einen bestimmten Morgen vor einigen Jahren. Damals hatte sie vergessen, ihren Medizinschrank mit den notwendigen Mitteln zu bestücken, und sie musste sich an einem Sonntagmorgen zur nächsten diensthabenden Apotheke quälen, um für Nachschub zu sorgen. So hatte sie Graham kennengelernt.

»Kater?«, hörte sie eine Stimme.

»Oh!« Cate sah von dem Regal, vor dem sie stand, zu

dem Mann im weißen Kittel hinüber. Sie atmete aus. Er hatte nur berufsgemäß eine Diagnose geäußert, kein persönliches Urteil. »Sie haben mich erschreckt!« Auf seine Frage antwortete sie dann mit Flüsterstimme: »Ja, hm, ziemlich. Können Sie mir helfen?«

Der Mann lachte. »Das muss Ihnen nicht peinlich sein. Ich erkenne einen Kater auf fünfzehn Meter Entfernung. Aber das ist mein Beruf. Ein Laie würde das nicht können.«

Natürlich log er. Selbst ein Mormone, der das Wort Alkohol noch nicht einmal buchstabieren konnte, hätte erkannt, wie sie litt. Ihre Augen waren blutunterlaufen, ihre Hände zitterten, und sie umklammerte eine Flasche des isotonischen Getränks Gatorade, als wäre sie die letzte Rettungsinsel der *Titanic*. Aber trotz ihrer Restalkohol-Verneblung nahm sie wahr, dass dieser Apotheker einfach fantastisch aussah. Das lockige schwarze Haar umrahmte in ungebändigtem Chaos seinen Kopf, und ihr fiel auf, dass er es länger trug, als man bei einem Apotheker erwarten würde. Außerdem hatte er ein recht jungenhaftes Grübchen, doch seine Statur und seine Körpergröße machten aus ihm einen hundertprozentigen Mann.

»Was können Sie mir empfehlen?«, fragte sie, nachdem sie ihn mit einem schnellen – und hoffentlich diskreten – Blick von Kopf bis Fuß gemustert hatte.

»Wie schlimm ist es denn?«, fragte er zurück. »Übelkeit? Kopfschmerz? Durchfall?«

»Alles.«

Graham bemühte sich, nicht zu lachen. »Ich empfehle Paracetamol gegen das Fieber, Ibuprofen gegen die Schmerzen und Stematil gegen die Übel…«

Cate hielt die Packung bereits in der Hand. »Dagegen nehme ich lieber Maxolon.«

Jetzt musste er doch lachen. »Lassen Sie mich raten: Ihr Mann ist Mediziner?«

»Nein, ich bin nicht verheiratet.« Das war für Cates Verhältnisse ungewöhnlich dreist, aber es ging ihr zu dreckig, um angemessen zu flirten.

»Verstehe.« Graham blickte nachdenklich drein. »Also, wissen Sie, dass es wichtig ist, Maxolon mit den Mahlzeiten einzunehmen? Wenn Sie möchten, lade ich Sie heute Abend zum Essen ein. Verstehen Sie, um sicherzugehen, dass Sie etwas zu sich nehmen …«

Auf ihrer Hochzeit riss Graham Witze darüber, dass Cates Trinkgewohnheiten sie zusammengebracht hatten und dass er befürchtete, diese würden sie eines Tages auch wieder auseinanderbringen. Darüber hätte er sich keine Sorgen machen müssen.

Später am Vormittag war Cate wieder als Erste im *Jumelles*. Nachdem sie sich in ihrer letzten Schicht den Ablauf im Lokal genau gemerkt hatte, sperrte sie die Tür gleich auf, platzierte die Tische in angemessenen Abständen vor dem Eingang, räumte die Spülmaschine aus und stellte die Kaffeemaschine an. So wie Benoît ihr gesagt hatte, schnitt sie die Stängel von einem üppigen Strauß Margeriten an, arrangierte die Blumen auf jedem der Tische in kleinen Vasen und wischte die Tischplatten sauber. Dann fuhr sie noch schnell mit einem Lappen über die plastifizierten Speisekarten und entstaubte und ordnete diverse Gegenstände, die die Regale des Restaurants zierten. Sie musste zugeben, dass sie diese Art Arbeit als beruhigend empfand, und stellte fest, dass sie sich nach weiteren Dingen umsah, die sie säubern und ordnen könnte.

Sobald alles an Ort und Stelle war, band sie sich ihre schwarze Schürze um die Taille, steckte einen kleinen

Notizblock in die Vordertasche und drehte das Schild an der Tür auf *Ouvert*.

Da kam Célines Schwester zum Seiteneingang herein.

»Adélaïde?« Cate war überrascht. »Was machst du denn um diese Zeit hier?«

Es war mittlerweile elf Uhr morgens, aber Cate war nicht daran gewöhnt, irgendwelche Franzosen vor der Mittagszeit zu sehen, vor allem nicht Adélaïde.

»Ich war oben in der Wohnung.« Adélaïde nahm eine Speisekarte und lehnte sich an den Türrahmen, um sie zu studieren. Cate fiel auf, dass sie abgespannt und müde wirkte. Selbstverständlich immer noch atemberaubend schön, doch ein wenig derangiert. Dann bemerkte sie eine Gestalt, die sich hinter ihr versteckte: einen attraktiven, ebenso zerzaust wirkenden Mann. Der Groschen fiel.

»Warum setzt ihr zwei euch nicht, und ich bringe euch beiden Kaffee?« Cate sah von einem zum anderen.

»Uns beiden?« Adélaïde wirkte verwirrt. Mit einem Blick über die Schulter sagte sie: »André, geh jetzt! Du siehst doch, dass ich mit meiner Freundin beschäftigt bin. *Au revoir.*«

Cate beobachtete amüsiert, wie ihr Mann für die Nacht schlurfend davonzog. »Wer ist er?«, fragte sie, sobald André um die Ecke verschwunden war.

»Ein Gast von gestern Abend. Setz dich zu mir! Lass uns einen Kaffee trinken und eine rauchen.«

»Adélaïde, ich muss arbeiten, und außerdem, ich rauche nicht.«

»Setz dich«, befahl Adélaïde, während sie eine Zigarette anzündete, die sie an Cate weiterreichte.

Cate gehorchte hilflos. Marie-Claude war noch nicht da, und es gab noch keine Gäste, also war es wohl vernünftig, jetzt Pause zu machen. Vermutlich würde sie nicht dazu kommen, sobald ihre Schicht erst einmal richtig begonnen hatte. Gedankenverloren zog sie an der Zigarette, die Adélaïde ihr gegeben hatte, und musste sofort husten.

»Braves Mädchen« – Adélaïde nickte anerkennend. »Weißt du, Cate, ich habe an dich gedacht.«

Cate war gespannt, sie wusste gar nicht, dass Adélaïde auch an andere Menschen dachte. »Das hast du?«

»*Oui.*« Adélaïde atmete den Rauch wie ein Filmstar der Dreißigerjahre aus dem Mundwinkel aus. »Du musst dir einen Lover zulegen.«

Cate nahm noch einen Zug, womit sie völlig aus ihrer Rolle fiel. Sie begriff, wie einfach es war, mit dieser hässlichen Sucht zu beginnen. Diesmal hustete sie schon nicht mehr so arg. »Wie bitte?«

»Du brauchst einen ordentlichen Kick.«

Cate schwieg, bevor sie nachfragte.

»Einen ordentlich… was?«

»Du weißt schon. Sex … Kick.« Adélaïde hob ihre Hüfte lasziv an.

»Ach so. Du meinst einen Fick!« Endlich begriff Cate. »Also, danke für den Tipp, Adélaïde. Du hast wahrscheinlich recht, aber anders als bei dir und Céline stehen die Männer bei mir nicht Schlange, um mit mir zu ficken.«

Céline huschte genau in diesem Augenblick herein, von Kopf bis Fuß in Tarnkleidung: mit Kriegsbemalung im Gesicht und Zweigen, die bizarr von ihrem Haar abstanden. Sie setzte sich und zündete sich eine Zigarette an. »Cate, hier bist du!«

»Was soll die Verkleidung?«, fragte Cate.

Céline sah an sich hinunter. »Ich kann ja wohl kaum in knalligem Pink bei Adam in den Büschen hocken, oder?«

Cate riss den Mund sperrangelweit auf, aber da ihr nichts dazu einfiel, machte sie ihn wieder zu.

»Also«, begann Céline, »was hast du heute Abend vor?«

»Ich weiß noch nicht…«

»Ich brauche deine Hilfe.«

»Wozu?«

»Um Adam nachzuspionieren natürlich!«

Noch ehe Cate antworten konnte, hörte sie hinter sich Marie-Claudes Stimme dröhnen. »Cate! Was zum Teufel ist hier los?«

Cate sprang auf, strich die Schürze glatt und blickte sich um – alles stand bereit, das Lokal war sauber, es gab keine wartenden Gäste –, es sah also gar nicht so übel aus. Dann bemerkte sie, dass sich Céline schützend neben sie gestellt hatte.

»Marie-Claude«, donnerte Céline, »wenn du auch nur einmal für fünf Sekunden damit aufhören könntest, so eine elende Zicke zu sein, würde dir auffallen, dass Cate alles im Griff hat. Sie hat ganz allein aufgemacht, sie hat die Schilder mit den Tagesgerichten hinausgestellt, und außerdem hat sie Adélaïde und mir schon ein köstliches Frühstück serviert.«

Die Sache mit dem Frühstück entsprach zwar nicht gerade der Wahrheit, doch Cate war für die Unterstützung dankbar. Nach einem abschließenden, spöttischen Blick wandte Céline sich wieder an Cate. »Du darfst nicht zulassen, dass sie dich drangsaliert. Zeig ihr, wer der Boss ist!«

Cate hielt das für pure Ironie, immerhin drangsalierte Céline sie mit Adams Beschattung, aber sie schwieg.

»Wie auch immer, ich hole dich heute Abend um neun am Boot ab«, flüsterte Céline, bevor sie, ihrer Tarnkleidung entsprechend, aus dem Lokal schlich.

Nachdem auch Adélaïde abgezogen war, eilte Cate in die Küche, wo sie Marie-Claude bei einem Glas Rotwein und aufgeschlagener Zeitung vorfand.

»Und?«, sagte Marie-Claude, als Cate sie erwartungsvoll anblickte. »Willst du hier nur herumstehen, oder hast du auch noch vor zu arbeiten?«

Sobald Cates Schicht im *Jumelles* vorbei war, wollte sie nur noch heimgehen und ihre wehen Füße in einem heißen Fußbad einweichen (ein richtiges Bad stand auf der Jacht ja außer Frage). Aber natürlich hatte Céline andere Pläne mit ihr.

»Du stehst auf meinem Fuß!«, jammerte Cate.

»Das ist nur, weil ich bei deinem fetten Hintern hier keinen Platz habe.«

Sie hockten nun schon seit Stunden im Baumhaus von Adams Nachbarn, während Céline angespannt Adams Küchenfenster beobachtete.

»Warum musste ich dann überhaupt mitkommen?«, fragte Cate.

Céline wandte den Blick vom Fenster ab und seufzte, als müsse sie einem begriffsstutzigen Kind etwas erklären. »Weil ich einen Versatzmann brauche.«

»Einen Ersatzmann …«

»Habe ich doch gesagt! Einen Versatzmann. Was ist, wenn ich pinkeln muss und dann etwas verpasse?«

»Céline! Adam … hat … keine … Affäre!«, verkündete Cate laut und deutlich.

»Cate, sei leise!«, zischte Céline. »Du hast einfach zu viel Vertrauen. Wahrscheinlich verläuft dein Leben deshalb so unglücklich. Wach auf und komm endlich auf die Füße!«

»Die Beine!«, verbesserte Cate, auch wenn die Redewendung oft falsch verwendet wurde.

»Ich habe übrigens noch Tee.« Céline zog eine Thermoskanne und einen Becher aus einem Stoffbeutel und reichte ihn Cate. Resigniert nahm sie den Becher entgegen.

»So!« Céline klatschte in die Hände. »Jetzt ist das Licht aus, und er hat Sex. Ich gehe jetzt rein!«

Cate fiel auf, dass Céline angesichts der Vorstellung, eine Frau in Adams Armen vorzufinden, merkwürdig siegessicher wirkte. Es war fast so, als ob all ihr Nachspionieren vergeblich wäre, wenn sie nicht irgendetwas Ungebührliches aufdeckte. Céline kletterte die schmale Leiter hinunter.

»Céline!«, rief Cate, während sie ihre Freundin an der Schulter packte, um sie zur Vernunft zu bringen. »Was soll schon sein, wenn das Licht aus ist? Wahrscheinlich geht er einfach schlafen. Das ausgeschaltete Licht beweist doch gar nichts!«

Céline schwieg zunächst und setzte eine nachdenkliche Miene auf. »Ja, du hast recht«, pflichtete sie schließlich bei, während sie in das Baumhaus zurückkletterte. »So werden wir niemals den Beweis …«

Doch dann musste Cate hilflos erkennen, wie Célines Miene verriet, dass sie gerade einen neuen Plan ausheckte. Sie sah wie eine Pantomimin aus, die allseits verständlich die Tätigkeit des Nachdenkens darstellt – gerunzelte Brauen, Augen, die auf der Suche nach Inspiration zum Himmel schauen, geschürzte und auf einer Seite zusammengebissene Lippen, das Kinn in Denkerpose auf eine Faust gestützt.

»Das ist es!«, sagte sie schließlich. »Ich habe eine großartige Idee.«

8. Kapitel

»Man wird nicht als Frau geboren,
sondern dazu gemacht.«
Simone de Beauvoir

Cate hatte das Gefühl, als hätte sie schon ihr ganzes Leben in Saint Marc verbracht, dabei lebte sie erst seit zwei Wochen hier. Sie hatte sich daran gewöhnt, erst spät auf dem Boot schlafen zu gehen, ihre Schichten im *Jumelles* anzutreten, an Adams Beschattung teilzunehmen (ein Zeitvertreib, auf den sie weniger scharf war), und daran, die Schönheit von Saint Marc in sich aufzunehmen. Je näher der Juli rückte, umso heißer wurde es und umso mehr Touristen reisten an. Sie hatte sich kleine Rituale angewöhnt, ihren Schwatz mit den Hafennachbarn, während sie ihren Morgenkaffee genoss und die attraktiven Schiffsjungen bewunderte, die auf den größeren, luxuriöseren Jachten arbeiteten, den Kauf von frischem Fisch direkt aus den Körben der Fischer auf dem Pier – mit alldem fühlte sie sich sehr einheimisch.

Cate war froh, dass Céline ihr den Job im *Jumelles* verschafft hatte. Die Tatsache, dass sie einen Ort hatte, an dem sie jeden Tag präsent sein musste, gab ihrer Stimmung Auftrieb, und zudem besaß sie damit hin und wieder eine Entschuldigung, um sich bei dem Nachspionieren von Adam auszuklinken. Sie hatte sich sogar an ihre Kollegin gewöhnt, obwohl sie feststellen musste, dass es Marie-Claude – trotz ihrer gesunkenen Erwartungshaltung – immer wieder gelang, sie mit ihrer Unfreundlichkeit zu überraschen. Sie überlegte oft, warum Marie-Claude wohl so sauertöpfisch geworden war. Aber selbst ihre Fantasie konnte keinen Grund ersinnen, warum jemand an einem Ort wie Saint Marc so hoffnungslos unglücklich sein könnte.

Cate fühlte sich in der südfranzösischen Kleinstadt am Mittelmeer so heimisch, dass sie kaum an ihr Zuhause in England dachte. Aber während sie anfangs keine Nachrichten als gute Nachrichten deutete, machte sie die Funkstille allmählich nervös, vor allem die seitens ihrer Mitbewohnerin Lulu. Lulu war nicht sonderlich verantwortungsbewusst, und Cate konnte nicht umhin, sich Gedanken darüber zu machen, wie sie wohl allein in der Wohnung zurechtkam. Als sich Cate wieder einmal den Weg über das Kopfsteinpflaster zu ihrer Nachmittagsschicht im *Jumelles* bahnte, hielt sie den Zeitpunkt für gekommen nachzufragen.

Sie wählte die Telefonnummer ihrer Wohnung.

»Hal-lo?« Eine männliche Stimme mit einem breiten australischen Akzent meldete sich verschlafen und gähnte in den Hörer.

Cate nahm für einen Moment das Telefon von ihrem Ohr, um zu überprüfen, ob sie die richtige Nummer gewählt hatte. Das hatte sie. »Oh, hallo! Hier spricht Cate Worth. Kann ich bitte Lulu sprechen?«

Noch ein Gähnen. »Wen?«

Cate geriet in Panik. »Lucinda Hendrix. Sie wohnt da.«

»Moment«, sagte der Mann, und sie vernahm den Klang von schweren Schritten auf dem Parkettboden. »Lulu! Lulu? Gibt es hier eine Lulu?«

Es knackte in der Leitung, und jemand nahm den zweiten Hörer ab. »Hallo, wer ist da?«

»Lulu!«, sagte Cate erleichtert.

»Sorry, keiner da, der so heißt«, ertönte auf einmal wieder die männliche Stimme.

Lulu atmete hörbar aus. »Leg auf, Steve, du Vollidiot. Ich bin schon dran!«

»Mann, kein Grund für Beschimpfungen.« Steve legte auf.

»Lulu, hier ist Cate. Wer ist Steve?«

»Cate!« Lulu klang ungewöhnlich heiter. »Wie ist es in Frankreich?«

»Ach, es ist … wunderschön. Danke! Aber sag mal … warum geht ein gewisser Steve ans Telefon und hat keine Ahnung, wer du bist?«

»Oh, Steve ist mein … Cousin. Er ist so ein Vollidiot, dass er nicht einmal seinen eigenen Namen weiß, von meinem ganz zu schweigen. Ach Cate, ich bin so froh, dass du dich meldest.«

»Oh, warum denn?«

»Da hat so ein Typ für dich angerufen, ein Andrew.«

Sie zögerte. »Andrew Walker?«

»Ja, ich glaub, so hieß er.« Im Hintergrund war Tumult zu vernehmen, und dann schien Lulu es plötzlich eilig zu haben. »Cate, es passt gerade schlecht. Hast du was dagegen, wenn ich dich gleich wieder anrufe? Bis später!«

Die Verbindung wurde unterbrochen, und Cate fragte sich irritiert, was zum Teufel da gerade ablief. Hatte Lulu ein Hostel aus dem Haus gemacht? Zugegeben, sie ließ des Öfteren »gute Freunde« nach einem nächtlichen Besäufnis im Wohnzimmer auf dem Fußboden oder auf dem Sofa schlafen, doch die wussten immer, zumindest soweit Cate bekannt war, wer ihre Gastgeberin war! Nun, nach nur zwei Wochen Abwesenheit, wohnte irgendein Australier namens Steve in ihrem Haus – wer weiß, was da noch alles vor sich ging? Wut kroch in Cates Nacken hoch. Das war ihr Haus, das Haus, in dem sie und Graham einmal gehofft hatten, eine Familie zu gründen, doch derzeit ging es darin gerade wie in irgendeiner Studentenbude zu. Sie war immer so glücklich gewesen, das Haus zu bewohnen, und die Vorstellung, dass Leute dies für selbstverständlich hielten, behagte ihr überhaupt nicht.

Sie und Graham hatten in einer Wohnung in Putney zur Miete gewohnt, als sie eines Tages auf dem Weg zur U-Bahn das Schild mit dem Hinweis *For sale* vor dem Haus entdeckt hatte.

Es war Liebe auf den ersten Blick gewesen. Es war ein hübsches Haus aus roten Ziegeln, hatte außer dem Wohnzimmer noch zwei Schlafzimmer sowie ein Arbeitszimmer und einige originelle Details. Schon die gelbe Haustür mit den altmodischen Messingbeschlägen verströmte einen eigenen Charme. Nicht viel später war Cate von der Idee, es zu kaufen, mehr als angetan, und sie verbrachte Stunden damit, den Grundriss und den Prospekt zu studieren, wobei sie insgeheim das »Studio« zu »Babyzimmer« umtaufte.

Graham war weniger angetan. Sein Geschmack war modern, er suchte eher ein Loft an der Themse als ein renovierungsbedürftiges Reihenhaus in Fulham.

Daher setzten sie ihre Haussuche fort, glotzten stundenlang die Reality-Doku *Property Ladder* im Fernsehen und besichtigten Dutzende Immobilien in London, immer auf der verzweifelten Suche nach einem Kompromiss. Irgendwann hing an dem Reihenhaus in Fulham das Schild *Sold*. Cate war sauer.

»Graham«, hatte sie ihn angeherrscht, »mit dem ganzen Hin und Her haben wir unser Traumhaus verloren!«

Graham sah sie zweifelnd an. »Wieso denn *unser* Traumhaus?«

»Gut, dann eben *mein* Traumhaus«, sagte sie daraufhin beleidigt. »Aber da du dein Traumhaus nicht gefunden hast, hätte meines gewinnen müssen.«

»Du hast ja so recht!«

Sie sah ihn fragend an. »Wie bitte?«

»Ja. Du hast dein Traumhaus gefunden, also sollst du es auch bekommen.«

Cate seufzte dramatisch. »Aber es ist zu spät, Graham. Es ist verkauft! Du hättest vor einer Woche zu dieser Einsicht gelangen müssen.«

»Das bin ich auch. Aber ich habe gerade erst die Papiere unterschrieben, ich wollte nicht, dass du dir zu früh Hoffnungen machst.«

Sie hielt inne. »Welche Papiere?«

»Den Hausvertrag«, erklärte er, während ein anklingendes Lächeln seine Lippen umspielte. »Das Reihenhaus in Fulham gehört uns!«

Sie stöhnte. Das war so untypisch für Graham. Er war doch sonst so ein Planer, so ein Ratsuchender, so ein Listenschreiber …

Graham freute sich. »Diese Überraschung ist mir gelungen, oder?«

Cate fasste sich nach einer Weile und begann, sein Gesicht zu streicheln. »Wirklich? Das Reihenhaus in Fulham gehört uns? Wir haben ein eigenes Heim?«

Graham strahlte, und Cate hatte gespürt, wie ihr Tränen in die Augen stiegen.

Und nun stand sie allein in den Straßen von Saint Marc und spürte wieder Tränen aufsteigen, diesmal aus einem ganz anderen Grund.

Cate nahm den längeren Weg über den Markt zum

Jumelles, damit die Rötung ihrer Augen nachließ. Sie überlegte, Lulu gleich noch einmal anzurufen, aber sie musste zur Arbeit und befand sich nicht gerade in einem geeigneten Gemütszustand.

Auf dem Markt kam sie an Dutzenden Verkaufsständen vorbei, die alles Mögliche anboten: von rustikalen Holzmöbeln über Gebäck bis zu diversem Kunsthandwerk. Sie ging an den Ständen der Obst- und Gemüsehändler vorbei und sog den Duft von süßen Erdbeeren und Melonen ein, und wie alle anderen, die über den Markt flanierten, genoss sie die warmen Sonnenstrahlen auf ihrem Rücken.

Sie hielt an einem Stand mit Schmuck, der eine große Auswahl an buntem Perlenschmuck präsentierte, und bewunderte eine Halskette. Sie lächelte die Standbesitzerin an. *»Bonjour!«*

»Bonjour!« Die Frau sah toll aus. Sie hatte große mandelförmige Augen, lattefarbene Haut und eine lange Haarmähne. Hätte sie noch einen Lendenschurz getragen, wäre sie leicht als Pocahontas durchgegangen, doch mit ihrem roten Hängerkleid mit Polka-Dots-Muster und dem Silberpiercing in der Nase gehörte sie eindeutig in die heutige Zeit.

»Do you speak English?«, fragte sie die Frau.

»Oh, yes.« Cate war froh, endlich einmal wieder in ihrer Muttersprache sprechen zu können. *»Do you?«*

Die Gegenfrage schien zwar idiotisch, doch Cate war aufgefallen, dass viele Leute zwar diese Standardfrage auf Englisch stellen konnten, ohne ansonsten irgendeine Ahnung von der Sprache zu haben. Die junge Frau jedoch stellte sich schließlich als Kanadierin vor, die nun schon seit zwei Jahren in Saint Marc lebte.

»Ich habe dich über den Markt schlendern sehen.«

Cate lachte. »Saint Marc ist so klein. Ich heiße Cate.«

»Sofie«, stellte sich die Kanadierin vor und streckte den Arm aus.

Cate schüttelte die gereichte Hand. »Du kommst wirklich aus Kanada? Was machst du denn in Saint Marc?«

»Der Liebe wegen«, sagte sie zerknirscht.

Cate musste lächeln. »Das ist doch ein guter Grund, oder?«

»Eher nicht. Es ist besser, man geht aus eigenem Antrieb irgendwohin und nicht wegen eines Mannes. Zum Glück gefällt es mir hier sehr gut.«

Cate nahm ein hübsches, mit Perlen besetztes Fußkettchen in die Hand. »Klingt so, als hätte es sich für ihn gelohnt.«

»Ja, ziemlich.« Sofie rückte an mehreren Halsketten die Preisschildchen zurecht. »Kurz nachdem ich hier gelandet bin, hat Pierre eine italienische Kellnerin kennengelernt und ist mit ihr nach Verona gezogen. Nun sind sie stolze Eltern eines pummeligen Jungen und besitzen einen großen Anteil am Weinberg ihrer Eltern.«

Cate fiel der Kiefer hinunter. Sie versuchte etwas zu sagen, doch ihre Lippen formten nur Worte, die sie nicht auszusprechen wagte, und ihre Gesichtszüge entgleisten.

Sofie brach das Schweigen mit lautem Lachen. »Sorry, ich sollte damit besser nicht so herausplatzen. Aber ich konnte einfach nicht widerstehen.«

Cate brachte den Mund endlich wieder zu. »*Oh my god* … Das tut mir wirklich leid.«

Sofie wehrte die Entschuldigung ab und wischte sich eine Lachträne aus dem Auge. »Ach, über das eigene Unglück zu lachen ist doch eines der größten Vergnügen.«

Cate staunte über diese Wahrheit, während sie eine Silberkette mit blassgrünen Steinen in Augenschein nahm.

»Ich denke, ich nehme diese hier«, sagte sie, nachdem sie

die Kette an ihrem Hals im Spiegel bewundert hatte. »Ich brauche keine Verpackung, ich behalte sie gleich an.«

Cate bezahlte, plauderte noch ein wenig mit Sofie und verschwand dann wieder in der Menschenmenge. Sie musste noch länger über Sofies Worte nachdenken. Über sich selbst zu lachen war eine große Befreiung und vielleicht sogar der Schlüssel dazu, die Dinge einfach so zu nehmen, wie sie sind. Selbst die Kneipenschlägerei in der Pariser Galerie hatte ja eine witzige Seite, so erniedrigend sie auch für sie selbst gewesen sein mochte. Aber natürlich konnte man leicht darüber lachen, wenn die am Geschehen beteiligte Person hunderte Kilometer entfernt war.

Als sie einen Blick auf ihre Uhr warf und feststellte, dass es schon vier war, machte sich Cate in Richtung *Jumelles* auf. Bis eine tiefe, sexy klingende Männerstimme sie erstarren ließ.

»Engländerin?«

9. Kapitel

»Liebe ist wie eine Sanduhr, das Herz füllt sich,
während das Gehirn sich leert.«
Jules Renard

Cate verharrte regungslos. Als sie sich endlich umdrehte, verschattete Jérômes Lächeln. »Alles in Ordnung mit dir?«

»Jérôme?«, fragte sie begriffsstutzig. Ohne nachzudenken, musterte sie ihn von Kopf bis Fuß. Weißes T-Shirt, khakifarbene Shorts, braune Flip-Flops aus Leder. Cate entfuhr bei diesem Anblick ein Seufzer. Jérôme war genauso traumhaft, wie sie ihn in Erinnerung gehabt hatte.

Er sah aus, als würde er gleich loslachen. »Alles in Ordnung mit dir?«, wiederholte er.

»Ja, schon, alles bestens«, antwortete Cate, als sie ihre Contenance wiedererlangte. »Das ist aber eine Überraschung! Ich hatte nicht damit gerechnet, dich ausgerechnet hier wiederzutreffen, ich dachte, du lebst in Paris.«

Jetzt musste er wirklich lachen. »Dann kennst du wohl nicht so viele Leute in Paris.«

»Also, bist du aus Saint Marc?«

»Nein, eigentlich aus Avignon, das ist nicht allzu weit entfernt.« Dann zeigte er auf eine Bank in der Nähe, und Cate folgte ihm wie magnetisch angezogen. Sie konnte nicht umhin, sie fühlte sich geschmeichelt, dass er sich Zeit für eine Unterhaltung mit ihr nahm. Schließlich war sie doch nur eine durchgeknallte Britin, die in einer Bar über ihn hergefallen war, und er war ein berühmter Künstler. »Am Wochenende komme ich oft auf den Markt hier nach Saint Marc, außerdem stelle ich hier in einigen Galerien aus. Ich freue mich, dass du mir über den Weg gelaufen bist.«

Cate versuchte ihre Gedanken zu sortieren. Warum freute er sich darüber, dass sie ihm über den Weg gelaufen war? Sie hätte nachvollziehbarer gefunden, wenn er sie nach ihrer letzten Begegnung – als sie erst seine Kunst beleidigt und dann auch noch volldreist versucht hatte, ihn vor den Augen seiner Freundin anzumachen – genüsslich ignoriert hätte.

»Jérôme, das mit unserer letzten Begegnung tut mir leid. Ich war furchtbar angetrunken, und was ich da über deine Kunst gesagt habe …«

Jérôme lachte. »Du hattest doch recht.« Er grinste sie aus den Augenwinkeln an, als redeten sie über einen Insiderwitz. »Die Leute zahlen einen Haufen Geld für diese Scheiße, aber das sind halt Idioten.«

»Nein, ich bin die Idiotin!« Sie dachte an die Szene in dem Lokal und schloss die Augen.

»Aber nein!« Jérôme berührte ihr Knie, und sie sah ihn an. »Ich bin froh, dass ich die Chance habe, dir die ganze Sache zu erklären. Emilie ist die Tochter des Galeriebesitzers. Sie ist ein großer Fan meiner Kunst, also habe ich ihr angeboten, mich zur Ausstellung zu begleiten. Ich habe aber nicht bedacht, dass sie so … so besitzergreifend ist. Aber ich musste sie respektvoll behandeln, schließlich verbindet mich mit ihrem Vater eine berufliche Beziehung.«

»Oh.« Cate konnte ein breites Grinsen nicht mehr unterdrücken. »Verstehe.«

Dabei verstand sie gar nichts. Was hatte das schon wieder zu bedeuten? Dass er sie trotz allem mochte? Dass er sich darüber geärgert hatte, dass Emilie reingeplatzt war und diesen besonderen Augenblick zerstört hatte?

»Also, wo bist du untergekommen?«, sagte er und legte einen Arm auf die Banklehne.

»Ich wohne auf dem Boot da drüben, dem blauen.« Sie zeigte in Richtung Hafen. »Aber jetzt bin ich gerade auf dem Weg zur Arbeit.« Sie sah auf ihre Uhr und sprang auf. »Mist, ich komme zu spät.«

»Ich gehe mit. Oder ich renne mit!«, verbesserte er, als sie losjoggte.

Er lief im Gleichschritt neben ihr her. Als sie durch die Straßen hasteten, fragte sich Cate allmählich, ob irgendwo die versteckte Kamera lauerte. Sonst gab es keine andere Erklärung. Ein reicher, attraktiver, aufmerksamer Franzose suchte ihre Gesellschaft bestimmt nicht aus Nervenkitzel. Konnte es sein, dass Céline ihn als Lover für sie angeheuert hatte? Schließlich hielt sie Sex für *die* Antwort auf all ihre Probleme. Adélaïde schien das Gleiche zu denken. Vielleicht war an *Sexual Healing* doch was dran? Als sie Jérôme, während sie zum *Jumelles* trabten, von der Seite einen Blick zuwarf, verspürte Cate die Versuchung, es darauf ankommen zu lassen. Aber die Versuchung führte noch nicht zum erwünschten Ergebnis.

Sie erreichten das *Jumelles* zu schnell. Cate durchfuhr ein erregender Schauder, als sie sich einander zuwandten, um sich zu verabschieden. Jérôme sprach als Erster.

»Wann kann ich dich wiedersehen?«

Cate dachte nach. »Hm …«

»Cate!« Marie-Claudes mürrische Stimme platzte in das heitere Geplänkel wie ein Gewitter in ein Picknick. »Du kommst zu spät!« Sie stand mit in die Hüfte gestemmten Händen in der Tür, doch als sie Jérôme erblickte, schlug ihr

Verhalten augenblicklich um. »Ach so, du bist in Begleitung.« Sie sah zwischen Cate und Jérôme hin und her, wobei sich ihre Lippen ansatzweise zu einer Art Lächeln formten. »Es ist noch nicht so viel los. Nehmt euch Zeit zum Abschiednehmen.« Und mit einem Gesichtsausdruck, der tatsächlich einem Lächeln ähnelte, verschwand sie wieder im Lokal.

Cate starrte ihr nach und befürchtete, dass ihr gleich die Augen aus dem Kopf fielen. Was zum Teufel sollte das schon wieder? Hatte Marie-Claude etwa Jérôme erkannt? War sie womöglich ein Fan von ihm? Irgendetwas war da im Busch. Für einen Augenblick schien sie tatsächlich freundlich sein zu können.

»Also …«, eroberte Jérôme ihre Aufmerksamkeit zurück. »Wann hast du frei?«

»Hm.« Cate konnte keinen klaren Gedanken fassen. Sie war noch zu sehr mit Marie-Claude beschäftigt, und sie wollte ihr schnell hinterhereilen, für den Fall, dass es nur ein makabrer Scherz war. »Kann ich es dir später sagen, Jérôme?«

»Natürlich«, sagte er. »Wir bleiben in Kontakt.«

Cate sprintete ins Lokal, wobei ihr auffiel, dass sie völlig vergessen hatte, mit Jérôme Telefonnummern auszutauschen. Sie suchte gerade nach ihrer Schürze, als Marie-Claude durch die Schwingtür rauschte und sie neugierig betrachtete.

»Cate, wer war das? Dein Freund?«

Cate lächelte. Sollten sie und Marie-Claude nach allem doch noch Freundinnen werden? »Oh, nein«, gab sie zu. »Es ist ein bisschen komplizierter.«

Marie-Claude erwiderte mit einer kühlen Miene. »Verstehe«, sagte sie. »Also, jetzt steh hier nicht so rum! Es müssen noch zwei Teller nach draußen!«

Cate fühlte sich, als hätte man ihr einen Peitschenhieb versetzt. Der flüchtige Eindruck, Marie-Claude besäße auch eine sanftere Seite, war verschwunden, und Cate fragte sich, ob sie das Ganze nur geträumt hatte. Marie-Claude entließ sie mit einem abschließenden scharfen Blick.

Cate wusste nicht, wie ihr zumute war. Sie hatte sich immer Mühe gegeben, alle freundlich zu behandeln, und war insofern allseits beliebt; Marie-Claudes unverhohlene Antipathie indes war schwer zu verkraften. Und kaum hatte sie sich an deren Schikanen gewöhnt, hatte das Aufschimmern einer netteren Seite sie wieder zurück auf Los gesetzt.

Nachdem sie ihrem Gesicht ein paar Wasserspritzer verabreicht hatte, ging Cate wieder ins Lokal und suchte nach ihrer Schürze. Gerade als sie durch die Schwingtür in den Speiseraum trat, stürmte Céline atemlos und mit roten Wangen herein.

»Cate!«

»Hallo, Céline!« Cate band sich die Schürze um die Hüfte. Dabei bemerkte sie, dass sie die Bänder etwas mehr zuziehen musste als zuvor – tat die Salat/Zigaretten-Diät ihre Wirkung?

»Heute ist die Nacht der Nächte!«

Cate ging in die Küche, Céline folgte ihr auf den Fersen. »Was für eine Nacht?«

»Die Nacht, um in Adams Wohnung einzubrechen!«

Cate überprüfte die Bestellungen auf den Zetteln, die mit Magneten an der Wand befestigt waren. »Verstehe. Gut! Viel Glück! Ich muss heute Abend arbeiten.« Cate war erleichtert, dass sie einen guten Grund vorbringen konnte, um nicht an Célines neuestem Vorhaben teilnehmen zu müssen. Sie nahm vom Koch zwei Teller mit kaltem Braten in Empfang und machte sich auf den Weg zu den Gästen.

»Keine Sorge, *ma belle*. Adam wird die ganze Nacht nicht zu Hause sein. Er ist auf einer Reisemesse in Avignon, das sagt er zumindest, dieser fiese Betrüger. Also können wir auch gehen, wenn du mit der Arbeit fertig bist. Ich habe alles genau geplant.«

Sosehr sie auch überlegte, nun fiel Cate keine Ausrede mehr ein. Was sollte sie schon einwenden, ohne einen heißen neuen Lover in der Hinterhand? Sie begann davon zu stammeln, dass sie müde wäre, aber Céline wollte nichts davon hören.

»Wenn das Lokal schließt, bin ich hier und hole dich ab«, stellte sie klar und verschwand.

Im Restaurant war viel zu tun, und die Zeit verging wie im Flug. Adélaïde schwebte wie die meisten Abende gegen neun Uhr herein und verbrachte die Zeit am Tresen und auf der Terrasse, wo sie rauchte und Wein trank. Cate wurde mehrfach Zeugin, wie verschiedene äußerst attraktive Männer versuchten, sie zu einem Drink einzuladen, aber sie schien dies immer abzulehnen. Als Cate durch das ganze Lokal ging, um die letzten Getränkebestellungen aufzunehmen, stellte sie überrascht fest, dass Adélaïde auf einmal in Begleitung war.

»Noch einen Martini, Adélaïde?«

»Ja, danke, Cate.« Adélaïde sah zu ihrem Begleiter. »Das ist, äh …«

»Laurent«, sagte der Mann. »Und du bist?«

»Ca…« Cate brach ab, als sie begriff, dass er nicht mit ihr redete.

»Adélaïde. *Enchantée.*«

Cate wartete darauf, dass das Paar bei seinem Flirt eine Pause einlegte, aber nach mehreren Sekunden begriff sie, dass dies nicht vorgesehen war. Die Chemie zwischen den beiden stimmte, das spürte man – die Atmosphäre um sie herum war schwül vor Begierde. Es war berauschend. Cate wartete noch mehrere Sekunden, ob dieser Laurent seinen Trance-Zustand verlassen und etwas zu trinken bestellen würde, aber er war nur noch damit beschäftigt, Adélaïde anzuhimmeln. Als der dritte Versuch fehlschlug, seine Aufmerksamkeit zu erhalten, entschuldigte sie sich insgeheim und ging wieder in die Küche.

Die Einsamkeit traf sie wie eine Bombe. Das aufregende Gefühl, jemanden zu treffen, kennenzulernen und zu verführen, hatte sie noch nicht vergessen. Tatsächlich, je länger ihr Aufenthalt in Frankreich dauerte, umso mehr sehnte sie sich danach. Ihr kurzer Augenblick mit Jérôme Brousseau hatte leider nicht dazu beigetragen, ihren Hunger zu stillen; tatsächlich hatte sie nur Appetit auf mehr bekommen.

Das Restaurant leerte sich wie von selbst, was immer besser war, als die Gäste vor die Tür setzen oder zum Gehen überreden zu müssen. Als sie schließlich das Schild mit der Aufschrift *Fermé* nach außen gedreht hatte, fiel Cate, ohne weiter darüber nachzudenken, in die Routine der abschließenden Aufgaben: Servietten falten, die Tafel abwischen, die Tagesgerichte für morgen ordentlich mit gelber Kreide daraufschreiben. Als sie fertig war, band sie die Schürze ab und lugte durch das Fenster auf die Straße.

Wo steckte Céline? Wenn sie schon darauf bestand, dass Cate sie bei ihren lächerlichen Aktionen begleitete, könnte sie wenigstens so höflich sein und pünktlich erscheinen. Der Abend war mild, und Cate beschloss, draußen zu warten.

Die schwere Tür knarrte im Rahmen, während sie sie fest zuzog und den Schlüssel im Schloss herumdrehte. Als sie auf die schmale Gasse kam, wusste sie, noch bevor sie das Geräusch feuchter Küsse vernahm, dass sie nicht allein war. Eigentlich wollte sie nicht hingucken, doch es war der schiere Instinkt, so wie man die Augen öffnet, wenn jemand einem das verbietet. Adélaïde wurde mit gespreizten Beinen von Laurent gegen die Wand gepresst. Sie bewegten sich gemeinsam im Rhythmus und stöhnten leise. Sie waren komplett angezogen, konnten also gar keinen Sex haben. Es war äußerst merkwürdig, denn sie sprachen fast die ganze Zeit, mit leisen, verführerischen Stimmen. Cate spürte, wie sie selbst völlig gebannt war.

Sie wandte den Blick von dem Paar ab und bog in die nächste, etwas heller erleuchtete Gasse. Mit dem Rücken an die kühle Steinmauer gelehnt, versuchte Cate schwer atmend ihr Herzklopfen zu beruhigen. Sie spürte pure Erregung aufsteigen, unmittelbar gefolgt von Schamgefühl. War sie vielleicht pervers? Eine Voyeurin? Oder war es einfach nur zu lange her?

Auch noch hinter der Straßenbiegung konnte Cate die leisen Sexgeräusche vernehmen, die Adélaïde und Laurent verursachten. Zum Glück wurden sie bald von dem aufdringlichen kleinen Motor von Célines Moped übertönt. Als diese mit quietschenden Bremsen vor Cate anhielt, wirbelte ihr schwarzes Cape um sie herum.

»Steig auf!«

Cate setzte sich hinter Céline, im sicheren Abstand zu dem Brecheisen, das aus Célines Rucksack ragte. Sobald sie fest im Sattel saß, flitzten sie los zu Adams Wohnung. Cate warf beim Vorbeifahren einen letzten Blick in die Gasse.

Sie war leer.

10. Kapitel

»Eine Fotografie ist ein Augenblick des Lebens,
der für die Ewigkeit eingefangen ist und niemals endet,
da er stets zu dir zurücksieht.«
Brigitte Bardot

Cates Mutter hatte sie schon immer davor gewarnt, dass Céline sie eines Tages in Schwierigkeiten bringen würde. Und Cate hatte damals – offen gestanden – immer gehofft, dass es dazu käme. Während ihrer Internatszeit hatte Céline für die Farbkleckse in ihrem ziemlich grauen Alltag gesorgt, der nur aus Hausaufgaben, Chorproben und exakt geplanten außerschulischen Aktivitäten bestand. Aber auch wenn sie damals zuweilen gemaßregelt worden waren, weil sie während des Unterrichts geredet hatten, waren die Befürchtungen ihrer Mutter im Großen und Ganzen nicht eingetreten. Bis jetzt.

Als die Sonne aufging und den Raum allmählich mit Licht erfüllte, konnte Cate endlich die Zelle überblicken, in der sie die Nacht verbracht hatten. Sie war enttäuscht, denn sie entsprach ziemlich genau dem Klischee. Sie sah tatsächlich wie die Gefängniszellen aus, die sie und Céline in Alcatraz besichtigt hatten, als sie fünfzehn Jahre alt gewesen waren. Verdreckte, ehemals weiß getünchte Ziegelwände, eine Pritsche an einer Seite, ein kleines, vergittertes Fenster, durch das nicht einmal ein Junge in der Größe eines Oliver Twist hätte krabbeln können. Cate hatte den Eindruck, dass der einzige Unterschied zwischen ihrem Besuch damals in Alcatraz und dem momentanen Aufenthalt darin bestand, dass sie jetzt nicht die Freiheit hatten, gehen zu können.

Sie waren mithilfe von Célines Schlüssel in Adams Wohnung gelangt. Cate hatte den Auftrag erhalten, Adams Schubladen im Schlafzimmer nach etwas, das nur irgendwie verdächtig aussah, zu durchwühlen, während Céline in der Küche das Gleiche machte. Cate war damit nicht allzu glücklich, aber Céline besaß die Gabe, sie zu Sachen zu überreden, über die sie lieber nicht länger nachdachte. Adam hinterherzuspionieren schien so eine fürchterliche Verschwendung ihrer Talente.

Adams Schlafzimmer war beeindruckend aufgeräumt, weshalb Cate sich beim Durchwühlen seiner Sachen noch unbehaglicher fühlte. Sie ging dabei äußerst vorsichtig vor und bemühte sich sehr, alle Sachen wieder ordnungsgemäß zusammenzufalten. Als sie mit der letzten Schublade fertig war, rauschte Céline ins Zimmer und inspizierte die Lage.

»Cate! Warum faltest du seine Sachen? Du weißt doch, wir sind hier, um Beweise zu finden, und nicht, um seine Wäsche zu sortieren, *tu comprends*?«

»Ja, aber wenn wir hier ein Chaos hinterlassen, hilft uns das auch nicht weiter, Beweise …«

Mit herablassendem Blick boxte Céline Cate aus dem Weg und verwüstete die letzte Schublade, als wäre sie vom FBI. Als sie damit fertig war, blickte sie Cate mit hochgezogenen Augenbrauen an. »Und jetzt bist du dran!«

Cate kniff die Augen zusammen. Forderte Céline sie tatsächlich dazu auf, Adams Schubladen zu verwüsten und die Sachen nicht mehr an Ort und Stelle zurückzulegen? Wenn sie dieses Chaos hinterließen, wüsste Adam, dass sie da gewesen waren. Und, noch wichtiger: Seit Cate wieder zu ihrer pedantischen Ordnungsliebe zurückgefunden hatte, wusste sie nicht, ob sie rein physisch überhaupt dazu in der Lage wäre. »Céline, ich glaube nicht, dass ich das schaffe …« Sie erforschte Célines Gesichtsausdruck und seufzte. »Okay.«

Sie begann mit einer Schublade, nahm sich dann ein Regal vor und schließlich eine ganze Wand voller Aufbewahrungsboxen. Kurz darauf lag Adams kompletter Hausstand über den Fußboden verstreut, und Cate fühlte sich … großartig! Sie hatte ja keine Ahnung, wie befreiend chaotisches Verhalten sein konnte. Es war etwas anderes als in London! Dort war sie zu entkräftet gewesen, um dem Durcheinander Einhalt zu gebieten, das sich um sie herum ausbreitete. Das Chaos hier war beabsichtigt! Und absolut witzig.

Nachdem sie die letzte Schachtel in Adams Regal umgedreht und immer noch kein Corpus Delicti gefunden hatte, brach sie auf dem Fußboden zusammen und stieß einen langen Seufzer aus. Inmitten des Durcheinanders sah sie zu Céline hinüber, die auf der anderen Seite des Raumes damit beschäftigt war, intensiv Fotoalben zu durchforsten. Sie traute ihren Augen kaum; vielleicht lag es ja auch an ihrer Müdigkeit, aber Céline machte eindeutig Bewegungen, als würde sie … tanzen!

»Céline«, fragte Cate, »tanzt du?«

»Nein.« Céline hörte sofort auf.

»Doch, du hast gerade getanzt!«

Célines Wangen nahmen einen feinen Roséton an. »Wenn du es unbedingt wissen willst, ich habe zu meinem inneren Soundtrack gegroovt.«

Cate täuschte ein Hüsteln vor, um ihr Lachen zu verbergen. »Wie bitte?«

Célines anfängliche Beschämung schwenkte in Verärgerung um. »Wenn du vorhast, frech …«

»Entschuldigung! Entschuldigung! Bitte! Erzähl mir mehr über deinen inneren Soundtrack!«

Céline ließ sich nicht davon abhalten, weiter den Inhalt einer Fotoschachtel zu durchwühlen. »Keine große Sache. Nur, wenn in meinem Leben etwas Wichtiges passiert, gibt es meistens eine Musikbegleitung, die sich in meinem Kopf abspielt. Zum Beispiel war es bei eurer Hochzeit ›Shiny Happy People‹ von R.E.M. Und als meine Großmutter gestorben ist, kam ›Tears in Heaven‹. Als ich von Grahams Schicksal erfuhr, lief aus irgendeinem Grund ABBA, ›Thank you for the Music‹.«

Cate starrte sie an. »ABBA?«

»Ich kann das selbst nicht kontrollieren, es ist schließlich ein innerer Soundtrack, verstehst du? Ich kann nur Wünsche äußern.«

Cate prustete vor Lachen. Etwa eine Stunde später, als ihre Lachattacke endlich zu Ende war, zog sie sich ins Wohnzimmer zurück und schaltete den Fernseher an. Sie hatte zwei französische Sitcoms gesehen und war kurz davor wegzudösen, als Céline mit zerwühltem Haar und Schweiß auf der Stirn an ihrer Seite auftauchte. Die bittere Enttäuschung stand ihr ins Gesicht geschrieben. »Es ist ohne Zwecke.«

»Zwecklos«, korrigierte Cate, während Céline dramatisch neben ihr auf die Couch plumpste. »Aber das sind doch gute Nachrichten, oder? Also, Adam betrügt dich offensichtlich nicht, Céline!« Cate fuchtelte mit den Händen vor Célines tranceähnlich nach unten stierenden Augen. Als sie nicht mit dem Starren aufhörte, folgte Cate der Blickrichtung. Ein klitzekleines pinkfarbenes Etwas klemmte in der Sofaspalte und bildete einen Kontrast zu dem schokoladebraunen Bezug. Ein dessoushaftes Etwas.

Ganz langsam sackte Céline auf den Fußboden – der inzwischen über und über mit Adams Besitztümern bedeckt war – und angelte mit einem Plastikpfannenwender das anstößige Teil hervor. Sie ließ es vor ihren Augen in der Luft baumeln, um es aus der Nähe zu inspizieren. Der transparente blassrosafarbene Stoff bestätigte Célines schlimmste Befürchtungen. Es war ein winziger rosa Stringtanga.

Cate stöhnte. Sie hatte niemals an Adams Treue gezweifelt. Sie war überhaupt nur mitgekommen, weil Céline so darauf bestanden hatte. Célines geknickter Miene nach zu urteilen, war sie ebenso überrascht. Einige Minuten lang saßen sie in Schweigen gehüllt und starrten auf den Stringtanga, als würde er gleich zu sprechen beginnen und seine Anwesenheit erklären.

»Céline, lass uns gehen!« Cate begriff, dass ihre Schreckstarre nichts Gutes verhieß. »Ich bringe dich nach Hause. Und dann betrinken wir zwei uns hemmungslos und vergessen die ganze Sache hier.«

In dem Moment waren zwei Polizisten mit erhobenen Schlagstöcken ins Wohnzimmer gestürmt.

In der Zelle rauchte Céline Kette, in völliger Missachtung des Schildes mit der Aufschrift *Ne pas fumer*. So wie die meisten der Polizisten. Da sie als Passivraucherin ohnehin schon arg in Mitleidenschaft gezogen wurde, akzeptierte Cate den Glimmstängel, den Céline ihr anbot, und sie rauchten schweigend, bis sie an der Zellentür Schlüssel klirren hörten.

»Céline!« Adam stand mit hochgezogenen Augenbrauen im Türrahmen.

»Du betrügst mich, du Scheißkerl!« Sie stieß ihn weg

und schlug ihm direkt auf das Kinn. Adam wich zurück, aber da Céline schmächtig wie ein Spatz war, wohl eher aus Überraschung denn vor Schmerzen. »Du elendiger Drecksack!«

Zwei Polizisten hasteten in die Zelle, um sie zu zähmen, doch Adam winkte sie weg. »*C'est bien*«, behauptete er, und die Polizisten hielten höflich Abstand.

»Céline!« Adam hielt sie an den Schultern fest und sah ihr fest ins Gesicht. Wie Cate es sich schon gedacht hatte, wirkte er keineswegs erfreut. »Was ist los?«

Céline sah ihn ungläubig an. »Was denkst du denn? Du hast mich betrogen!«

»Gibt es irgendeinen Anlass – ich meine, einen anderen als sonst –, warum du das glaubst?«

»Oh, nur das Dessous, das ich in deinem Sofa gefunden habe.«

Adam schien tatsächlich verblüfft. »Ein Dessous?«

»Genau!«, gellte Céline, während sie Adam den Stringtanga unter die Nase hielt, den sie offensichtlich aus seiner Wohnung entwendet hatte. »Hier!«

Cate beobachtete Adam, als dieser das vermeintliche Beweisstück von Céline entgegennahm. Er betrachtete es aus der Nähe und sah dann perplex zu Céline. »Soll das ein Witz sein?«

Plötzlich vergaß Cate, dass sie eigentlich nur Mäuschen spielen sollte. »Lacht hier jemand, oder was?«, brüllte Cate.

Céline und Adam drehten sich um und starrten sie an.

»Hör mir mal gut zu, Adam. Ich habe immer zu dir gehalten. Ich habe versucht, Céline davon zu überzeugen, dass sie verrückt ist, wenn sie glaubt, dass du sie hintergehst. Ich habe ihr triftige Gründe genannt, wenn ich dachte, dass sie überreagiert hat. Aber anscheinend bin ich hier die Irre. Das Mindeste, was du tun könntest, Adam, wäre, es zuzugeben. Denn ich würde zu gern wenigstens einen Hauch von Anstand bei dir erkennen, von dem ich geglaubt habe, dass du ihn besitzt ...«

Cate hörte mit ihrem Geschrei nur auf, weil sie außer Atem war. Aber sie wollte noch weiterbrüllen. Abgesehen von der Tatsache, dass sie zutiefst enttäuscht war, hatte sie nicht geahnt, wie belebend es sein konnte, lauthals auszurasten statt nur in Gedanken.

Als sie tief Luft geholt hatte und versuchte, die Fassung wiederzuerlangen, sah sie, dass Céline Adam den Stringtanga abgenommen hatte. Ihr zerbrach es das Herz, mit ansehen zu müssen, wie zerbrechlich ihre Freundin wirkte, während sie die Unterwäsche einer anderen Frau so fest in Händen hielt. Moment mal ...

»Das ist meine Unterwäsche«, gestand Céline kleinlaut.

Cate wollte eigentlich weiterschimpfen, hielt sich jedoch schlagartig zurück. »Wie bitte?«

»Das ist wirklich meine Unterwäsche«, wiederholte Céline mit etwas festerer Stimme. »Ich habe sie jetzt wiedererkannt. Sie muss irgendwann vor ein paar Wochen hinter das Kissen gerutscht sein.« Verlegen sah sie zu Adam.

Cate starrte von einem zum anderen. »Das ... das glaub ich einfach nicht!«

Immer hatte sie sich etwas auf ihre Objektivität eingebildet, wenn es um Céline und deren Paranoia ging. Sie kannte sie fast ein halbes Leben lang, niemals zuvor hatte sie sich von Céline in irgendetwas hineinziehen lassen. Aber aus irgendeinem Grund hatte sie in der vergangenen Nacht Célines Verdächtigungen für bare Münze genommen und sich an der Hexenjagd gegen den armen Adam beteiligt – von der Verwüstung seiner Wohnung ganz zu schweigen – und dabei auch noch einen Riesenspaß gehabt. Was war nur mit ihr los?

Der Polizist an der Tür räusperte sich und stellte Adam noch ein paar Fragen, worauf dieser nur antwortete, dass er keine Anzeige erstatten werde.

Dann wurden noch ein paar Formblätter unterschrieben, einige persönliche Dinge zurückgegeben, und innerhalb weniger Minuten waren die beiden Frauen auf freiem Fuß. Aber Cate fühlte sich nicht frei. Schon wieder war sie in dem Spiel einer anderen bloß eine Schachfigur, nur war es diesmal Célines und nicht Edwinas Spiel. Dafür war sie nun wirklich nicht nach Frankreich gekommen.

Sie wollte endlich ihr eigenes Spiel spielen.

Cate blieb noch Zeit, zum Boot zurückzueilen, sich schnell zu duschen und frische Kleidung anzuziehen, ehe sie zu ihrer Morgenschicht im *Jumelles* aufbrach.

Sie schrubbte sich gehörig, um jegliche Spuren der Nacht in der Zelle zu vernichten, und sie wusch ihr Haar zweimal, bis sie sich endlich sauber vorkam. Als sie die Stufen hochstieg – zwei auf einmal –, fühlte sich ihre Haut rau und ihr Haar strubbelig an. Aber es war ihr egal. Zumindest bis sie entdeckte, dass Jérôme am Pier auf sie wartete.

»Hallo.« Sie fuhr sich hastig mit den Fingern durchs Haar und bemühte sich vergeblich, es zu bändigen.

»Hallo!«

»Du tauchst wohl immer dann auf, wenn man nicht damit rechnet, oder?«, stellte sie nach einer Schweigepause fest.

Sie sollte sich wahrlich nicht beschweren. Jedes Mal, wenn sie ihn sah, war er noch attraktiver als zuvor: die leichten Bartstoppeln, die ihm einen markanten Touch verliehen, das weiße Button-down-Hemd, das seine Haut fast karamellbraun aussehen ließ. Er trug die Hemdsärmel bis zum Ellbogen hochgekrempelt, was den Blick auf muskulöse, mit einem feinen schwarzen Flaum bedeckte Unterarme freigab.

»Ich wollte nicht anklopfen, für den Fall, dass du ... beschäftigt bist«, sagte er. »Also habe ich gedacht, ich warte einfach, bis du an Land gehst. Ich hoffe, du hast nichts dagegen.«

»Ich habe nichts dagegen«, sagte Cate, obwohl sie für eine Vorwarnung durchaus dankbar gewesen wäre, damit sie wenigstens etwas Make-up hätte auflegen können.

»Hast du es eilig?« Jérôme betrachtete sie ausgiebig auf eine Art und Weise, die Cate normalerweise als beleidigend empfunden hätte, doch dieses Mal fühlte sie sich dabei wie die schönste Frau der Welt. »Ich habe gedacht, wir könnten zusammen einen Kaffee trinken gehen.«

»Ehrlich gesagt, ich habe es eilig.« Sie schenkte ihm ein entschuldigendes Lächeln. »Ich muss zur Arbeit. Schon wieder mal.«

Auf einmal störte sie der Job. Aber selbst wenn Cate ihn am liebsten hingeworfen hätte, um mit Jérôme irgendwohin – überallhin – zu gehen, sie konnte Benoît ja nicht hängen lassen. Ach, Pflichtbewusstsein war scheiße.

»Wie sieht es morgen aus?«

»Hm ...« Sie durchforstete ihr Gehirn. Morgen war Dienstag. Ihr freier Tag. »Ja ich glaube schon. Ja.«

Er wirkte erfreut. »Vielleicht könnten wir ja an den Strand gehen?«

»Okay. Strand ... Ja, das wäre ... toll.«

Jérôme verlagerte sein Gewicht von den Fersen auf die Zehenspitzen, womit er kurz den schmalen Abstand zwischen ihnen verringerte und dann wieder vergrößerte. Cate wartete atemlos ab, bis sich in seinem linken Mundwinkel ein Lächeln abzeichnete. »Okay. Dann sehe ich dich morgen wieder, Engländerin.«

Er winkte zum Abschied, und die Spannung verpuffte wie die Luft aus einem Luftballon, in den man eine Nadel sticht. Cate war erleichtert. Auch wenn in Gesellschaft von Céline oder Adélaïde eine Affäre eine vernünftige – verdammt noch mal, die richtige – Sache zu sein schien, so sagte etwas in ihrem tiefsten Inneren, dass es schon ein wenig … schäbig war. Doch sie musste zugeben, dass Jérôme ihre Toleranzschwelle für Schäbiges rasant senkte.

Am Nachmittag ging Cate, nach einer angenehmen Schicht mit Benoît, zu Célines Atelier, um ihr bei der Arbeit zuzusehen. Céline freute sich über Gesellschaft, und Cate brauchte eine Beschäftigung, um ihre Gedanken von Jérôme abzulenken. Céline bei der Arbeit zuzusehen war geradezu ideal.

Es war so, als würde sie einem Tanz mit einer komplizierten Choreographie beiwohnen. Céline war die ganze Zeit damit beschäftigt, Spitzenbänder an Seidenstoffe zu stecken, unschön sitzende Knöpfe an Vintage-Blazern neu zu arrangieren, Glasperlen von einem Kleid abzunehmen, um sie an einem anderen zu drapieren. Cate wurde von all dem schwindelig, was sie aber nicht davon abhielt, etwas klarzustellen.

»Ich kündige hiermit offiziell meine Stelle als Spionageassistentin.« Cate nickte, um ihren Worten noch mehr Ausdruck zu verleihen. »Seit dem Aufenthalt in der Zelle weiß ich meine Freiheit sehr zu schätzen, und ab sofort werde ich nicht mehr vom Pfad der Tugend abweichen.«

Céline, die im Schneidersitz vor einer Kleiderpuppe saß und an einem Ballkleid den Saum absteckte, sah auf. »Waf für ein Pfad denn?«, fragte sie mit lauter Stecknadeln im Mund.

»Ich mache bei keinem einzigen deiner Spionageeinsätze gegen Adam mehr mit!«

»Ach, das meinst du.« Céline winkte ab und widmete sich dann wieder ihrer Schneiderarbeit. »Schon gut, ich brauche dich sowieso nicht mehr.«

»Warum nicht?« Cate wurde argwöhnisch. Hatte Céline inzwischen Überwachungskameras aufgestellt?

»Du bist sowieso keine gute Assistentin. Wahrscheinlich sind wir sogar deinetwegen verhaftet worden! Du ersparst mir bloß den Ärger, dir kündigen zu müssen.«

Cate hatte zwar selbst einen Witz daraus gemacht, aber sie ging davon aus, dass Céline ihre Botschaft verstanden hatte. »Also, kann ich dir sonstwie helfen?«

Céline überlegte eine Sekunde, dann nickte sie. Zwei Minuten später steckte Cate in dem Ballkleid und ließ sich auf den Couchtisch helfen. Eine so hinreißende Robe zu tragen lenkte sie für einen Moment von ihren Gedanken an Jérôme ab. So verstrich eine Stunde oder noch mehr Zeit, und noch bevor es ihr bewusst wurde, träumte Cate leider davon, bei einem Date mit Jérôme eine von Célines großartigen Kreationen zu tragen. Und sie später vom Leib gerissen zu bekommen ... Mist!

Cate konnte sich nicht vorstellen, warum Jérôme sich für sie interessierte. Er war großartig. Sie war schlicht. Er war charmant. Sie war plump. Nicht, dass sie sich für völlig wertlos hielt. Selbstverständlich hatte sie etwas im Kopf, sie besaß erwiesenermaßen einen Geschäftssinn und konnte gut mit Leuten umgehen, aber Jérôme spielte in einer völlig anderen Liga. Dennoch, alles deutete darauf hin, dass er sie tatsächlich mochte. Schließlich tauchte er immer wieder auf, begleitete sie zur Arbeit, lud sie zum Strand ein. Warum sollte er das tun, wenn er kein Interesse an ihr hatte?

»Ca-te? Erde an Cate?«

Cate bemerkte, dass sie gedankenverloren durchs Fenster gesehen hatte und Céline sie nun anstarrte. »Wie bitte?«

»Hast du etwas von Adélaïde gehört?« Céline warf ihr einen finsteren Blick zu. »Ich habe es mehrmals auf dem Handy versucht, aber sie geht einfach nicht dran.«

»Nein.« Cate reckte die Arme und befreite ihr Haar aus ihrem straffen Pferdeschwanz, der ihr inzwischen Kopfschmerzen bereitete. »Ich denke, wir müssen uns keine Sorgen um sie machen. Wahrscheinlich hat sie nur einen neuen Mann kennengelernt.«

»Du hast wahrscheinlich recht.« Céline beäugte kritisch Cates Frisur, als deren Haar auf die Schultern fiel. »*Mon dieu*! Du musst dringend zum Friseur!«

Cate ertastete geistesabwesend ihr Haar. Es war ziemlich gewachsen, ohne dass ihr dies aufgefallen war. »Ja, du hast wahrscheinlich recht.«

Céline strahlte. »*Eh, bien!* Dann darf ich Jean-Yves anrufen?«

»Wer bitte schön ist …«

»Jean-Yves Buchoud, der Friseur der Stars«, erklärte Céline, als würde sie ihn gerade bei der Oscar-Verleihung vorstellen. »Er ist genau der Richtige.«

Cate lachte. »Und, kannst du mir einen Termin bei Jean-Yves machen, oder ist er zu sehr beschäftigt?«

»Natürlich kann ich das.« Céline ließ von der Näharbeit ab und stand auf. »Ich rufe ihn gleich an.«

Als Céline veschwunden war, um ihr Telefon zu suchen, schob Cate auf dem Fußboden spielerisch ein paar Spitzenbänder hin und her. Dann richtete sie sie nebeneinander in ordentlichen Reihen aus und erzielte damit ein hübsches Patchworkmuster. Erstaunlich, wie die willkürlich arrangierten Stoffreste eine Kombination ergaben, die sogar noch schöner war als das Original. Cate fügte weitere Streifen an, bis ihr Werk die Größe eines Kopfkissens hatte. Es war eine beruhigende, simple Arbeit, doch Cate empfand sie als überraschend wohltuend.

Céline kam zurück und schnipste genussvoll ihr Feuerzeug an. »Er kommt um halb sechs.« Sie inhalierte den Rauch, und als sie Cates Werk bemerkte, trat sie näher. Sie erwiderte Cates Blick mit hochgezogenen Augenbrauen. »Das ist wunderschön, Cate«, sagte sie beim Ausatmen. »Seit wann bist du denn kreativ?«

Cate begutachtete noch einmal eingehend ihre Patchworkarbeit. »Hm. Vielleicht seit jetzt?«

Das genügte Céline. Sie legte ihre Zigarette im Aschenbecher ab und sammelte haufenweise Stoffreste vom Fußboden auf, um einen kleinen Korb mit Chantilly-Spitzen und bunten Seiden- und Organzastoffen zu füllen. Céline sah verzückt das Körbchen an, ehe sie es Cate übergab. »Hier«, sagte sie, »und jetzt mach weiter!«

Der Nachmittag verstrich, indem Cate zwischen der Gestaltung wunderschöner Spitzenkreationen und ihren Fantasien mit Jérôme hin und her schweifte. Punkt halb sechs, als Cate gerade eine Seidenpaspel an eine Patchworkarbeit in der Größe einer Bettdecke heftete, klingelte es an der Tür.

»Jean-Yves!«, rief Céline fröhlich.

Sie empfing den Starfriseur an der Wohnungstür mit einer Lawine von Luftküssen und geleitete ihn hinein. Sie platzierte ihn vor dem Panoramafenster, damit er dort seinen Rollkoffer auspackte. Ein Drehstuhl mit Lederbezug stand bereits für ihn parat, außerdem ein gegen die Wand gelehnter riesiger Spiegel mit Goldrahmen. Als Cate zwischen den Kleiderpuppen auftauchte, sah Jean-Yves von seinen Haarbürsten auf und stöhnte.

»Céline!« Er warf Céline einen tadelnden Blick zu. »Du hast mir ja gar nicht gesagt, dass sie eine Schönheit ist.«

Cate wurde knallrot, aber sie ging davon aus, dass er eine fünfundsiebzigjährige Dauerwellenneukundin genauso begrüßt hätte. Jean-Yves hingegen war unbestritten attraktiv. Er war offenkundig schwul, strotzte aber vor Männlichkeit. Sein dunkles Haar war sehr kurz geschnitten und auf einer Seite blond gefärbt. Er trug eine schwarze Lederhose und ein schlichtes weißes T-Shirt mit V-Ausschnitt, das sich leicht, aber nicht geschmacklos über seiner Brust spannte. Cate fühlte sich sofort von ihm angezogen. Frankreich bewirkte für ihre Libido tatsächlich wahre Wunder.

Als sie zu ihm trat, um ihn zu begrüßen, war sie ein wenig nervös. »Schön, Sie kennenzulernen, Jean-Yves.« Sie reichte ihm täppisch eine Hand. *»Je m'appelle Cate.«*

Jean-Yves ignorierte die ausgestreckte Hand und beugte sich für zwei Wangenluftküsse zu ihr. Dann trat er zurück und besah sie bewundernd. »Lass uns allein!«, bat er Céline und schickte sie zugleich mit einer Handbewegung weg. »Das geht nur mich und Cate etwas an.«

Céline blickte verärgert drein, verschwand dann aber im Atelier.

Cate setzte sich entspannt auf den Drehstuhl, in Erwartung der üblichen Fragen, bevor man zum Haarewaschen gebeten wird – »Wie hätten Sie denn Ihr Haar gern? Was möchten Sie verändern?« Sie beschloss, sich nur die Spitzen ein wenig nachschneiden zu lassen, höchstens einen Daumen breit. Sie wartete, dass er damit aufhörte, ihr Haar in Bereiche einzuteilen, um nicht als Kontrollfreak zu erscheinen, und wollte ihm gerade Anweisungen erteilen, als Jean-Yves zur Schere griff und im Nacken mehrere

Zentimeter abschnitt. Cate wollte gerade aufstöhnen, doch das Stöhnen blieb ihr in der Kehle stecken, als ihr mehrere lange Haarsträhnen um die Füße fielen. Bislang hatte Cate kluge Frauen, die wegen Schönheitsproblemen die Nerven verloren, immer verabscheut, doch nun war sie selbst hilflos gegen die wallenden Tränen.

»Trockenschnitt«, sagte Jean-Yves mit beruhigender Stimme, »total hip.«

In ein paar Minuten war alles vorbei. Das Stakkato der Schere reduzierte sich auf zwei oder drei Schnitte pro Sekunde, dann auf einen Schnitt pro Sekunde und schließlich auf einen Schnitt alle paar Sekunden. Der letzte Schnitt erfolgte zielgerichtet und mit einer gewissen Dramatik, dann drehte Jean-Yves den Stuhl, damit Cate sich im Spiegel betrachten konnte.

Cate starrte schweigend auf ihr Spiegelbild. Dann holte sie tief Luft und drehte den Kopf nach links und nach rechts und fuhr sanft mit den Fingern durch die Haare. Schließlich suchte sie Jean-Yves' Blick.

Er ließ sich zu einem selbstgefälligen Lächeln herab.

»Jean-Yves!« Sie schüttelte ungläubig den Kopf. »Wie zum Teufel …«

»Er ist ein Genie!« Céline kam gerade herein. »Ich habe dir doch gesagt, dass er ein Genie ist!«

Cate konnte sich zwar nicht daran erinnern, dass Céline ihren Friseur als Genie gepriesen hatte, aber sie stimmte mit ganzem Herzen zu. Ihr dickes blondes Haar, das ihr zuvor flach über den halben Rücken hing, saß nun perfekt in einem einfachen kinnlangen Bob und geriet bei der geringsten Bewegung in Schwung. Besonders erstaunlich an der ganzen Sache war jedoch, wie der Haarschnitt alles an ihr veränderte. Sie hatte immer unter ihrer leicht knolligen Nasenspitze gelitten, die nun gar nicht mehr auffiel.

Ihre Wangenknochen wirkten voll und hoch, ihr Kinn klein und apart. Und auch alles andere an ihr sah schlank, attraktiv und elegant aus.

Cate strahlte Jean-Yves an, zu echten Tränen gerührt. »Ich … ich weiß gar nicht, wie ich Ihnen danken kann.«

»Eintausendfünfhundert Euro«, sagte er nur.

Ihr Lächeln gefror.

»Elfhundert für den Schnitt«, erklärte er, »vierhundert für den Flug von Paris.«

Cates Kopf drehte sich wie ein Kreisel. »Sie sind aus Paris hierher geflogen, um mir die Haare zu schneiden?«

»Selbstverständlich. Schließlich sind Sie die Freundin einer VIP-Kundin.« Er lächelte in Richtung Céline, die ihm ein Bündel Geldscheine zusteckte.

»*Très bien, Jean-Yves*«, sagte sie. »Du hast mich wieder einmal nicht enttäuscht.« Sie begleitete Jean-Yves zur Tür, und als sie zurückkam, hatte Cate sich noch immer nicht von der Stelle gerührt.

»Eintausendfünfhundert Euro? Für einen *Haarschnitt*?«

Céline zog die Brauen hoch. »Du musst doch wohl zugeben, dass dies hier nicht nur ein Haarschnitt …«

»Aber du musst *mich* das zahlen lassen!«, protestierte Cate, während sie sich insgeheim fragte, wie sie die eintausendfünfhundert Euro auftreiben sollte.

»Sei nicht dumm, *ma belle*. Es ist mir ein Vergnügen, nicht eine Minute länger dein grässliches Haar betrachten zu müssen. Außerdem habe ich gedacht, du könntest ein bisschen Hilfe gebrauchen, um Jérôme Brousseau zu verführen.«

Céline setzte sich kurzerhand an die Nähmaschine und betätigte das Pedal.

Cate klappte der Kiefer hinunter. »Wie hast du …«

»Denkst du, irgendetwas passiert in Saint Marc, und ich

bekomme es nicht mit?« Céline kicherte. »Hals- und Daumenbruch!«

»Hals- und Beinbruch!«, verbesserte Cate und lachte. »Du kannst aber auch sagen: ›Ich drücke dir die Daumen‹, wenn du mir Glück wünschen willst.«

»Wirklich? Das meinte ich doch«, verteidigte sich Céline. »Oh, diese verdammten Redewendungen!«

11. Kapitel

»Menschen, die nie etwas machen,
können auch nichts falsch machen.«
Théodore de Banville

Es war das Postkartenmotiv pur. Kinder spielten mit Eimer und Schaufel, während ihre Mütter auf gestreiften Strandtüchern lagerten und Sommercocktails schlürften. Bedienungen servierten den Bikinischönheiten Melonen und Calamares. Alles entsprach dermaßen einer Ansichtskarte, dass Cate sich gar nicht erst mit ihrem Fotoapparat abmühte, sondern gleich eine erstand.

Jérôme hingegen schoss mit seiner Weitwinkelkamera ein Foto nach dem anderen, während sie locker miteinander plauderten.

»Ich habe immer gedacht, britische Touristen kommen eigens hierher, um sich einen Sonnenbrand zu holen.«

»Ha-ha-ha.« Cate cremte sich gerade emsig jeden Zentimeter unbedeckte Haut mit Sonnenschutzfaktor 30+ ein. Als sie damit fertig war, setzte sie einen Sonnenhut mit breiter Krempe auf und legte sich auf das Strandtuch. Sie verhielt sich in der Sonne immer vorsichtig, doch zudem war ihr klar, dass sie mit einer sonnenverbrannten Haut nicht weit kommen würde, falls sie die Entscheidung treffen sollte, sich auf eine leidenschaftliche Nacht einzulassen. »In dieser Hinsicht muss ich meine Landsleute enttäuschen.«

Jérôme grinste, immer mit der Kamera vor dem Auge. »Also, jetzt erzähl mal. Warum nimmst du eigentlich diese Auszeit? Du bist doch viel zu jung für sowas.«

Während Cate noch nach einer passenden Antwort suchte, bot Jérôme ihr schon diverse Optionen an. »Du versteckst dich vor einem Stalker? Du gehst deiner Schwiegermutter aus dem Weg? Du bist auf der Flucht vor der Polizei?«

Cate lächelte nur. »Nichts davon.«

»Drogenabhängigkeit?«

Sie lachte laut auf und zog die Hutkrempe so weit nach unten, dass kein Sonnenstrahl ihr Gesicht erreichte.

»Kalt.«

»Ehekrise?«, fragte er weiter, während er am Objektiv drehte.

»Schon wärmer.«

»Hm. Also Ehekrise trifft es fast.« Jérôme kratzte sich grüblerisch am Kinn. »Ein Todesfall? Dein Mann vielleicht?«

Cate war überrascht, wie nah Jérôme der Wahrheit gekommen war; sie hatte damit gerechnet, dass er zuerst noch auf »Ehebruch« oder »häusliche Gewalt« tippen würde. Entweder besaß er eine erstaunliche Intuition, oder sie selbst war ein offenes Buch. Für Sehbehinderte.

»Ja«, sagte sie schließlich und schob den Hut nach oben. Sie wollte nicht lügen und dachte, es wäre einfacher so. Jérôme musste ja nicht die bedrückenden Details kennen, und ihre tatsächliche Lage war schließlich ein echter Stimmungskiller.

»Es tut mir leid«, entschuldigte er sich. »Vor Kurzem?«

»Vor einem Jahr.«

Er hob die Kamera wieder vor sein Auge. »Das war ein furchtbarer Schock für dich?«

»Ja.« Cate bedauerte inzwischen, überhaupt etwas gesagt zu haben. Sie war keine gute Lügnerin, und jetzt, da Jérôme weiter nachfragte, war sie sicher, es zu vermasseln.

Sie überlegte, Jérôme doch die Wahrheit zu erzählen, verwarf den Gedanken aber erneut. Sie war zwar bereit, Graham zu betrügen, aber nur körperlich, nicht im Geiste; und mit dem Mann, mit dem sie Sex haben wollte, über ihren Ehemann zu reden erschien ihr wie ein endgültiger Verrat.

Als sie bemerkte, dass Jérôme wie wild auf den Auslöser drückte, lächelte sie beschämt.

»Nicht lächeln«, sagte er streng. »Melancholische Aufnahmen sind mir lieber. Dein Gesichtsausdruck vor ein paar Minuten war perfekt. Komm, denk wieder über dein trauriges Leben nach.«

»Okay.« Sie versuchte ernst dreinzublicken. »Aber falls du es noch nicht weißt, ich bin Britin, und das bedeutet, dass ich traurige Gefühle lieber aufstaue, anstatt sie rauszulassen.«

»Kein Wunder, dass ihr alle so verkorkst seid.«

Cate zuckte mit der Achsel. »Wahrscheinlich hast du recht.« Sie verpasste ihm spielerisch einen sanften Puff und versuchte die Tatsache zu übergehen, dass sein Arm absolut durchtrainiert war. »Komm schon! Wir gehen ins Meer!«

Während Cate langsam ins Wasser ging, stand Jérôme bereits bis zur Hüfte darin.

Die Wassertropfen schimmerten wie Diamanten auf seiner grandiosen Brustmuskulatur, und Cates Ehrfurcht war so gewaltig, dass sie keinen Gedanken an ihre eigene, nicht ganz so großartige Figur verschwendete oder an die Tatsache, dass Céline gerade erst ein Vermögen dafür ausgegeben hatte, ihre Haare professionell schneiden zu lassen – sie tauchte einfach in seine Richtung ab.

Sie verbrachten eine gute Weile damit, im Wasser zu spritzen und zu planschen, dann zog Jérôme ab, um zwischen den Bojen zu kraulen, während Cate im seichten Wasser blieb und zum Strand schaute. Sie musste zugeben, dass Leute beobachten einfach toll war. Der Strand von Saint Marc hatte nichts mit Brighton oder Cornwall gemein, wo die Leute in kleinen Gruppen verstreut auf Handtüchern lagen, mit den unumgänglichen Sonnenschirmen oder Picknickdecken. Hier war jeder nur verfügbare Quadratzentimeter freie Fläche mit einem Handtuch oder einer Strandliege besetzt, höchstens mit einer halben Handbreit Sand dazwischen.

Auch die Leute, so fiel ihr auf, waren anders. Es gab keine ungepflegten Pferdeschwänze oder Shorts und Flip-Flops, die übliche Strandmode zu Hause. In Saint Marc hingegen trug man Designerbikinis, die nur von zarten Leinenkaftanen und perlenbesetzten Sarongs umhüllt waren. Angesichts dieser Raffinesse kam sich Cate noch trampeliger vor.

»Ahhhh!«, kreischte sie, als irgendetwas ihre Hüfte umschlang. Irgend*jemand*. »Jérôme! Du hast mich erschreckt.«

Jérôme erhob sich aus dem Wasser und schaute sich amüsiert um. »Hast du gedacht, ich sei ein Hai?«

Cate lachte. »Nein, eine Qualle.«

Jérôme zog die Stirn kraus, wodurch sich zwei tiefe Falten über seiner Nase bildeten. »Qualle? Was ist das?«

»Du weißt schon …« Cate überlegte, wie sie die Medusen am besten beschrieb. »Sie sind … durchsichtig. Und haben so … Punkte. Und wenn sie sich bewegen, dann …« Cate begann auf und ab zu hüpfen und schlängelte dabei mit den Armen durch das Wasser. Als sie seine Miene sah, hörte sie sofort damit auf. »Ach, vergiss es!«

Jérôme ließ sich vor lauter Lachen im seichten Wasser auf die Knie fallen und lag schließlich mit dem Gesicht auf dem Meeresboden. Als sein Kopf wieder hochkam, tauchte Cate ihn unter und lief davon.

Für den Rest des Nachmittags fotografierte Jérôme weiter; als es dämmerte, legte er die Kamera zur Seite und streckte sich auf seinem Strandtuch aus. Cate lag neben ihm, inzwischen in Shorts und T-Shirt. Es war Jahre her, seit sie einen ganzen Tag am Strand verbracht hatte, und sie liebte das großartige Gefühl von Salz auf der Haut und die Erleichterung darüber, dass die heiße Sonne endlich am Horizont unterging. Sie sog die Salzluft tief ein und atmete deutlich vernehmbar wieder aus.

»Müde?«, fragte Jérôme.

»Nein.« Cate drehte ihm den Kopf zu. »Entspannt.«

Er lachte leise vor sich hin.

»Was ist los?«

Jérôme machte eine wegwerfende Handbewegung, so als würde sie es ohnehin nicht begreifen. Doch dann lachte er schon wieder. Es war einfach nervig.

»Was ist los?«, fragte Cate erneut irritiert und verpasste ihm einen sanften Tritt. »Warum lachst du?«

Jérôme wischte sich eine Lachträne aus dem Auge.

»Deine Schultern sind hochgezogen, deine Hände verkrampft. Und das nennst du ›entspannt‹. Du bist echt witzig.«

Sie schaute ihn böse an, aber er hatte recht. Sie war tatsächlich völlig angespannt. All die Jahre ihres Lebens, die sie wie eine gut geölte Maschine funktioniert hatte, forderten ihren Tribut, und nun hatten sogar ihre Muskeln Angst davor zu entspannen. Cate schloss die Augen und versuchte, irgendeine der Techniken anzuwenden, die sie vor Jahren in Entspannungskursen gelernt hatte. Das funktionierte, aber nur, bis sie wieder Jérômes Stimme vernahm und spürte, dass er näher gerückt war.

»Relax doch einfach«, forderte er sie auf, als sie die Augen öffnete und ihn zwischen ihren Füßen sitzen sah. Er hatte leicht reden. Cate fühlte sich keineswegs entspannt. Jede Nervenendung befand sich im Alarmzustand. Und geriet in die nächste Alarmstufe, als er ihren linken Fuß in die Hand nahm und durchknetete. »Mach die Augen zu!«

Cate tat, wie ihr geheißen, aber es kam ihr plötzlich unnatürlich vor und fiel ihr schwer. Ihr Herzschlag verdoppelte sich, und ihre Atemfrequenz, die sie doch gerade erfolgreich gesenkt hatte, steigerte sich ins Unermessliche. Doch Jérômes Berührung wirkte überraschend beruhigend, und als sie sich darauf konzentrierte, ihren Gefühlen zu folgen, stellte sie fest, dass sie sich tatsächlich darauf einlassen konnte. Als er dazu überging, ihren rechten Fuß zu massieren, genoss Cate die Berührung und schnurrte leise und behaglich vor sich hin. Vielleicht zu behaglich, denn nach einer Minute legte er ihren Fuß wieder ab und begann, sich an ihren Beinen hochzuarbeiten. Als er an ihrem Oberschenkel angekommen war, entfuhr ihr ein Stöhnen. Eine Sekunde später lag er auf ihr.

Jérôme stützte sich mit einem Arm ab, um sein Gewicht zu entlasten, und mit dem anderen Arm umfasste er ihr Knie und schlang ihr Bein um sich.

»Cate«, flüsterte er ihr ins Ohr. »Oh, Cate.«

Instinktiv drehte Cate den Kopf, um ihn zu küssen, und als ihre Münder zueinanderfanden, war es heiß und feucht und … köstlich. Diesmal verschwendete Cate keinen Gedanken daran, wo sie es machen würden, denn zum Hafen waren es nur ein paar Minuten zu Fuß, und das ganze Boot gehörte ihnen. Sie verdrängte die Realität ihres Lebens und spürte pure Erregung.

»Sollen wir gehen?«, fragte Cate, als sie atemlos den Kuss unterbrach.

Jérômes Miene zeigte Verwirrung, als er die Augen öffnete. »Wohin gehen?«

»Na, zum Boot?« Cate warf einen schnellen Blick auf ein vorbeischlenderndes Pärchen, das sich angeregt über die Immobilienlage in Saint Marc unterhielt. »Oder zu dir, wohin auch immer.«

Jérôme richtete sich auf und setzte sich auf die Fersen. »Warum denn? Habe ich etwas falsch gemacht?«

»Aber nein! Ich habe nur gedacht, wir sollten irgendwohin gehen, wo es ein bisschen ...« – Cate versuchte es zu umschreiben, doch Jérômes Blick zeigte nur Verständnislosigkeit – »... privater ist«, beendete sie nach einer langen Pause den Satz, in der Hoffnung, dass er nun endlich begriff.

Doch das tat er nicht. »Gefällt es dir denn nicht am Strand?«

»Doch, aber ...«

»Ist es dir peinlich, dass man mich mit dir sieht?«

»Nein, aber ...«

»Aber was?« Nun schien Jérôme aufrichtig verwirrt. »Warum willst du denn woanders hin? Es ist doch schön hier. Und wir beide erleben gerade einen wunderbaren Moment.«

Cate war entnervt. Sie hatte absolut keine Lust auf dieses Gespräch. Sie hatte Lust darauf, ihm die Kleider vom Leib zu reißen und jeden Zentimeter seiner karamellbraunen Haut zu erkunden, und darauf, dass er mit ihr das Gleiche tat. Sie musste deutlicher werden. »Es ist nur, weil die Leute sonst vielleicht gucken.«

Er sah sich erstaunt um. »Dann lass sie doch gucken!«

»Aber wenn es jemand ist, der uns kennt?«

Jérôme schien einfach nicht zu begreifen, worauf sie hinauswollte. »Dann denken sie: ›Ach, sieh mal, Cate und Jérôme haben Sex.‹«

Cate gluckste nervös. »Ist das dein Ernst? Macht es dir wirklich nichts aus, wenn … wenn wir … hm, du weißt schon … an einem öffentlichen Strand gesehen werden? Was ist, wenn deine Mutter hier spazieren geht?«

»Meine Mutter wohnt in Paris.«

»Jérôme!«

»Cate.« Er stand auf. »Ich glaube, das war keine gute Idee.«

»Doch, das war es!« Cate erhob sich ebenfalls. »Das ist es! Es ist eine großartige Idee! Bitte! Komm mit auf mein Boot!«

Sie standen so nah zusammen, dass sie die Hitze seines Körpers spürte.

»Warum denn?«, fragte er leise. »Wovor hast du Angst? Dass du verletzlich bist? Dass deine Schutzmauer fällt?«

»Nein«, sagte sie verzweifelt. »Ich habe Angst davor, verhaftet zu werden. Das ist alles!«

Nun schien Jérôme besänftigt und dankbar. »Okay«, sagte er und griff nach ihrer Hand. »Beweis es!«

12. Kapitel

»Eine Frau, die kein Parfüm auflegt, hat keine Zukunft.«
Coco Chanel

Der erste Julitag war unsommerlich kalt. Cate hingegen glühte. Sie merkte, wie sich Schweißperlen auf ihrer Stirn bildeten, aber sie wischte sie nicht ab. Sie drückte die Knie zusammen und versuchte unbefangen zu wirken. Doch unbefangen war leider genau das Gegenteil von dem, wie Cate sich tatsächlich fühlte – splitterfasernackt auf dem Boden liegend, in einem Raum voller neugieriger fremder Blicke.

»Kannst du deinen Arm vielleicht ein wenig nach links drehen?«, bat ein älterer Brite. »Ich kann deine Brustwarze nicht sehen.«

Cate befolgte die Bitte und verfluchte Jérôme. Seine Idee zu beweisen, dass sie nicht prüde war, bestand darin, bei einem Malkurs Modell zu stehen. Cate hatte das zunächst für eine gute Idee gehalten. Bis sie begriff, dass es ein Aktkurs war. Noch frustrierender war, dass es eine ganze Woche dauerte, bis sie endlich einen Termin für einen Kurs hatte, in dem sie Modell stehen konnte – und in der ganzen Zeit hatte sie Jérôme nicht ein Mal gesehen.

Aus irgendeinem Grund – vermutlich weil ihre Reaktion absolut komisch gewesen wäre – musste Cate an ihre Mutter denken. Als Cate sie als kleines Mädchen gefragt hatte, was »Masturbation« bedeute, hatte ihre Mutter geantwortet, das wäre etwas, was böse Männer anstellen, um Kinder zu erschrecken. Als Cate Jahre später mitbekam, wie die Schulfreundinnen darüber quatschten, dass sie ihre Brüder beim Masturbieren erwischt hatten, war Cate schockiert. Nun fragte sie sich, ob die verklemmten Einstellungen ihrer Mutter sie nicht genügend aufs Leben vorbereitet hatten. Jedenfalls war sie im Moment damit beschäftigt, ihre konservative Erziehung wettzumachen.

Cate hatte sich äußerst seltsam gefühlt, als sie die Schule anrief, um ihre Dienste anzubieten. Eine Frau hatte den Anruf angenommen.

»Ecole des Beaux Arts, bonjour, comment puis-je vous aider?«

Cate schwieg zunächst, während sie den Satz im Geiste übersetzte. Sie ging davon aus, dass er bedeutete: »Kunstschule, was kann ich für Sie tun?«

Dann beschloss sie, die Frau zu fragen, ob sie auch Englisch spräche. *»Parlez-vous anglais?«*

»I do«, antwortete die Frau und fragte sie in fließendem Englisch, wie sie ihr behilflich sein könnte. Dabei fiel Cate auf, dass die Frau weder mit französischem noch mit britischem Akzent sprach.

»Ich habe gedacht, Sie suchen vielleicht Modelle für den Aktkurs.«

»Also«, sagte die Frau zögerlich, »eigentlich haben wir eine Liste mit Modellen, die wir normalerweise einsetzen. Aber eine Frage: Haben Sie viel Erfahrung damit?«

»Hm, nicht so viel.« Cate überlegte, mit der Wahrheit herauszurücken. »Eigentlich gar keine«, gab sie nach einer kurzen Pause zu.

»Ich verstehe«, antwortete die Stimme. »Wie viel nehmen Sie denn?«

»Nichts.«

Die Frau am anderen Ende war offensichtlich so überrascht, dass sie mehrere Sekunden für ihre Antwort benötigte. »Sie möchten nackt Modell stehen, Sie haben keine Erfahrung, und Sie wollen kein Honorar dafür haben?«

»Genau.« Cate war sich durchaus bewusst, dass das alles ein wenig bizarr und kurios klang. »Verstehen Sie, es geht um eine Mutprobe. Ich soll beweisen, dass ich keine Angst davor habe, verletzlich zu sein.« Cate erwartete ergeben, dass man ihr sagte, sich zu verpissen.

»Haben Sie morgen Abend Zeit?«

Später hatte Cate erfahren, dass die Modelle, die die Schule normalerweise engagierte, vor dem Kurs Gras rauchten.

Und nach zwanzig Minuten nacktem Wagnis wünschte sich Cate allmählich, sie hätte das Gleiche getan. Für die Kombination aus Langeweile, Selbstzufriedenheit und natürlich auch der Erniedrigung, nackt zu posieren, brauchte sie etwas erheblich Stärkeres als die Flasche Wasser, mit der man sie vor Unterrichtsbeginn versorgt hatte. Zum Glück wollte Jérôme nicht dabei sein, aber er hatte darauf bestanden, sie danach abzuholen, um sicherzugehen, dass sie es tatsächlich geschafft hatte.

An dem Kurs nahmen sechzehn Schüler teil. Die meisten von ihnen waren Einheimische im Rentenalter, aber es gab auch ein paar Touristen und mehrere Künstler aus Avignon. Zu Beginn der Stunde hatten alle erklärt, schon einmal einen Aktkurs besucht zu haben, und Cates Furcht vor allgemeinem Gekicher erwies sich zum Glück als unbegründet. Je länger sie posierte, sich drehte und ihren Körper so bewegte, wie man sie darum bat, desto deutlicher wurde ihr, dass die Kursteilnehmer nicht sie selbst sahen, sondern nur ein Objekt betrachteten. Sie beobachtete, wie die Blicke der Schüler zwischen ihr und den Zeichnungen hin und her schossen. Kritische Blicke galten ausschließlich den Skizzen, nicht ihr.

Sie freute sich schon darauf, Jérôme erzählen zu können, dass sie es geschafft hatte. Wenn das kein Beweis dafür war, dass sie nicht prüde war, was sonst? Vielleicht würde ihn das auch zur Vernunft bringen. Allein der Vorschlag, sie könnten wie ein Teenie-Pärchen an einem öffentlichen Strand vögeln! Mein Gott! Teenagern blieb doch nichts anderes übrig, weil sie nirgendwohin gehen konnten. Im Gegensatz zu ihnen! Und Cate beabsichtigte nach dem Kurs keine Zeit mehr zu verlieren.

Als der Kursleiter schließlich das Ende der Stunde ankündigte, fühlte sich Cate relativ entspannt. Und ihr Selbstbewusstsein war wiederhergestellt, als es hieß, sie könne gehen. Sie war davon ausgegangen, dass zuerst alle Kursteilnehmer den Raum verließen und sie allein blieb, damit sie sich in Ruhe ankleiden konnte, doch stattdessen musste sie ihre Siebensachen einsammeln und sich notdürftig mit ein paar Tüchern bedecken, um zu einem Abstellraum zu gelangen.

Doch sobald sie dort allein war, verspürte sie beim Gedanken an Jérôme, der draußen auf sie wartete, einen Schauder der Erregung. Sie zog schnell Jeans und T-Shirt an, schnappte sich ihren Rucksack und eilte ins Foyer. Sie war auch schon fast vor der Tür, als sie ihren Namen hörte.

»Cate?«

Cate drehte sich zu der vertraut klingenden Stimme um. Hinter dem Empfangstresen entdeckte sie Pocahontas vom Marktschmuckstand. »Hallo! Du bist doch Sofie, stimmt's? Was machst du denn hier?«

»Das ist meine Kunstschule. Ich habe mir bei unserem Telefonat schon gedacht, dass du es bist.«

Cate schloss die Augen. »*Oh my god*! Du musst mich ja für völlig durchgeknallt halten, oder?«

»Überhaupt nicht«, sagte Sofie gleichmütig. »Du hast doch gesagt, dass es um eine Mutprobe geht. Außerdem, ich habe auch schon Modell gestanden. Soll ich dich für nächste Woche wieder einplanen?«

Cate schnaubte. »Sagen wir mal so, ich habe das Thema jetzt abgehakt, und dabei belassen wir es.«

»Okay, aber ich kann auch nicht gerade sagen, dass ich enttäuscht bin.« Sofie lachte auf. »Du hast deine Arbeit gut gemacht, du bist preiswert, und außerdem bist du im Zeichensaal nicht high gewesen. Hier, für dich.« Sie zog einen Flyer aus einem Plastikständer und reichte ihn Cate. »In der Broschüre stehen alle unsere Kurse. Wenn du Lust auf einen hast – es muss ja nicht gerade der Aktkurs sein –, ruf mich einfach an. Sozusagen als Honorar für deine Dienste heute Abend.«

»Danke.« Cate nahm den Flyer in die Hand. »Vielleicht komme ich auf dein Angebot zurück.«

Und während sie noch die Broschüre in ihrem Rucksack verstaute, beschloss sie, Sofies Angebot tatsächlich anzunehmen. Das war die neue Cate. Nun war alles möglich!

Als Cate hinauskam, entdeckte sie Jérôme auf einer niedrigen Sandsteinmauer sitzend. Sie tippte ihm auf die Schulter. »Ich habe es geschafft!«

Jérôme sprang auf und grinste. *»Toutes mes félicitations, ma chère!«*

»Merci.« Sie deutete eine Verbeugung an. »Also kannst du deine Aussage, ich sei verklemmt, zurücknehmen. Vielen Dank auch …«

Er reagierte mit einem albern lasziven Grinsen. »Du hast es genossen, oder? Du wirst deinem Freund Jérôme noch ewig dafür dankbar sein, weil er dir diese neue Karriere eröffnet hat!«

Cate lachte. »Ach, ich habe doch überhaupt keine Ahnung davon.«

Sie schlenderte in Richtung Boot, und Jérôme trottete im Gleichschritt neben ihr her.

»Wie viele Frauen haben heute an dem Kurs teilgenommen?«, fragte Jérôme beim Gehen.

»Nicht so viele.« Cate versuchte sich zu erinnern. »Ein paar vielleicht. Die meisten Teilnehmer waren Männer. Insgesamt waren es sechzehn.«

Jérôme blieb unvermittelt stehen, doch Cate ging noch ein paar Schritte weiter, ehe es ihr auffiel.

»Was ist denn?«, fragte sie und drehte sich um.

»An dem Kurs haben auch Männer teilgenommen?«

»Ja …« Cate ging weiter, sie begriff nicht so recht, worauf er hinauswollte.

Jérôme lief los, um sie einzuholen. »Ich kann nicht glauben, dass du das tatsächlich gemacht hast! Dabei habe ich dir diese Kunstschule vorgeschlagen, weil sie Kurse extra für Frauen anbietet!«

»Ja, die gibt es. Aber sie organisieren auch gemischte Kurse. Was ist denn? Wo liegt das Problem?«

Jérôme verzog verdrießlich das Gesicht. »Hm, also, es war eigentlich nicht meine Absicht, dich in eine so unangenehme Situation zu bringen.«

»Ha! Und darum hast du mir vorgeschlagen, nackt zu posieren, oder?« Cate wollte so schnell wie möglich das Thema wechseln. Jérôme war gerade dabei, ihre Erregung abzutöten, und außerdem waren sie schon fast bei der Jacht angelangt. »Jedenfalls …«

»Ich kann es nicht fassen, dass du so etwas gemacht hast. Noch dazu vor lauter fremden Männern!«

»Jérôme!« Nun war Cate verstimmt. »Das war schließlich deine Idee! Außerdem, du bist doch der Künstler. Du hast doch wohl selbst schon an Aktzeichenkursen teilgenommen, oder? Was ist denn dabei?«

Jérôme sagte nichts, sondern stierte nur nach vorne, die Miene in Gewitterstimmung verzogen. Offensichtlich war die Unterhaltung beendet. Sie gingen zwar noch weiter Richtung Boot, aber langsamer und ohne jede Freude, so als müssten sie auf dem Nachhauseweg von der Schule gleich wieder umkehren.

An der Jacht angekommen, war Cate mehr als verwirrt. Nein, sie war richtiggehend verärgert. Sie hatte die ganze Sache sportlich genommen, und nun spielte er den Jammerlappen. Sie hatte keine Ahnung, was zu diesem französischen Eifersuchtsanfall geführt hatte, aber es war alles ziemlich unwürdig. Sie sprang an Bord, erleichtert darüber, einen beträchtlichen Abstand zwischen sich und Jérôme herstellen zu können. »Danke für die Begleitung.«

»Bitte«, erwiderte Jérôme beleidigt.

Cate starrte ihn noch eine Sekunde lang an, dann stieg sie zu ihrer Kabine hinab und knallte die kleine Falltür hinter sich zu. Am Ende der Stufen angekommen, stampfte sie mit den Füßen auf. Das hatte sie sich nun wirklich anders vorgestellt. Vielleicht war aber auch die ganze Idee von *Sexual Healing* einfach nur idiotisch. Schließlich und endlich war sie immer noch verheiratet, und die Welt der Singles war anscheinend komplizierter, als sie diese in Erinnerung hatte.

Nachdem sie ihre Kleidungsstücke inklusive Unterwäsche auf den Boden gefeuert hatte – als Akt der Rebellion gegen sich selbst –, schleppte sich Cate zum Duschen in das kleine Bad. Sie sehnte sich nach ihrer Power-Dusche in London, unter der sie unendlich lange verweilen und das heiße Wasser auf ihre Schultern prasseln lassen konnte, doch das erbärmliche Teil an Bord, das als Dusche diente, lief gerade mal drei Minuten, bevor es eine halbstündige Pause benötigte. Immerhin gelang es Cate, sich Gesicht und Haare zu waschen, bevor das warme Wasser aus war. Dann stand sie noch mehrere Minuten einfach nur da und spürte, dass sie es verdammt nötig hatte. Selbst ihre Wut auf Jérôme hatte ihren Hunger auf Sex nicht völlig auslöschen können.

Als sie schließlich aus der Dusche stieg, zupfte sie geistesabwesend ihre Augenbrauen, bevor sie das Haar unter einen Turban stopfte und in die Hauptkajüte zurückkehrte. Genau da hörte sie ein zaghaftes Klopfen an der Falltür.

Sie riss die Augen vor Schreck sperrangelweit auf. Oh nein! In aller Eile wischte sie über den beschlagenen Spiegel, um ihr Aussehen zu überprüfen. Jegliche Spuren von Make-up waren verschwunden. Sie trug einen Turban auf dem Kopf. Ihre Haut um die Augenbrauen war vom Zupfen gerötet. Sie sah furchtbar aus.

»Hallo?« Schon als sie rief, kam sie sich idiotisch vor.

»Ich bin's, Jérôme!«

Verdammte Scheiße! Cate wusste sehr wohl, dass sie mit dieser Kopfbedeckung nicht gerade moralische Überlegenheit ausstrahlte. »Was ist, Jérôme?«

»Kann ich reinkommen?«

»Hm.« Sie riss sich den Turban vom Kopf. »Warte, nur eine Minute!« Sie flog ins Bad zurück, durchwühlte ihre Kosmetiktasche und brachte eine Haarbürste, Lippenbalsam und Rouge zum Vorschein. Sie stopfte alles, was herumlag – inklusive Unterwäsche und Strandtuch –, in den Kühlschrank. Da sie den Maßstab für Ordnung wieder hoch angelegt hatte, kam dies einer unerhörten Gesetzesübertretung gleich. Inzwischen war es ihr gelungen, sich gleichzeitig zu bürsten, den Balsam auf den Lippen zu verteilen und sich Rouge auf die Wangen zu schmieren. Da sie nichts anderes zur Hand hatte, streifte sie sich ihren Bademantel über – und verfluchte sich, dass es kein sexy Teil aus Seide war – und entriegelte von innen die Falltür.

»Komm rein«, forderte sie ihn auf und trat mehrere Schritte zurück, um ihm Platz zu machen. Sogleich tauchten auf der obersten Stufe zwei Füße auf, dann die Knie, der Rumpf und schließlich der Kopf.

»Ja?«, fragte sie, als der Körper in seiner Gesamtheit vor ihr stand. »Was willst du?«

Jérôme strotzte vor Selbstvertrauen, was ihr den Boden unter den Füßen wegzog. »Einen Gutenachtkuss.«

»Und warum sollte ich dir einen geben?«

Er setzte eine nachdenkliche Miene auf. »Gute Frage. Ich bin ein Arschloch gewesen. Ich möchte mich mit dir versöhnen.«

Dann schwieg er einige Augenblicke, und Cate musste sich eingestehen, dass sie über sein Friedensangebot nachdachte.

»Soll ich dir beweisen, wie hemmungslos ich bin? Dann wären wir quitt. Das ist nur gerecht.«

Cate starrte ihn an, aber dabei zog sie die Augenbrauen auf eine auffordernde Weise hoch.

Er trat einen Schritt vor und löste den Gürtel ihres Bademantels. »Leg dich zurück und denk an England!«

13. Kapitel

»Liebe ist Ich-weiß-nicht-was aus Ich-weiß-nicht-woher, das Ich-weiß-nicht-wann verschwindet.«
Madeleine de Scudéry

Jérôme und Cate lagen ineinander verschlungen da. Sie hatten kein Auge zugetan, aber sie waren keineswegs müde. Alle Gedanken darüber, wohin dieser Flirt führen würde, waren verschwunden. Cate war es absolut egal, ob Jérôme nun einen potenziellen Beziehungskandidaten darstellte oder nur das dringend benötigte *Sexual Healing*. Was auch immer, sie wollte einfach mehr davon!

»Soooo …« Sie stützte sich auf die Ellbogen und sah auf ihn herab. »Und jetzt sagst du mir, warum du gestern Abend so knatschig gewesen bist.«

Jérôme runzelte in geheuchelter Verwirrung die Stirn. »Was heißt knatschig?«

Cate kicherte. »Knatschig? Verärgert? Was war gestern los mit dir? Dir hat das mit den Männern im Aktkurs nicht gefallen.«

»Selbstverständlich nicht.« Bei der Erinnerung daran legte er sein Gesicht in tiefe Falten. »Ich will nicht, dass dich andere Männer nackt sehen.« Er drehte sie auf den Rücken und legte sich auf sie. »Ich bin Franzose. Franzosen sind unglaublich eifersüchtig, weißt du?«

Sie grübelte darüber nach, während er ihren gesamten

Hals mit Küssen bedeckte. »Also ist das nicht nur ein Problem von Céline. Ich hätte gedacht, wenn einer versteht, dass es dabei nur um Kunst geht, dann *du*.«

»Schon, aber ich weiß noch etwas …«, sagte er, während er herunterrollte und sie wieder auf den Bauch drehte. So war die gesamte Nacht verstrichen, er hatte sie unentwegt gedreht und gewendet und dabei jeden Zentimeter ihrer Haut erforscht. »Künstler haben schweinische Gedanken.«

»Willst du damit sagen, dass du schweinische Gedanken hast? Nee!« Sie bemühte sich, die Pobacken nicht zusammenzukneifen.

»Ich schlage dir vor, dich einfach damit anzufreunden«, sagte er von unten, und Cate stöhnte.

Jérôme hatte Praktiken drauf, die Cate weder zuvor erlebt noch sich zu träumen getraut hatte. Er hatte so recht mit seiner Behauptung, hemmungslos zu sein. Sie hätte noch *erfinderisch* hinzugefügt. In der vergangenen Nacht hatte Cate entdeckt, dass es sieben erogene Zonen gab, während sie bislang immer von höchstens drei ausgegangen war. Als sie gerade dazu ansetzten, noch eine weitere zu definieren, richtete sich Cate plötzlich auf. »Mist!«

Jérôme hielt inne. »Was ist?«

»Ich muss zur Arbeit.«

»Melde dich doch krank!«

»Ich kann nicht …«, sagte sie. Doch Jérôme hatte bereits ihr Smartphone vom Ladegerät gezogen und ging die Telefonnummern durch. Das Bettlaken war so um seinen nackten Körper geschlungen, dass der gewölbte Ansatz der Pobacken zu sehen war, und dieser Anblick lenkte Cate lange genug ab, so dass er die Nummer vom *Jumelles* fand.

»Ach, hier ist sie ja«, sagte er, während er auf Anrufen tippte und Cate das Gerät reichte.

Sie warf es zurück. »Was soll ich denn sagen?«

»Keine Ahnung!« Er warf es ihr wieder zu. »Denk dir was aus! Sei einfallsreich!«

Aber Cate war nur selten einfallsreich. Der Entwurf der Patchworkspitze war einmalig gewesen und einer besonderen Laune entsprungen. Sie war vielmehr die große Planerin, das Organisationstalent mit dem Händchen zum Delegieren.

Genau! Sie würde die Sache delegieren. »Hier, mach du das!«

Genau in dem Moment nahm Marie-Claude den Anruf entgegen. *»Restaurant Jumelles, bonjour?«*

Cate nickte Jérôme zu, der ihr einen bösen Blick zuwarf, während er das Telefon an sein Ohr presste. *»Bonjewer«*, begann er mit einem übertriebenen englischen Akzent, aber in einer fürchterlich hohen Tonlage; er versuchte, wie eine Frau zu klingen. »Ich bin's, Cate.«

Cate biss sich auf die Faust, um nicht laut losprusten zu müssen. Er klang wie eine ausgesprochen höfliche, britische Transe. Das würde ihm Marie-Claude niemals abkaufen.

»Mir geht es furchtbar schlecht. Ich bin …« Auf der Suche nach dem passenden Wort verdrehte er die Augen. »… unpässlich.«

Cate gluckste. Jérôme hatte offensichtlich zu viele Hugh-Grant-Filme gesehen. Sie versuchte, Marie-Claudes Reaktion mitzubekommen, doch Jérôme hielt sie mit ausgestrecktem Arm auf Abstand. Dann nickte er ernsthaft. »Ja, ich werde mindestens noch einen ganzen Tag im Bett verbringen müssen.« Er zwinkerte Cate zu. »Nein, ich habe nicht vor, das Bett zu verlassen. Ach, und bitte keine Besuche. Es ist …« – er warf Cate einen fragenden Blick zu – »… ansteckend«, sagte er schließlich und zuckte mit den Schultern. Dann nickte er noch mehrfach ins Telefon, bis er den Anruf beendete.

»Komm schon«, bettelte sie und zerrte an dem Laken. »Was hat sie gesagt?«

Er seufzte. »Sie hat gesagt: ›*Pas de problème.*‹ Ich soll dir ausrichten, dass du dir so viel Zeit nehmen sollst, wie du brauchst.«

Cate hielt sich die Hand vor den Mund. »Das hat sie nicht gesagt!«

Jérôme zog eine bekümmerte Miene. »Doch. Ich fürchte, ich muss noch ein bisschen an meinem englischen Akzent arbeiten.«

Cate bezweifelte, dass Marie-Claude glücklich darüber war, dass sie sich einen Tag krank meldete, aber sie gab sich damit zufrieden, Jérôme zu glauben. Irgendwann würde sie dafür büßen müssen, aber es würde sich gelohnt haben. Nun lag ein kompletter grandioser Tag mit Jérôme vor ihr.

Irgendwann hatte Jérôme sich ein wenig seekrank gefühlt – scheinbar von seinem Aufenthalt an Bord, vermutlich aber eher wegen all seinem Hin- und Herbewegen, Drehen und Wenden –, so dass Cate nach dem Frühstück eine kleine Reisetasche mit Unterwäsche, Toilettenartikeln und Badekleidung gepackt hatte, und schon waren sie auf dem Motorrad zu Jérômes Villa gefahren.

Das Anwesen war zauberhaft: ein umgebautes ehemaliges Pfarrhaus aus dem 18. Jahrhundert, inmitten der früheren Gärten einer wunderschönen alten Kirche gelegen. Abgesehen von den strahlend weißen Fensterläden, wucherte Efeu über die gesamte Fassade des Gebäudes und fügte es somit perfekt in die grüne Umgebung ein. Cate hätte zu gern Jérômes schönes Zuhause erkundet, doch sie beschränkten sich zunächst auf ein ganz bestimmtes Zimmer: das Badezimmer.

»Wie schaffst du es, dieses Haus überhaupt zu verlassen?«, fragte Cate nach mehreren genussvollen Stunden in der riesigen, auf Füßen stehenden Badewanne. »Es ist einfach himmlisch!«

»Ja, aber mit dir macht es noch viel mehr Spaß hier.« Er stieg aus der Badewanne in ein weiches, cremefarbenes Handtuch. »Aber leider ist jetzt Schluss damit. Ich habe andere Pläne für uns.«

Sobald er sein Handtuch um die Hüften gewickelt hatte, reichte er eins an Cate, die es sofort auf den Fußboden gleiten ließ. Ihr gefiel die Vorstellung von anderen Plänen.

»Ich werde dir Unterricht im Malen geben.«

»Malen?« Cate war enttäuscht. Das war nun das Letzte, was sie vorhatte. »Das klingt … großartig.«

»Komm schon.« Er musste lachen über ihren matten Versuch, Begeisterung zu zeigen. »Es wird dir helfen, deine konservative Kleingeistigkeit zu überwinden. Außerdem, heute ist ein herrlicher Tag. Wir können im Garten malen.«

»Schön«, stimmte sie zu. »Warum bereitest du nicht alles vor, und ich mache uns in der Zwischenzeit etwas zu essen?«

Sie war am Verhungern. Das Frühstück lag zwar nur wenige Stunden zurück, aber inzwischen waren Dinge geschehen, die ihr Appetit verursacht hatten. Jérôme verschwand im Garten, und Cate zog sich ein Sommerkleid aus Leinen über und ging in Richtung Küche.

Sie näherte sich dem Kühlschrank mit geringen Erwartungen – schließlich war Jérôme ein Mann, der noch dazu allein lebte – und erlebte eine Überraschung, als sie die großzügigen Vorräte begutachtete: Unter anderem gab es Fleisch, Eier, Wein, und auf der Arbeitsplatte standen zudem frisches Brot und Obst. Es war beeindruckend. Sie sah sich nach Hinweisen auf eine Frau um, mit der Jérôme die Villa bewohnte, doch als sie nichts dergleichen entdeckte, hakte sie die Tatsache als einen Punkt ab, über den sie später reden konnten. Sie machte sich daran, das Essen zuzubereiten, ein wahres Vergnügen angesichts der vielen frischen Kräuter und der guten Zutaten.

Als Cate mit zwei Tellern voller dampfender Rühreier, Räucherlachs und Obst in den Garten kam, hatte sie das Gefühl, eine Filmkulisse zu betreten. Der gepflasterte Hof vor den typisch französischen Sprossentüren ging in einen Rasenhügel über, der mit einheimischen Bäumen und Büschen bewachsen war, und mittendrin prangte ein großer Springbrunnen mit einer Engelsfigur. Es wäre die perfekte Umgebung für eine Ostereiersuche oder für ein ordentliches Versteckspiel. Am Ende des Gartens hatte Jérôme an einer hohen Steinmauer eine Decke mit mehreren dicken Kissen drapiert. Eines musste man den Franzosen lassen, dachte Cate, sie hatten einfach ein Händchen dafür, Atmosphäre zu schaffen.

Sie reichte Jérôme einen Teller, und sie tunkten das Rührei mit Baguette auf. Als er fertig war, ging Jérôme mit seiner Kamera in Position. Cate tropfte Pfirsichsaft übers Kinn.

»Köstlich«, sagte sie und leckte sich die Finger. »He, ich habe gedacht, wir malen!«

»Ich habe gesagt, *du* malst.«

»Und was machst du?«

»Ich nehme deine ersten Pinselstriche auf.«

Cate sah skeptisch zu ihm hinüber. »Gut. Aber ich muss erst noch meine Nachrichten checken. Danach stehe ich dir zur freien Verfügung.«

Jérôme hob und senkte anzüglich die Augenbrauen,

und sie bekämpfte ihren Drang, sich ihm an den Hals zu werfen. Stattdessen hielt sie sich das Smartphone ans Ohr. »Sie haben drei neue Sprachnachrichten …«, teilte die elektronische Stimme mit. »Zum Abhören wählen Sie bitte die Eins …«

Cate drückte die entsprechende Taste.

»Hallo Cate, hier spricht Andrew Walker von SandersonHinley.«

Cate war so überrascht, Andrews Stimme zu hören, dass sie beinahe das Telefon fallen gelassen hätte.

»Ich hoffe, du hast nichts dagegen, dass ich dich anrufe. Ich weiß nicht, ob du es schon mitbekommen hast, aber Giles hat die Kanzlei verlassen. Er ist zur Konkurrenz gegangen. Es ist wirklich ein schlechtes Timing, gerade jetzt, mit all den Umstrukturierungen im Unternehmen. Damit sind in der Personalabteilung nur noch Sylvie und Anna.« Dann kam eine Pause. »Das heißt, die einzige Option für die Position des Abteilungsleiters ist dann natürlich …«

»Sylvie«, flüsterte Cate im gleichen Moment wie Andrews Stimme auf der Mailbox.

»Ich weiß, dass es unfair von mir ist, aber ich … Also, ich hoffe, dass ich dich überzeugen kann, nach London zurückzukommen. Um die Position zu übernehmen, bis wir eine Dauerlösung gefunden haben.«

Den scharrenden Geräuschen nach zu schließen, die im Hintergrund zu hören waren, zappelte Andrew offensichtlich herum, und zwar auf die unangenehme Weise, die britischen Männern zu eigen ist. »Entschuldige bitte, dass ich dich in deiner Auszeit störe. Bitte, ruf mich an, wenn du kannst.«

Cate starrte geistesabwesend zu Jérôme, doch dabei musste sie eine sorgenvolle Miene gezogen haben, denn er senkte die Kamera und fragte: »Alles in Ordnung?« Sie nickte, doch ihre Gedanken überstürzten sich. Das war also die Erklärung dafür, dass Giles so teilnahmslos reagiert hatte, als Cate mit ihm ihr Sabbatical besprach. Er wusste damals schon, dass es ihn eigentlich nichts mehr anging. Nun war das Team der Personalabteilung innerhalb von wenigen Wochen von vier auf zwei Kollegen gesunken, und auch wenn Anna wirklich großartige Leistungen brachte, stand sie immer noch am Anfang der Karriereleiter. Cate verstand durchaus Andrews Aufregung, aber sie verspürte keinerlei Lust, nach London zurückzukehren. Jetzt, wo es hier gerade spannend wurde.

Die Mailboxansage unterbrach ihre Gedanken, indem sie die nächste Nachricht ankündigte.

»Cate? Hier ist Lulu. Wir haben ein Problem. Die haben den Strom abgestellt, und ich sitze jetzt hier im Dunkeln, und wir haben auch kein Gas und kein heißes Wasser.« Lulu war deutlich vernehmbar mit einem Kaugummi beschäftigt, denn nun folgte eine längere Pause, und dann hörte Cate den verräterischen Knall. »Also, ich bekomme hier so langsam den Frust, weil ich mich jetzt völlig allein um den ganzen Mist kümmern muss, während du deinen Nervenzusammenbruch kurierst oder was auch immer.« Pluff. Pluff. »Also, die Telefongesellschaft hat angerufen und gesagt, dass sie am Sonntag den Festnetzanschluss sperren, wenn bis dahin die Rechnungen nicht bezahlt sind, und dann kostet es noch einmal fünfundsiebzig Pfund, um ihn wieder freizuschalten. Ich hör jetzt auf, meine Kerze ist gleich runtergebrannt. Bis später!«

»Gibt's Probleme?«, fragte Jérôme.

Sie seufzte. »Das kann man wohl sagen. Meine Mitbewohnerin in London kommt nicht damit klar, dass ich weg bin. Ach, sie ist wirklich ein hoffnungsloser Fall. Ich hab kein gutes Gefühl.«

»Aber warum denn? Was fehlt ihr?«

»Was weiß ich! Ich kann ja nicht einmal mit ihr selbst reden, denn jedes Mal, wenn ich anrufe, gehen irgendwelche fremden Leute ans Telefon. Jetzt hat sie nur angerufen, um mir mitzuteilen, dass Telefon, Strom und Gas abgestellt werden …«

»Und warum setzt du sie nicht vor die Tür?«

»Aber nein! Lulu ist schon in Ordnung. Aber Rechnungen bezahlen oder sich um den Haushalt kümmern, das ist einfach nicht ihr Ding. Darum kümmere ich mich sonst. Ich hätte sie nicht einfach allein lassen dürfen.«

Jérôme sah sie ungläubig an. »Ist sie denn noch nicht erwachsen?«

»Schon, aber …«

»Schuldest du ihr irgendetwas?«

Cate dachte einen Moment darüber nach. »Ich glaube nicht.«

»Also?« Jérôme war verblüfft. »Dann bitte sie doch auszuziehen.«

»Das könnte ich nie!«

Jérôme gab einen abschätzigen, pfeifenden Ton von sich, der wie »Pff!« klang, dann warf er ihr einen kritischen Blick zu. »Oh, ihr Briten! Ihr geht Konflikten immer aus dem Weg! Wenn du eine Französin wärst, würdest du ihren ganzen Krempel aus dem Fenster werfen, während sie bei der Arbeit ist, und dann alle Schlösser austauschen. Und …«, fügte er nach einer Gedankenpause noch hinzu: »Und dann würdest du vielleicht noch ein paar Gerüchte über ihre Angewohnheiten verbreiten.«

Jetzt musste Cate wieder lachen. »Warte, ich habe noch eine letzte Nachricht.« Sie hielt sich das Smartphone wieder ans Ohr.

»Hm, also … Hat es schon gepiept? Cate, Mum hier. Ich

wollte mich nur mal kurz melden. Vielleicht, also wenn du meine Nachricht abhörst … könntest du mich wohl kurz zurückrufen? Ich bin am Wochenende bei Graham gewesen und dabei Edwina über den Weg gelaufen. Sie sagt, dass sie gern mit dir sprechen möchte, und sie hat mich gebeten, dir auszurichten, dass du sie anrufen mögest. Ich habe ihr gesagt, dass du das machst, wenn du magst. Ich denke, das geht schon in Ordnung. Viele Grüße an Céline. Okay, tschüs, mein Schatz.«

O Gott! Was für ein Nachrichtenbündel! Jede einzelne löste für sich schon eine Lawine an Problemen aus. Cate benötigte einen Moment, um alles zu verdauen und in Gedanken einen Aktionsplan zu schmieden. Doch Jérôme unterbrach ihre Planung.

»Cate?«

»Ja?«

»Was ist los?«

»Ach, nichts«, sagte sie geistesabwesend. »Ich muss nur noch ein paar Anrufe erledigen, das ist alles.« Sie überlegte, wen sie zuerst anrufen sollte, die Telefongesellschaft wegen der Rechnungen oder Andrew wegen der Lage im Büro. Oder sollte sie vielleicht mit Anna Kontakt aufnehmen, um einen Insiderbericht zu bekommen? Ja, das war's, beschloss Cate und scrollte auf dem Display durch die Telefonnummern.

Doch bevor sie bei der richtigen Nummer angelangt war, nahm Jérôme ihr das Telefon weg und warf es über seine Schulter.

»He!«

»Selbst he! Ich mag dein Telefon nicht. Du bist damit immer so ernst.«

Cate lachte. »Schon gut, tut mir leid, aber da hat sich gerade einiges zusammengebraut. Ich muss wirklich …«

Jérôme brachte sie mit einem Kuss, bei dem ihr schwindelig wurde, zum Schweigen. Als er sich von ihr löste – und sie wieder klar sehen konnte –, wollte sie noch einmal protestieren, doch er drückte sie auf den Rücken und legte sich zwischen ihre Beine.

Eine halbe Stunde später, während sie noch in postkoitaler Glückseligkeit auf dem Rasen lagen, bemerkte Cate plötzlich Bewegungen in Jérômes Schlafzimmer. Voller Panik griff sie nach ihrem Kleid.

Jérôme sah beiläufig in die gleiche Richtung. »Ach so, Marybelle.« Er sprang auf und zog sich Shorts über.

Marybelle? Cate beobachtete gebannt, wie eine Frau im Schlafzimmer das Laken ausschüttelte und glatt strich. Dann sammelte sie die am Boden liegenden Kleidungsstücke auf und faltete sie – inklusive Cates Kleidungsstücke, die sie absichtlich nachlässig fallen gelassen hatte. Jérôme ging hinein und plauderte ein wenig mit Marybelle. Cate beobachtete sie gespannt.

»Du hast ein Hausmädchen?«, fragte Cate, als er einige Minuten später wieder bei ihr war. Sie wusste nicht recht, ob sie deswegen beeindruckt oder empört sein sollte.

»Ja, also … Marybelle geht allen Leuten hier in der Straße in ihren Ferienhäusern zur Hand.«

Cates Augen verengten sich bei seinen Worten zu Schlitzen, und sie reckte wieder den Hals, um Marybelle genauer betrachten zu können. Sie sah gut aus – eine zierliche Erscheinung mit langem schwarzen Haar und einem strammen Körper. Cate spürte das für sie unbekannte Gefühl von Eifersucht aufsteigen und erhielt zum ersten Mal Einblick in Célines Welt; einen kurzen Augenblick lang war sie von Mitgefühl durchströmt.

»Gut, dann fangen wir jetzt an.« Jérôme befestigte einen länglichen Aufsatz an seiner Kamera.

»Womit fangen wir an?«

»Mit dem Malen!« Jérôme setzte eine belustigte Miene auf. »Hast du das etwa vergessen?«

»Ach so.« Cate ging geistesabwesend zu der großen Leinwand, die er eigens für sie aufgestellt hatte. »Okay. Kann ich bitte einen Kittel haben?«

»Natürlich.« Er reichte ihr Zigarette und Feuerzeug.

Cate kicherte. »Einen Kittel, keine Kippe.«

Jérôme nahm die Zigarette verwirrt wieder an sich. »Was ist ein … Kittel?«

»Vielleicht etwas, womit ich meine Kleidung vor der Farbe schützen kann? Ein altes Hemd? Eine lange Schürze?«

Jérôme wirkte überrascht. »Zieh dich doch einfach aus!«

»Ich kann doch nicht … nackt malen!« Die beiden letzten Worte flüsterte sie fast, als würde sie im Haus ihrer Mutter einen Kraftausdruck verwenden.

»Warum denn nicht?«

Cate warf einen Blick in Richtung Haus. »Was ist mit Marybelle?«

Jérôme bedachte Cate mit einem amüsierten Blick. »Sie ist Philippinerin!«

Cate begriff diese Logik nicht, zudem hatte sie die besseren Argumente. »Aber … Aber du machst doch auch Fotos! Ich habe keine Lust darauf, Nacktfotos von mir im Netz zu finden.« Schon als sie dies aussprach, kam sie sich lächerlich vor. Wer wollte sie schon nackt sehen? Es war ja schon ein Wunder, dass Jérôme das tat. Abgesehen davon, sie war in letzter Zeit so oft aus der Rolle gefallen, da kam es auf einen weiteren Ausrutscher schon nicht mehr an. Schicksalsergeben zog sie ihr Kleid über den Kopf und schlüpfte auch noch aus ihrer Unterwäsche, wobei sie Jérômes verträumten Blick durchaus bemerkte. »In Ordnung. Fangen wir jetzt an?«

»*Ah, oui.*« Jérôme benötigte einen Augenblick, ehe er sich aus seiner Trance lösen konnte. »Fang an!«

»Fang an? Ich habe gedacht, du zeigst es mir?«

»Das tue ich ja. Und das ist deine erste Lektion. Kunst kann man nicht unterrichten.«

Cate blickte hilflos von Jérôme zu den Grundfarben, die er für sie auf die Palette aufgetragen hatte. Sie hatte doch seit dem Kindergarten kein Bild mehr gemalt! Was sollte sie denn machen? Ein Haus malen, mit einem Giebeldach, zwei Fenstern und einem Schornstein, aus dem Rauch aufstieg? Das wäre ja nicht gerade der Kracher. Vor allem nachdem sie selbst so heftig über Jérômes Kunst hergezogen war. Ihr Werk musste gut werden. Oder wenn schon nicht gut, so überlegte sie müßig, dann wenigstens verrückt. Da kam ihr die Idee.

Mit etwas Mühe hob sie die sperrige Leinwand von der Staffelei und legte sie flach auf den Rasen. Dann entleerte sie sämtliche Farbtuben auf die Leinwand, eine nach der anderen: blau, gelb, rot. Hinter ihrem Rücken vernahm sie heftiges Klicken, also drehte sie sich um und bedachte Jérôme mit einem flüchtigen Lächeln. Er verfolgte die Aktion gebannt.

Sie musste nun selbst grinsen, als sie sich dann bäuchlings auf die Leinwand legte, Arme und Beine – wie beim Schneeengelmachen – in der dick aufgetragenen Farbe vor und zurück bewegte. Kurz wunderte sie sich darüber, zu was sie nur wenige Wochen nach ihrer Abreise aus London fähig war. Schließlich war sie Cate Worth, die pflichtbewusste Personalerin, die treue Ehegattin, die rundum konservative Britin. Doch nun, hier in Frankreich, war sie zu

Albernheiten aufgelegt, so wie sie jetzt gerade splitterfasernackt auf frischer Farbe lag.

Doch nicht nur sie war erstaunt. Jérôme hielt seine Kamera inzwischen gesenkt und starrte sie unverfroren an. Doch das war noch nicht alles. Nun war es an der Zeit, noch mehr Schwung in die ganze Sache zu bringen.

Sie legte sich an den Rand der Leinwand und rollte – wie ein Kind, das einen Hügel hinunterkullert – über die gesamte Fläche. Nun klebte ihr die Farbe auch im Gesicht, und vermutlich sah sie absolut bescheuert aus, aber es war ihr egal. Sie hatte völlig die Kontrolle verloren – nein! Sie hatte die Kontrolle nicht verloren, sondern abgegeben. Und es war absolut belebend.

Als sie mit ihrer Aktion zufrieden war, stand Cate auf und ging zu Jérôme. Sie standen eine Weile nebeneinander und betrachteten schweigend das Werk.

Cate gefiel es. Die Farbe war in alle Ecken und Ritzen der Leinwand gedrungen, und die Bewegungen ihres Körpers hatten für einen recht effizienten Farbauftrag gesorgt. Natürlich war es ein reiner Zufallstreffer, aber sie stellte sich vor, dass irgendein betuchter Volltrottel einiges dafür ausgeben würde. Die Farben waren fröhlich, und mit Hüften, Pobacken, Armen und Beinen waren ihr interessante Wirbel- und Wischeffekte gelungen. Der Druck ihrer Fersen hatte auf der Leinwand eine Struktur sichtbar gemacht, und die Haare hatten ein bizarres Muster erzeugt, das recht kompliziert aussah. Für einen Menschen ohne eigenes kreatives Malpotenzial sah es ganz gut aus, dachte sie. »Und, was meinst du?«, fragte Cate mit einem Lächeln über beide Mundwinkel.

»Es ist gut«, meinte er nach längerem Schweigen und nickte in Richtung Leinwand. »Aber das hier«, sagte er und zeigte auf Cates farbenfrohen Körper, »ist ein Meisterwerk.«

Cate strahlte über das gesamte Gesicht. »Möchten Sie die Künstlerin küssen?«

Jérôme trat einen Schritt zurück, aber es war zu spät. Sie hatte schon zum Sprung angesetzt und beabsichtigte, im Landeanflug ihre Beine um seine Taille zu wickeln. Er fing sie instinktiv auf, konnte aber den Schwung nicht abfedern und fiel rücklings mit ihr zusammen auf die Leinwand. Cate lachte hysterisch.

Als die Farbe schließlich getrocket war und ihnen von der Haut abplatzte, wusch sich Jérôme die Füße, wuchtete Cate über die Schulter und beförderte sie wieder in die Badewanne. Das Badewasser färbte sich rötlich-braun, und er musste das Wasser viermal ablassen, bis es endlich klar war. Cate lehnte sich in der Wanne an Jérôme, der ihr die Haare wusch.

»Das ist so schön«, hauchte sie, träge gegen seine Brust gelehnt. »Ich fühle mich richtig …«

»Entspannt.« Cate konnte an Jérômes Stimme hören, dass er lächelte. »Ja, so fühlt sich Entspanntsein an. Es steht dir.«

»Findest du?« Cate schloss die Augen, als er den Schaum in ihre Kopfhaut massierte. »Vielleicht sollte ich einfach eine Zeitlang bleiben.«

»So lange du willst«, bot er an.

Cate lächelte, doch dann spürte sie wieder den Anflug einer Anspannung. Sie wollte ja bleiben. Aber sie konnte nicht.

»Erzähl mir deine Geheimnisse«, sagte Jérôme, während er ihre Augen vor dem Wasserstrahl abschirmte. »Sag mir, was du bislang niemandem erzählt hast.«

Cate schauderte im heißen Badewasser. Sie wusste, dass dies der richtige Moment war, es ihm zu erzählen. »Ehrlich gesagt«, begann sie, aber plötzlich hatte sie Célines Stimme im Ohr. Ihre Freundin hatte von Sexaffären gesprochen, von »*reinen* Sexaffären«. Die Sache hier ging zu weit. »Also, das hier ist mein großes Geheimnis …« Cate richtete sich zum Sitzen auf. »Marie-Claude bringt mich um, wenn ich morgen nicht bei der Arbeit erscheine.«

Jérôme lachte. »*Bien, j'ai compris.* Du willst mir deine Geheimnisse nicht erzählen.«

Er stellte das Wasser ab und hakte den Duschkopf in die Halterung. »Aber darf ich dir eines verraten?«

»Wie bitte?« Cate bemühte sich, ihre Stimme entsetzt klingen zu lassen. »Willst du mir etwa sagen, dass du Geheimnisse vor mir hast?« Als sie aufstand und sich in ein Handtuch wickelte, zwinkerte sie ihm zu. »Ich fasse es nicht.«

Jérôme zog den Stöpsel, stieg aus der Badewanne und wand ein Handtuch um seine Lenden. »Ich wollte dir nur erzählen, dass ich die besten Spaghetti Marinara in ganz Südfrankreich koche. Ich habe gedacht, ich könnte dir welche zum Abendessen machen.«

»Lecker! Das klingt verlockend, aber …« Cate trocknete sich ab. »Jérôme, ich gehe jetzt besser nach Hause.« Sie ging in Richtung Schlafzimmer.

»Schade, aber gut.« Jérôme konnte seine Enttäuschung nicht verhehlen, als er ihr durch die Diele folgte. »Ich fahre dich zum Boot zurück.«

Cate hatte bereits ihre Reisetasche geöffnet und suchte sich etwas zum Anziehen heraus. »Nein, danke. Kein Problem. Ich rufe mir ein Taxi.«

Als sie angekleidet war und genügend Mut aufbrachte, um Jérôme wieder in die Augen zu sehen, sprach aus seiner Miene nur Verwirrung. Sie schlang die Arme um seinen Hals. »Es war sehr schön.« Dabei kam sie sich wie ein Mann vor, der gerade ein Mädchen entjungfert hatte und versprach, am nächsten Morgen anzurufen. »Danke für deine Gastfreundschaft.«

»Gern.« Seine Miene heiterte sich ein wenig auf. »Bist du sicher, dass ich dich nicht…«

»Nein«, stellte sie mit Bestimmtheit klar und zückte ihr Smartphone. »Mach dir keine Gedanken. Ich rufe mir ein Taxi.«

Auf dem Rückweg nach Saint Marc sank sie auf der Rückbank zusammen. Es ging ihr einfach dreckig.

14. Kapitel

»Für mich bedeutet Liebe Kämpfe, Lügen und hin
und wieder Schläge ins Gesicht.«
Édith Piaf

Cate war froh, dass es dunkel war, als sie über den Pier ging. Bei Tageslicht wäre es ein Spießrutenlauf gewesen, da hätten die Plaudertaschen an der Hafenanlegestelle etwas zum Tratschen gehabt. Doch Cate bemerkte, dass selbst zu dieser späten Stunde einige Augenpaare neugierig hinter den Vorhängen hervorlugten. Sie winkte den Nachbarn fröhlich zu, die sie deutlich sehen konnte, sie wollte ihnen zeigen, dass sie keinen Anlass zur Scham hatte, auch wenn das nicht ganz der Wahrheit entsprach.

Da bemerkte sie, dass an Deck ihres Bootes eine schlanke Person herumhüpfte und ihr zuwinkte.

»Cate!« Céline sprang von Bord, rannte den Pier entlang und warf sich an Cates Hals. Sie hielt sie einen Augenblick lang fest umklammert, um sie dann grob zurückzustoßen. »Wo zum Teufel hast du dich versteckt? Ich habe schon gedacht, du bist tot! Was habt ihr denn alle? Adélaïde ist auch verschwunden und geht immer noch nicht ans Telefon!«

Cate gestand sich ein, dass es wohl ein wenig egoistisch war, Céline nicht Bescheid zu sagen, wo sie sich aufgehalten hatte. Aber es war doch nur ein Tag gewesen, und sie war davon ausgegangen, dass Céline ohnehin viel zu sehr mit Adams Beschattung beschäftigt wäre, um zu bemerken, dass sie nicht da war. »Komm rein, ich mach dir eine Tasse Tee.« Cate öffnete die Falltür und stieg zur Kabine hinunter. »Es tut mir leid, Céline, ich hatte nicht die Absicht, dich zu beunruhigen.« Sie schaltete den Wasserkocher ein. »Es ist nur, dass … Jérôme und ich … also …«

Céline riss die Augen auf. »Du bist bei Jérôme gewesen? *Bien!*« Ihr Gesicht strahlte vor Begeisterung. »Natürlich hast du dich nicht gemeldet. Du warst ja *beschäftigt*!«

»Ja«, sagte Cate, während sie zwei Becher hervorholte. »Das war ich.«

Céline grinste, doch dann schien ihr wieder einzufallen, weshalb sie gekommen war. »Sieh mal!« Céline zog etwas aus ihrer Handtasche und legte es auf den Tisch. »Gefällt es dir?«

Cate ließ für einen Moment von der Teezubereitung ab, um das Teil in Augenschein zu nehmen. Es war ein Negligé – wunderschön und hauchzart, um den Ausschnitt kräuselte sich Spitze zu einer hübschen Rüsche –, wie gemacht für die Hochzeitsnacht. Als sie es an sich nahm, glitt der schräg geschnittene Seidenstoff wie Wasser durch ihre Hände. Als sie das Negligé aus der Nähe betrachtete, schnappte sie nach Luft. Es war *ihre* Spitze. Die Patchworkspitze, die sie bei Céline angefertigt hatte. »Céline!«

»Gefällt es dir?« Célines Augen leuchteten. »Und, was hältst du hiervon?« Sie zog einen langen minzgrünen Kaschmir-Cardigan hervor und legte ihn sich auf die Knie. Der Saum war von einer Spitzenrüsche verziert, ein Satinband führte in Schlaufen um die Taille.

Noch ehe Cate die passenden Worte fand, um diese hinreißenden Kreationen zu würdigen, zauberte Céline schon ein drittes Teil hervor: ein leichtes, seidengefüttertes

Sommerkleid aus blassblauer Spitze, das mit grünem Samt eingefasst war.

»Céline, das ist einfach fantastisch!«

»Ich weiß.« Céline ballte vor Aufregung die Fäuste. »Ich habe sie für die Paris Fashion Week eingereicht.«

Cate sog hörbar die Luft ein. »Das ist ja großartig! Ich habe schon immer gedacht …«

»Und dafür brauche ich dich.«

Cate schwieg einen Moment. »Was? Ach so, die Spitze. Das geht ganz einfach, Céline. Dafür brauchst du mich wirklich nicht.«

»Aber ich habe keine Zeit! Ich muss noch ganze Berge Papier erlegen.«

»Papierkram erledigen«, korrigierte Cate geistesabwesend. Dabei war die Idee gar nicht so abwegig. Sie arbeitete gern mit Céline zusammen und hoffte schon lange, dass Céline mit ihren Kreationen der Durchbruch gelang. Außerdem ging sie fest davon aus, dass sie nach Jérômes Anruf bei Marie-Claude ohnehin ihren Job im *Jumelles* los war.

Céline beobachtete Cates Miene und redete dann ermutigt weiter. »Außerdem brauche ich sowieso deinen Geschäftssinn. Komm, wir packen es an, ich habe zwar Talent, aber ich habe keine Ahnung von geschäftlichen Dingen. Zusammen wären wir ein Spatzenteam.«

»Ein Spitzenteam.« Cate kicherte. »Wir wären wirklich ein großartiges Team.«

»Du machst mit. *Bien!*« Céline klatschte in die Hände. »Ah … das hätte ich fast vergessen, es gibt noch eine Neuigkeit. Komm mit!«

Céline preschte los. Zuerst dachte Cate, dass sie zu ihrem Moped lief, aber am Ende des Piers machte sie immer noch nicht Halt. Cate musste sich beeilen, um sie einzuholen. Sie kamen von einer dunklen Gasse in die nächste, bis sie schließlich vor einem leer stehenden Geschäft anhielten.

»Ta-da!« Céline strahlte dermaßen über das ganze Gesicht, dass nicht viel fehlte, und sie hätte die dunkle Straße erleuchtet. »Das wird meine Boutique, Cate! Wenn ich schon auf die Fashion Week gehe, ist es höchste Zeit, dass ich mich ernsthaft um mein Label kümmere.«

Cate blinzelte. Eine Boutique? »Céline, das ist fantastisch, aber das bedeutet eine ganze Menge Arbeit. Bist du sicher, dass …«

»Und das Beste fehlt noch«, unterbrach Céline sie, als sie die Tür aufschloss. »Komm mit!«

Cate hatte das Gefühl, einem wirbelnden Derwisch ausgeliefert zu sein, als Céline sie die Stufen zu einer kleinen Wohnung über dem Laden hinaufschubste. Sie zeigte auf das Fenster zur Straße hin, vor dem ein kleiner Stuhl mit einem enormen Teleskop platziert war. »Schau mal durch die Linse!«

Cate war skeptisch, doch sie ging durchs Zimmer und tat, wie ihr geheißen. Ein Blick durch das Teleskop bestätigte ihren Verdacht: Adams Reiseagentur lag genau gegenüber.

Cate riss ihren Blick los und starrte Céline an. »Céline, das ist doch wohl nicht dein Ernst?«

»Doch, das ist mein voller Ernst.« Céline setzte ein gewinnendes Lächeln auf. »Wir gründen ein Unternehmen, und ich kann gleichzeitig Adam im Blick behalten. Das ist doch perfekt, oder?«

Eine bislang unbekannte Wut durchströmte Cate. Céline war also – wie immer – davon überzeugt, dass Cate sie wohlgemut bei ihrer unausgegorenen Geschäftsidee unterstützte (zweifellos ging sie überdies davon aus, dass sie den Löwenanteil der Arbeit erledigte). Ihre Paranoia wegen

Adam hatte sie mal wieder über das Ziel hinausschießen lassen. Zum ersten Mal fragte Cate sich ernsthaft, ob Céline an einer psychischen Störung litt.

»Das ist überhaupt nicht perfekt!« Cate wollte ihre Freundin ja verstehen, aber es gelang ihr nicht. »Das ist völlig durchgeknallt. Hör sofort damit auf, Céline. Das ist doch nicht mehr normal. Deine fixe Idee beherrscht dein ganzes Leben. Tut mir leid, wenn ich dir das sagen muss, aber die ganze Sache trägt dir keine Sympathiewerte ein. Und soll ich dir mal sagen, was noch unsympathischer ist?« Allmählich begann Cate ihre Tirade sichtlich zu genießen. »Deine Vorstellung, dass ich bei allem, worum du mich bittest, mitmache! Verdammt noch mal! Als ich das letzte Mal auf dich gehört habe, bin ich im Gefängnis gelandet, und nun erwartest du von mir, dass ich deine Boutique aufbaue, damit du schon wieder deinem ewig treuen Freund hinterherspionieren kannst. Die Boutique an sich scheint dir ja erstaunlich egal zu sein! Ich habe das Gefühl, dass du einfach keine Ahnung hast, was da alles dazugehört. Nein! Sorry, ohne mich.«

Während Cate nach Luft rang, beäugten sich die beiden eine geraume Weile aus nächster Nähe, keine von ihnen wusste, wie es weitergehen sollte. Für diese Situation gab es keinen Präzedenzfall. Cate hatte immer getan, worum Céline sie gebeten hatte, und wenn nicht gleich, so doch nach sanfter Überzeugungsarbeit. Aber damit war nun ein für alle Mal Schluss!

Céline brauchte noch einige Zeit, bis sie sich so weit erholt hatte, dass sie wieder sprechen konnte. »Meinst du das ernst?«

Dieser Zweifel genügte, damit Cate wieder aufbrauste. »Jawohl, das meine ich ernst! Und zwar bitterernst. Ich habe es einfach satt, dass alle ihren gesamten Scheiß an mir auslassen. Es tut mir leid, aber auch wenn du es dir kaum vorstellen kannst, nicht mehr mit mir! Und solltest du irgendein Problem damit haben: *C'est le vie!*«

Als sie auf dem Absatz kehrtmachte und die Treppe hinunter auf die Gasse stürmte, hörte sie noch eine kleinlaute Stimme am Fenster.

»*C'est* la *vie.*«

Als Cate zum Boot zurückstolperte, murmelte sie wütend vor sich hin. »*C'est le vie* … *C'est la vie* … Verdammt noch mal, was für eine idiotische Sprache! Also, diesmal kann sie sich meine Hilfe wirklich abschminken, egal ob für die Fashion Week oder sonst was …«

Bis sie den Pier erreichte, hatte Cates Smartphone schon zweimal gepiept. Das besänftigte sie ein wenig. Immerhin konnte Céline es zugeben, zu weit gegangen zu sein. Vielleicht war es ja noch nicht zu spät, um aus dem Mietvertrag wieder rauszukommen? Und wenn Adam von dem Laden noch nichts mitbekommen hatte – wovon Cate fest ausging, denn sonst wäre die ganze Sache nicht so weit gediehen –, wäre kein Schaden entstanden. Und sie und Céline könnten alles für die Fashion Week vorbereiten, was sie als zu bewältigende Aufgabe einschätzte.

Cate setzte sich an Deck und sah zu den Sternen hoch. Nun, nachdem ihr Wutanfall verraucht war, fragte sie sich, ob sie mit Céline zu hart umgesprungen war. Schließlich waren die Eröffnung einer Boutique und die Präsentation der Modelle bei der Fashion Week an sich ja eine gute Idee, wenn sie es auch vielleicht ein wenig zu enthusiastisch anging. Und wenn Célines Beweggründe nur darauf ausgerichtet gewesen wären, hätte Cate womöglich sogar ihre Begeisterung geteilt.

Cate griff kräftig seufzend zum Smartphone und überlegte, auf Célines Nachrichten mit dem Vorschlag zu reagieren, sich morgen zum gemeinsamen Frühstück zu treffen. Auf diese Weise würden sie beide die Nacht über zur Ruhe kommen und erst miteinander sprechen, nachdem sie sich erholt hatten. Sie schaute auf das Display und musste feststellen, dass keine der beiden Nachrichten von Céline stammte.

Hi Cate, du hast immer noch keinen Kurs gebucht. Das ist dein Honorar, und ich mag keine Schulden. Ich halte nächste Woche einen Mosaikkurs. Kannst du kommen?
Bis bald, Sofie

»Ja, das kann ich«, sagte Cate laut. »Ich kann tun und lassen, was ich will, schließlich bin ich für mein eigenes Leben verantwortlich.« Sie schrieb Sofie zurück, dass sie kommen würde, und klickte die nächste Nachricht an.

kein strom. brauche geld. sitze im dunkeln. bitte rechnung bezahlen. lulu

Vielleicht waren es nur die Nachwehen von ihrem Streit mit Céline, aber Cate verspürte nun überraschend heftige Wut gegen Lulu aufsteigen. Mist aber auch! Warum konnte sie die verdammten Rechnungen eigentlich nicht selbst bezahlen? Erstens war Lulu erwachsen, und zweitens wohnte sie selbst ja nicht einmal dort! Warum sollte eigentlich *sie* den Strom bezahlen?

Sie wählte schimpfend ihre Londoner Nummer. Nach geraumer Zeit wurde sie von einer freundlichen Stimme mit irischem Akzent begrüßt.

»Wer spricht dort bitte?«, fragte Cate energisch, als sie die Überraschung verdaut hatte.

»Wer ist denn dran?«

»Hier spricht Cate Worth, die Vermieterin.«

»Sorry, Schätzchen, aber die Hausbesitzerin ist ein Mädel namens Lulu. Du hast dich wohl verwählt.«

Cate atmete zur Beruhigung so oft tief ein, dass ihr bald schwindelig wurde. Da kam ihr eine Idee. »Die Vermieterin, diese Lulu, hat also von Ihnen Miete kassiert?«

»Na klar«, sagte der Ire und kicherte. »Umsonst ist nur der Tod, Schätzchen.«

»Könnte ich vielleicht mit Lulu sprechen?«, sagte Cate schnell, bevor er dazu kam aufzulegen.

»Natürlich können Sie das. Sie ist gerade eben hereingekommen.«

Cate hörte, wie im Hintergrund geflüstert und dann der Hörer aufgenommen wurde.

»Cate, endlich rufst du an!« Lulu seufzte entnervt. »Es ist die Hölle hier. Seit zwei Wochen stellen sie Gas und Strom ab und dann wieder an. Am Sonntag habe ich den Notdienst kommen lassen, damit er die Leitungen überprüft. Das war auch kein Schnäppchen, der wollte zweihundert Pfund die Stunde haben. Er hat gesagt, das ist ein Problem des Stromversorgers. Weil du die Rechnungen nicht bezahlt hast! Mensch, Cate, du lässt mich hier ganz schön in der Patsche sitzen. Und ich kann nicht einmal den Elektrotypen bezahlen, weil die Haushaltskasse leer ist. Cate? Bist du noch dran?«

»Ja, Lulu, ich bin noch dran.« Cate spürte, dass ihr Gesicht vor Entrüstung knallrot war. »Und ich bin deine Vermieterin, nicht deine Mutter. Also schlage ich dir vor, im Gespräch mit mir mehr Respekt zu zeigen.« Die Schweigepause am anderen Ende der Leitung nahm Cate als ein gutes Zeichen. »Und jetzt hörst du mir einmal gut zu. Seit meiner Abreise habe ich keine Miete von dir bekommen. Du hast nicht eine einzige Rechnung bezahlt, und dann hast du auch noch das letzte Geld aus der Haushaltskasse ausgegeben! Ich will dich nur daran erinnern, dass die eigentlich für gemeinsame Ausgaben gedacht war. Und jetzt willst du mir erzählen, dass man uns alles abgeschaltet hat. Und als wäre das nicht genug, geht jedes Mal, wenn ich anrufe, eine andere fremde Person ans Telefon. Verdammt noch mal, was geht da ab? Ich will das jetzt endlich mal von dir selbst erfahren!«

Als Lulu schließlich die Sprache wiederfand, wirkte sie nervös. »Oh, hm, es waren nur ein paar Verwandte von mir hier, das ist alles.«

»Deine Familie lebt in Brixton!«

»Entferntere Verwandte ...«

»Keiner von ihnen wusste, wer du bist, wenn ich nach dir gefragt habe.«

»Ach, das sind alles Säufer. Du weißt schon, Iren!« Im Hintergrund sagte eine Stimme: »Jetzt reicht's aber!«

Lulu klang inzwischen völlig durcheinander, doch Cate ließ nicht locker.

»Sie haben gesagt, dass du von ihnen Miete verlangst.«

»Was denn für Miete? Sei doch nicht albern! Das war doch nur das Geld für das Bier gestern Abend. Echt, das sind beschissene Alkis, die sich dauernd über irgendetwas beschweren!«

Lulu hatte aber auch für alles eine Antwort parat. Doch nun hatte Cate endgültig genug. Sie wollte nicht, dass irgendjemand sie weiter ausnutzte. »Lulu, mir reicht's! Du ziehst aus! Und zwar heute noch!«

Die Schockstarre dauerte ganze zwei Herzschläge. »Aber Cate, ich weiß doch gar nicht, wohin ...«

»Ist mir egal.«

Dann folgte eine lange Pause, und Cate dachte schon, Lulu habe eingehängt. Sie wollte selbst gerade auflegen, als sie ein ersticktes Schluchzen vernahm.

»Lulu?« Sie fragte nach, wohl wissend, dass es ein Fehler war, auf den letzten Metern Schwäche zu zeigen.

»Oh, Cate!«, meldete sich Lulu zwischen Schniefen und Hicksen zurück. »Bitte, bitte, wirf mich nicht raus. Ich … Ich weiß nicht, was ich dann machen soll. Ich weiß nicht, wohin ich gehen soll.«

Cate zögerte. Sie hatte Lulu noch nie weinend erlebt. Es war schrecklich. Sie wusste, dass sie nicht einknicken sollte, aber sie merkte, wie ihre Entschlusskraft ins Wanken geriet. Lulu war ja an sich keine üble Person, sie hatte einfach nur den Überblick über die Rechnungen verloren und oft ein paar Freunde zu viel als Übernachtungsgäste eingeladen. Na ja, vielleicht war es ein bisschen dreist, den eigenen Freunden auch noch Geld für einen Schlafplatz auf dem Fußboden abzuknöpfen. Doch Cate konnte sie kaum dafür tadeln, immerhin hatte sie ja Lulu mit allen Kosten für das Haus allein gelassen. Was zum Teufel war nur mit ihr los? Irgendwie mutierte sie in Frankreich zu einer tobsüchtigen Irren. »In Ordnung«, sagte Cate und seufzte. »Du kannst bleiben, Lulu. Aber ich will keine Fremden mehr am Telefon haben, verstanden? Ich meine es ernst!«

»Oh, danke, Cate«, brachte Lulu unter Schluchzen hervor. »Du kannst dir gar nicht vorstellen, was das für mich bedeutet.«

Cate fiel auf, dass sie Lulu niemals zuvor so kleinlaut erlebt hatte. Es stand ihr gut.

»Oh, Cate, da du schon einmal dran bist«, setzte Lulu noch einmal an, »meinst du, du kriegst es irgendwie hin, diese Stromrechnungen zu bezahlen? Es ist nachts schon ziemlich kalt und …«

»In Ordnung.« Cate hatte das Gefühl, dass sie es doch noch bereuen würde, Lulu im Haus wohnen zu lassen. »Ich kümmere mich darum.«

Als sie auflegte, war Cate erschöpft. In den letzten zwei

Stunden hatte sie Jérôme verärgert, mit Céline gestritten, und jetzt hatte sie auch noch vorgehabt, Lulu hinauszuwerfen. Hatte sie schon wieder dieses beschissene prämenstruelle Syndrom? Sie rechnete nach. Nein. Aber fest stand, dass sie in letzter Zeit erheblich streitlustiger war als sonst und viel schneller den Mund aufmachte, wenn ihr etwas nicht passte. Was war daran schuld? Frankreich? *Sexual Healing?*

Sofort musste sie an Jérôme denken, und sie bekam Schuldgefühle. Bei der Vorstellung, ihn einfach so stehengelassen zu haben, fühlte sie sich elend, vor allem bei der Erinnerung an den wunderschönen gemeinsamen Tag. Sie beschloss, ihm eine Nachricht zu schicken – um die Wogen zu glätten und sicherzugehen, dass er nicht länger verärgert war.

Hi Franzose. Sorry, dass ich einfach weg bin. Muss immer daran denken. Machen wir es bald wieder? Kuss C

Sie hatte das Smartphone noch nicht in die Tasche zurückgelegt, als es schon piepte. Er hatte geantwortet. Cates Herz raste, als sie die Nachricht las.

Gute Idee, Engländerin. Sofort? Kuss J

15. Kapitel

»Wenn sie kein Brot haben,
sollen sie doch Kuchen essen.«
Marie-Antoinette

Am nächsten Morgen meldete Cate sich wieder krank. Und zwar persönlich.

»Jumelles, bonjour?«

»Bonjour, Marie-Claude. Ich bin's, Cate.«

»Bonjour, Cate!« Sie klang merkwürdig freundlich. »Geht es dir besser?«

»Hm, eher nicht.« Cate brachte einen Hustenanfall zustande und zog mehrmals die Nase hoch. »Mir geht es immer noch nicht gut.«

»Schade. Kümmert sich dein Freund um dich?«

Anscheinend meldete sich Marie-Claudes freundlicher Zwilling zurück, und Cate spürte, dass sie auf das Thema ansprang. Jérôme. »Ja, das tut er.«

»Schön. Am besten bleibst du die ganze Woche im Bett, sonst steckst du noch das halbe Restaurant an. Ich sage Benoît und dem Koch Bescheid. *Au revoir.*«

Wie sie es auch drehte und wendete, Cate konnte sich keinen Reim darauf machen. Sie nahm es einfach so hin und freute sich natürlich über die freie Woche. Und sie würde Marie-Claudes Rat beherzigen und die ganze Woche im Bett verbringen. In Jérômes Bett.

Die endlose Achterbahn von Sex und noch mal Sex lenkte Cate von der Tatsache ab, dass sie seit ihrem Streit nichts mehr von Céline gehört hatte. Aber sie vergaß es nicht völlig. Sie und Céline redeten oft tagelang nicht miteinander, ohne daraus eine große Sache zu machen. Doch diesmal war es anders. Merkwürdig. Mit dem Gefühl, sie diesmal nicht anrufen zu können, kam sich Cate sehr allein vor. Dabei war sie gar nicht allein. Tatsächlich lag sie eng in die Arme eines großartigen Mannes geschmiegt. Und der war ein verdammt guter Trostpreis.

»Du warst letzte Nacht so schnell weg«, sagte er, als sie sich in die Augen sahen. »Habe ich dich verärgert?«

»Nein.«

Er wartete ab. Cate seufzte.

»Es ist nur … Mir fällt es einfach schwer, mich anderen Menschen zu öffnen.« Sie lächelte ihn an. »Schließlich bin ich Britin.«

»Aber warum? Hast du Angst?«

Cate ahnte, dass die Frage auf ein Beziehungsgespräch hinauslief, aber sie fand nicht die Kraft, die zwischen ihnen entstandene Intimität aufzuhalten. Jérôme war so viel mehr als ein gut aussehender Mann und unglaublicher Lover. Er war rücksichtsvoll, anteilnehmend, liebenswürdig und witzig. »Ja«, gab sie zu, »das hab ich.«

Jérôme nickte, und sie rechnete ihm hoch an, dass er nicht weiter nachfragte. Er sagte nur: »Ich kenne ein Mittel dagegen«, griff nach dem Laken und zog es über ihre Köpfe.

»Was machst du da?«, fragte Cate und grinste.

»Ich nehme dich mit in die Höhle«, sagte er. »Dahin gehe ich immer, wenn ich Angst habe.«

Cate kicherte, als die matte Beleuchtung durch das gespannte Laken fiel und einen warmen, gemütlichen Glanz schuf. »Es ist schön hier«, sagte sie und ließ zu, dass er seine kräftigen Arme eng um sie schlang. »Ich kann es gar nicht fassen, dass ich bis jetzt nichts von der Höhle wusste.«

»Meine Mutter hat sie erfunden, als ich noch klein war und Angst vor Monstern in meinem Zimmer hatte. Sie sagte, dass die Höhle immer ein sicherer Ort ist, und bis jetzt hat sie recht behalten.« Er sah Cate etwas verschämt an. »Weißt du, bis jetzt habe ich noch nie jemanden in die Höhle eingeladen.«

»Ich fühle mich geehrt«, sagte Cate, wegen seines kindlichen Geständnisses zu Tränen gerührt.

Jérôme lächelte. »Du bist hier jederzeit willkommen.«

Als sie am nächsten Tag auf dem Rasen liegend Jérôme beim Malen zusah, fiel Cate plötzlich ein, dass sie nicht auf Andrews Nachricht reagiert hatte. »Mist!«

Jérôme schaute von der Leinwand auf. »Probleme?«

»Gewissermaßen«, Cate suchte auf ihrem Smartphone, bis sie Andrews Nummer hatte. »Es ist deine Schuld, du lenkst mich ab!« Sie landete direkt auf der Mailbox. »Scheiße!« Während die Ansage lief, erklärte Cate Jérôme die Situation. »Dabei vergesse ich normalerweise nie, auf Nachrichten zu reagieren.«

Jérôme schmunzelte, als der Piepton kam.

»Hallo Andrew, hier ist Cate. Cate Worth. Von SandersonHinley?«

Jérôme lachte schallend, was Cate ablenkte.

»Ich habe deine Nachricht erhalten, entschuldige bitte, dass ich nicht eher geantwortet habe, aber ich bin sehr beschäftigt gewesen. Das mit Giles tut mir wirklich leid, und ich weiß, dass sein Weggang viel Stress bedeutet, aber es tut mir leid, ich kann jetzt wirklich nicht nach London zurückkommen.« Sie sah zu Jérôme hinüber. »Ich habe hier noch ein paar Dinge zu erledigen … wichtige Dinge. Aber wenn ich dir telefonisch weiterhelfen kann, gib mir bitte Bescheid. Ansonsten bin ich wie vereinbart Mitte September wieder zurück. Tut mir leid. Also, tschüs.«

Jérôme prustete vor Lachen laut los, als sie fertig war.

»Was ist?«

Er wischte sich eine Träne aus dem Auge. »Ich habe selten so oft ›tut mir leid‹ auf einmal gehört.«

Cate lächelte zaghaft. »Es tut mir aber wirklich leid.«

»Aber warum denn? Du hast doch nicht gekündigt.«

»Nein, aber … Ich bin … Ach, halt doch den Mund!«, fuhr sie ihn an, lächelte aber dabei. »Einen Anruf muss ich noch erledigen.« Cate wählte Annas Nummer im Büro, und nach zweimal Klingeln ging sie dran.

»Cate? Gott sei Dank!«

»Anna, wie geht es dir?«

»Was meinst du denn?«, erwiderte Anna trocken. »Sylvie hat nun das Kommando.«

Cate zog eine mitleidige Miene, leider vergeblich, da sie ja nicht miteinander skypten. »Ich habe davon gehört. Tut mir leid.« Sie schaute zu Jérôme und streckte ihm die Zunge heraus. »Ist es wirklich so schlimm mit ihr?«

»Sie könnten genauso gut einen Affen durch die Personalabteilung rennen lassen«, höhnte Anna. »Na ja, ein Affe würde sich wohl besser benehmen. Ich nehme mal an, dass er mich nicht in Anwesenheit des gesamten Vorstands degradiert hätte, indem er mir befohlen hätte, eine Tasse Tee zu servieren. Stell dir vor, sie sagte tatsächlich ›servieren‹!«

»Oh, nein!« Cate konnte sich ihr Kichern nicht verkneifen. »Es tut mir leid, Anna. Ich weiß, eigentlich sollte ich nicht darüber lachen.«

»Doch, das solltest du! Ich würde mich auch kaputtlachen, wenn ich in Südfrankreich wäre, während hier so ein Mist abläuft.«

»Hör auf, sonst fühle ich mich noch schlecht. Also, wo ist Giles jetzt? Bei FenwickHousegow?«

»Treffer! Seine Frau ist dort die Leiterin der Personalvermittlung, es war also keine große Überraschung.«

»Eher nicht. Dabei hatte er doch immer diesen Blödsinn verzapft, von wegen Trennung von Beruf und Privatleben …«

»Ja, aber wenn der Rubel rollt …« Anna seufzte. »Und ich verwette meinen Arsch, dass ihm seine Frau einen Megavertrag ausgehandelt hat.«

»Davon gehe ich doch aus. Und, wie kommst du mit allem klar? Kann ich dir irgendwie behilflich sein?«

»Nein, nein. Aber es ist alles völlig irre, wirklich. Außerdem, in ein paar Monaten bin ich ja ohnehin weg im Mutterschutz. Gott sei Dank! Jetzt hast du auf jeden Fall meine Version und weißt Bescheid, bevor du nichtsahnend zurückkommst. Ach, ich würde ja liebend gern noch eine Runde quatschen, aber Sylvie hat mich zu einer kompletten Gehaltsüberprüfung verdonnert. Wahrscheinlich will sie sichergehen, dass niemand so viel verdient wie sie. Also, ich habe wenig Zeit, Cate. Aber sag, ist bei dir alles in Ordnung?«

»Ja, bestens. Viel Glück bei der Gehaltsüberprüfung. Wir sehen uns in ein paar Wochen!«

»Ich zähle schon die Tage«, sagte Anna.

Cate beendete den Anruf und entdeckte eine eingegangene SMS, in der Sofie sie daran erinnerte, dass der Mosaikkurs heute stattfinden würde. Dabei wäre das gar nicht nötig gewesen, Cate freute sich schon den ganzen Tag darauf. Sie wusste ihre Zeit mit Jérôme absolut zu schätzen –

vielleicht mehr als geplant –, aber Céline fehlte ihr sichtlich, und ohne sie fühlte sie sich ein wenig allein gelassen. Sofie leitete zwar heute Abend den Kurs selbst, doch Cate hoffte, dass sie ein bisschen Zeit zum Schwatzen finden würden.

»Sofie, das ist wirklich herrlich!«, rief Cate später am Abend, während sie herumwirbelte und auf den Tellern herumtrampelte. Sie kam sich vor wie bei einer griechischen Hochzeit. »Machst du das immer so?«

»Ja, immer.« Sofie warf den nächsten Teller in die Raummitte. »Früher haben wir die Teller in Plastiktüten gesteckt und dann gegen die Wand geknallt, aber als Dimitri an dem Kurs teilnahm, hat er uns gezeigt, wie man das richtig macht.« Sofie nickte Dimitri zu, der gerade den nächsten Teller auf den Boden krachen ließ und begeistert *»Opa!«* rief, was so viel wie »Auf geht's!« hieß.

Das hätte den ganzen Abend so weitergehen können, aber nach einigen Minuten nahmen die Teilnehmer Platz, und Sofie kehrte die Bruchstücke zusammen und verteilte sie an ihre Schüler.

Cate hatte sich entschieden, eine Gürtelschnalle zu gestalten, und dafür an einem Bastelstand am Markt den Rohling gekauft. »Und was muss ich jetzt machen, Sofie?«

»Eigentlich kann ich dir auch Einzelunterricht geben«, sagte Sofie und setzte sich neben Cate, »die anderen wissen nämlich schon, was sie machen müssen. Stimmt doch, oder?« Sie rief ihre Frage so laut in die Runde, dass die übrigen Kursteilnehmer fröhlich »Ja, ja« zur Antwort gaben und noch nicht mal von ihren Arbeiten aufblickten.

»Perfekt.« Sofie erklärte schnell die grundlegenden Details, und Cate hörte aufmerksam zu. Schließlich war sie eine Meisterin im Befolgen von Anweisungen, ihre Probleme begannen immer erst, wenn es um das eigenständige kreative Gestalten ging. Doch in letzter Zeit hatte sie auf dem Gebiet richtige Fortschritte gemacht, sie musste nur an ihr Werk aus Spitze denken und an ihr Gemälde bei Jérôme, und schon war sie optimistisch gestimmt.

»Also, wie sieht dein Entwurf aus?«, wollte Sofie wissen.

»Also, hm ... Ich habe gedacht, ich klebe einfach Bruchstücke auf die Schnalle.«

»Ja, das kannst du natürlich auch machen. Oder du kannst ein Muster legen oder dir etwas Gegenständliches ausdenken. So wie Howard.« Sofie deutete mit dem Kopf zu dem älteren Mann rechts neben ihr. »Er hat sich einen Fisch vorgenommen.«

»Wirklich hübsch, Howard.« Cate begutachtete eine Weile den bunten Fisch. »Ich denke, ich mache lieber etwas Abstraktes«, sagte sie leise zu Sofie, die ihr Kichern unterdrückte.

Während Cate die kleinen Keramikteile nach dem Zufallsprinzip auf die Gürtelschnalle klebte, plauderte sie mit Sofie. Die Kanadierin gab ihr währenddessen den einen oder anderen Tipp, aber eigentlich quatschten sie die meiste Zeit miteinander. Das war genau das, was Cate die letzten Tage vermisst hatte.

»Sag mal, hattest du eigentlich mal eine neue Beziehung mit jemandem anderen, seitdem dein Freund dich ... verlassen hat?«, fragte Cate in der Hoffnung, nicht die Grenzen ihrer beginnenden Freundschaft zu überschreiten.

Sofie begutachtete das Werk der Teilnehmerin zu ihrer linken Seite und wendete sich dann wieder Cate zu. »Ja, ich habe mich mit ein paar Männern getroffen«, sagte sie, offensichtlich keineswegs durch Cates Direktheit gestört. »Aber eins muss ich sagen, ich weiß nicht, was ich von den Männern hier halten soll.«

»Wirklich?«, fragte Cate überrascht. »Wie meinst du das?«

»Also, dass Pierre mit der Italienerin abgehauen ist, hat mir nicht gerade geholfen. Aber eigentlich habe ich auch keinen Nerv für diese ins Dramatische gehende Leidenschaft, die die Franzosen anscheinend so sehr lieben. Das ist immer so kompliziert, dafür bin ich zu einfach gestrickt.«

Cate war zugegebenermaßen sehr von dieser Leidenschaft fasziniert. Es war so anders als dieses gesetzte, stoische Verhalten von Briten. Cate fand es einfach erfrischend. Aber vielleicht schliff sich das Neue auch irgendwann ab?

»Und, was ist mit dir?« Sofie schraubte den Deckel von einer neuen Tube Kleber. »Hast du noch keinen französischen Lover?«

Cate wurde puterrot und versuchte sich darauf zu konzentrieren, ein Stück Porzellan auf die Gürtelschnalle zu kleben.

»Du hast!« Sofie rückte ihren Stuhl so nah zu Cate, dass sie fast auf ihrem Schoß landete. »Los, erzähl schon! Los!«

»Also, er heißt Jérôme«, begann Cate und starrte auf ihr Werk. Insgeheim jedoch freute sie sich, darüber sprechen zu können. Sofie wusste nichts über Graham, also hatte sie keinen Anlass, sie zu verurteilen. »Er ist Künstler …«

Sofie schnappte nach Luft. »Doch nicht etwa Jérôme Brousseau?«

»Doch.« Cate hielt in ihrer Bewegung inne und schaute Sofie fassungslos an. »Warum? Kennst du ihn?«

»Nur dem Namen nach. Er ist ein faszinierender Künstler.«

»Ja, das ist er. Aber als Lover ist er noch besser«, ergänzte sie. Sofie bekam daraufhin einen Kreischanfall, den sie mit einer vermeintlichen Hustenattacke überspielen wollte, als die anderen Kursteilnehmer neugierig aufblickten.

»Komm, vergiss, was ich über die Männer hier gesagt habe«, bat Sofie, als sie sich wieder beherrschen konnte. »Ich bin sicher, dass Jérôme großartig ist. Ich bin halt eine sauertöpfische alte Jungfer, die dazu verdammt ist, allein zu bleiben.«

Obwohl Sofie über das Thema witzelte, hörte Cate aus ihrer Stimme Angst heraus. Sie fand es merkwürdig, dass eine so attraktive, fähige und charmante Frau wie Sofie Zweifel an ihrem zukünftigen Liebesleben hegte. Jeder Mann würde begeistert sein, eine Beziehung mit ihr zu haben. Cate hoffte, dass Sofies Pech mit Pierre sie nicht dazu gebracht hatte, den Männern – und der Liebe – völlig abzuschwören.

»Sofie, du sehnst dich doch noch nach Liebe, oder?«

Sofie erwiderte Cates Blick und reichte ihr dann die frische Klebertube. »Ja, sehr.«

Es war schon dunkel, als der Kurs vorüber war, also beschloss Cate, mit dem Taxi zu Jérôme zu fahren. Sie hatten zwar nicht darüber gesprochen, ob sie am Abend wiederkäme, aber da sie ihre Sachen bei ihm gelassen hatte, hielt sie dies für eine Selbstverständlichkeit. Sie wusste, wenn man drei Nächte nacheinander blieb, war das Ganze mehr als ein flüchtiges Abenteuer, aber inzwischen war ihr das egal. Nachdem sie die Nacht über die Geborgenheit dieser warmen, muskulösen Arme genossen hatte, schien es ihr einfach unvorstellbar, allein auf dem Boot zu schlafen.

Als Cate an Jérômes Tür klingelte, bemerkte sie, wie die Türglocke über ihr hin und her schwang. Das war ihr bisher nicht aufgefallen, weil sie immer mit Jérôme zusammen gekommen war. Ihr war klar, dass sie nun zum ersten Mal unangemeldet vor seiner Tür stand, was ihr einen gewissen Nervenkitzel verursachte.

Nach kurzer Zeit hörte sie Schritte in der Diele, dann erschien Jérôme im Fenster neben der Tür. Wieder umspielte ein attraktives Lächeln seine Lippen. *»Bienvenue!«*, begrüßte er sie, als er die Tür öffnete und sie an seine nackte Brust zog. »Ich habe mich schon gefragt, ob du wohl wiederkommst.«

Cate zog die Augenbrauen hoch. »Also, ich war mir nicht sicher. Du weißt ja, ich bin eine spontane, unberechenbare Britin …«

»Genau.« Er musterte sie von Kopf bis Fuß. »Du bist also gekommen, um mich von meiner schweren Arbeit abzulenken?«

»Das war mein Plan.« Cate schob sich an ihm vorbei und steuerte direkt das Schlafzimmer an.

»Du bist dir sicher, dass du eine hundertprozentige Britin bist?«, fragte er, als er die Haustür schloss und ihr dann ins Schlafzimmer folgte. Er holte sie ein und kickte die Tür hinter ihnen zu.

Als das erste Tageslicht in Jérômes Schlafzimmer strömte, war Cate längst wach. Sie genoss es, mit dem Kopf auf seiner Brust zu liegen und seinen Atem an ihrer Wange zu spüren. Doch als ihr Magen knurrte und sie daran erinnerte, dass sie am Vorabend nicht mehr zum Essen gekommen waren, verließ sie ihren schlafenden Prinzen, um zu sehen, mit welchen kulinarischen Köstlichkeiten Marybelle den Kühlschrank bestückt hatte.

Als sie in einem von Jérômes weichen, großen T-Shirts über den Parkettboden ging, fiel Cate auf, dass hinter einer Tür, die sie immer für einen Schrank gehalten hatte, ein rotes Licht schimmerte. Neugierig ging sie näher und lugte hinein. Es war eine Dunkelkammer.

Insgeheim hatte Cate stets befürchtet, dass irgendein Fotolaborant ihre Blöße auf den Fotos von der Nacktmalerei zu sehen bekäme, insofern erleichterte sie die Existenz der Dunkelkammer sehr. Sie schlüpfte kurzerhand in die Kammer und knipste eine kleine Lampe an. Der Anblick verschlug ihr den Atem.

Überall sah sie Fotos. Jede Wand war völlig bedeckt, sie hingen mit Klammern an gespannten Schnüren, waren an der Tür befestigt. Es waren ungestellte, intime Aufnahmen, in Farbe, in Sepia und in Schwarz-Weiß. Es gab kleine Fotos, die in ein Portemonnaie passten, und gewaltige Fotoleinwände. Aber das war nicht die große Überraschung. Schließlich war Jérômes Kamera immer dabei, seit sie ihn kennengelernt hatte, es war also klar, dass es jede Menge Aufnahmen gab, die entwickelt werden mussten. Doch das Motiv versetzte ihr einen absoluten Schock: Es war sie, Cate Worth.

16. Kapitel

»Freude ist das Geheimnis jeglicher Schönheit. Es gibt keine Schönheit, die ohne Freude Ausstrahlung besitzt.«
Christian Dior

Cate kniff die Augen zusammen, um sicherzugehen, dass sie sich nicht täuschte. Aber als sie die Augen wieder öffnete, sah sie in der Dunkelkammer noch immer das Gleiche. Sich selbst, und zwar überall. Und ihr Gesichtsausdruck war auf allen Porträts identisch: traurig.

Die Kammer wurde taghell, denn Jérôme stand in der Tür.

»Was bedeutet das?«, fragte sie und deutete mit den Augen auf die Bilder. Jérôme hatte zwar gesagt, dass er melancholische Aufnahmen liebe, doch offensichtlich war das kein Scherz gewesen. Warum bewahrte er all diese Aufnahmen auf?

Jérômes Schweigen dauerte lang genug, damit Cate verstand, dass etwas hier schieflief. »Was bedeutet das?«, fragte sie noch einmal.

»Ich bereite eine Fotoausstellung in München vor …«

»Wie bitte?«

Er atmete tief ein. »Ich hatte keine Idee. Ich musste mir etwas Originelles ausdenken. Aber mir fiel nichts ein, was mir zusagte. Meine letzte Ausstellung war ja scheiße, wie du weißt.«

Cate starrte ihn mit offenem Mund an.

»Dann habe ich dich kennengelernt. Als ich dich in Paris traf, wusste ich schlagartig, ich habe gefunden, wonach ich gesucht hatte …«

»Wie bitte? Mich, das traurige Gesicht zum Fotografieren?«

»Nein, die Inspiration«, berichtigte er. »Dein Gesicht war voller Trauer. Du hast so verloren und so verletzlich gewirkt …« Er schluckte. »Ich war neugierig. Endlich hatte ich eine Inspiration. *Les Misérables. Die Elenden.*«

Plötzlich passte alles zusammen. Die Art, wie er bei ihrer ersten Begegnung ihr Gesicht ergründet hatte. Wie er sie gebeten hatte, an ihr trauriges Leben zu denken, während er sie fotografierte. Die Tatsache, dass er unerwartet in Saint Marc aufgetaucht war. Sie hatte gedacht, dass er sie mochte. Sie war so eine Idiotin. »Und das hier …«, Cate zeigte von sich zu ihm, »war auch so eine Inspiration für deine Kunst?«

»Nein! Nein, Cate! Du hast mir auf den ersten Blick gefallen! Und deshalb war es für mich so wichtig, dich zu fotografieren …«

»Warum hast du mich nicht einfach um mein Einverständnis gebeten?«

Jérôme wagte nicht, ihr in die Augen zu sehen. »Ich wollte die Qualität der Aufnahmen nicht gefährden. Ich musste deinen Schmerz sehen. Sonst hätte ich einfach irgendein Model einsetzen können, das ein trauriges Gesicht macht. Da wäre nichts Besonderes herausgekommen. Aber diese Bilder sind spektakulär.« Er sah über ihre Schulter hinweg auf die mit Fotografien gepflasterte Wand.

Cate folgte seinem Blick. Ja, er hatte recht. Für solche Aufnahmen hätte sie nicht posieren können. Sie waren natürlich und absolut ungestellt.

»Nun, dann hast du ja bekommen, was du wolltest.«

»Nein, das habe ich nicht.«

»Wieso nicht? Brauchst du etwa noch mehr Fotos?«, fragte Cate. Sie sprach ganz ruhig, doch Tränen rannen ihr über das Gesicht. »Hol schon deine Kamera. Oder sieht das etwa gespielt aus?«

Sie wartete ab, doch als Jérôme nichts sagte, schob Cate sich an ihm vorbei und ging zurück ins Schlafzimmer. Jérôme folgte ihr durch die Diele, dann blieb er in der Tür stehen und knallte schweigend seine Stirn gegen den Rahmen. Seine Anwesenheit trieb Cate an, sich zu beeilen. Innerhalb weniger Minuten hatte sie gepackt.

»*Pardon*«, sagte sie, als sie an ihm vorbeiwollte.

Doch er blieb einfach stehen. »Cate …«

Sie richtete sich ganz auf, auch wenn sie damit immer noch einen Kopf kleiner war als Jérôme, der mit hängenden Schultern dastand. »Lass … mich … durch!«, forderte sie laut und deutlich.

Mit flehendem Blick trat Jérôme schließlich zur Seite. Cate preschte ohne einen Blick zurück durch die Tür.

Cate fuhr zu Céline, ohne darüber nachzudenken, wie ihre Freundin reagieren würde. Nun, auf der Türschwelle, war sie nervös. Würde Céline sie womöglich abweisen? Cate war der Streit zwischen ihnen egal, sie benötigte jetzt eine Freundin. Aber was war, wenn Celine immer noch einen Groll gegen sie hegte?

Als Céline die Tür öffnete, sagte sie zunächst nichts. Ausnahmsweise konnte Cate ihre Miene nicht deuten. Sie wirkte nicht verärgert, aber sie schien auch nicht sonderlich darüber erfreut, ihre englische Freundin zu sehen. Ihr Gesichtsausdruck war frustrierend neutral.

»Céline, ich …«

Vor lauter Tränen brachte Cate kein Wort mehr hervor. Feuchte Augen, Schlucken, Tränenströme, die sie schier erstickten, Magendrücken. Ohne weitere Worte zu verlieren, öffnete Céline die Arme, und Cate ließ sich umschlingen. Sie war überrascht. Eigentlich war Céline nicht die schweigende Unterstützerin. Sie war davon ausgegangen, dass ihre Freundin entweder genau wissen wollte, was passiert war, oder womöglich irgendetwas Albernes anstellte, um die Stimmung zu heben. Stattdessen führte sie Cate hinein, verfrachtete sie auf eine Couch und legte sich so neben sie, dass sie sie umarmen konnte.

Als Cates Tränenfluss versiegte und schließlich nur noch ein paar Schluchzer kamen, sprach Céline sie mit einer ungeahnt sanften Stimme an. »Sag mir, was passiert ist, *ma belle*.«

»Jérôme« war alles, was Cate hervorbrachte.

»Jérôme? Was ist mit ihm?«

»Er hat mich…«, Cate rang unter Schluchzen nach Atem, »… benutzt.«

Cate rechnete mit Célines triumphierender Miene, die sie immer aufsetzte, wenn das Verhalten von Männern ihre Vorurteile bestätigte. Doch Célines Gesichtsausdruck zeigte nur Besorgnis.

»Wie, *ma belle*? Wie hat er dich benutzt?«

Cates Erklärung dauerte einige Zeit, vor allem wegen der langen Pausen, die sie benötigte, um sich wieder unter Kontrolle zu bekommen. Cate war selbst überrascht, wie verletzt sie war, denn schließlich war sie ja eigentlich diejenige, die die Dinge locker nehmen wollte. Aber entgegen ihrer besten Vorsätze hatte sich die ganze Sache ernster entwickelt als beabsichtigt. Ernster, als sie je gedacht hätte. Es hatte sie aus heiterem Himmel getroffen.

»Das bedeutet ja nicht unbedingt, dass er dich nicht

gernhat«, meinte Céline, als Cate schließlich ihr Herz ausgeschüttet hatte. »Vielleicht hat er erst beim Fotografieren gemerkt, wie toll du bist. Wenn du ihm die Chance gibst zu erklären …«

»Nein«, stellte Cate kategorisch fest. »Seine Worte waren eindeutig.« Sie seufzte. »Ach, es ist ohnehin egal. Die ganze Sache ist zu ernst geworden. Schließlich bin ich verheiratet.«

Céline runzelte die Stirn. »Ja. Aber es ist schon in Ordnung, dass du traurig bist. Du hast ihn richtig gemocht.«

Beim Anblick von Célines besorgter Miene spürte Cate, wie ihr Herz einen Satz tat. Dafür, dass sie, auf den ersten Blick, so egozentrisch war, fand Céline immer die passenden Worte. Cate dachte an ihren Streit zurück. Es war kaum zu glauben, wie sauer sie auf ihre Freundin gewesen war.

»Céline, unser Streit tut mir leid, wirklich.«

»Du hast ja recht«, sagte Céline und winkte ab. »Ich habe einfach einen Vogel.«

Cate musste über sich selbst staunen, denn am liebsten hätte sie laut losgelacht. »Was hast du?«

»Einen Vogel.« Céline bestätigte die Feststellung mit einem feierlichen Nicken. »Weil ich Adam hinterherspioniere.«

Jetzt musste Cate doch lachen. »Ich habe nicht gesagt, dass du einen Vogel hast, Céline. Sondern dass du die Kontrolle über deine ewigen Verdächtigungen verloren hast.«

Céline lächelte. »Nein, du hast wirklich recht.« Doch dann fügte sie schnell an: »Nicht dass ich denke, dass man allen Männern trauen könnte. Die meisten denken doch nur daran herumzuflirten. Aber es gibt auch ein paar zuverlässige Männer. Adam ist einer von ihnen.«

Cate glaubte ihren Ohren nicht zu trauen. Noch vor knapp einer Woche war Céline Tag und Nacht damit beschäftigt gewesen, sich Verschwörungstheorien über Adams Untreue auszumalen. Hatte sie nun tatsächlich angefangen, ihm zu glauben? Einfach so? »Wirklich, Céline? Ich will ja nicht skeptisch sein, aber hast du nun wirklich Vertrauen zu Adam?«

»Ja, wirklich«, behauptete Céline mit fester Stimme. »Außerdem habe ich überhaupt keine Zeit mehr zum Spionieren. Ich muss mich gerade intensiv um mein Label kümmern.«

Cate kniff die Augen zusammen. »Dein was?«

»Mein Label. Keine Angst, mit der Boutique gebe ich dir absolut recht, so weit bin ich wirklich noch nicht«, gab Céline zu. »Aber ich reiche meine Modelle bei der Fashion Week ein. Und eines Tages werde ich wirklich eine Boutique eröffnen. Ich habe einen einjährigen Mietvertrag für ein Geschäft unten am Hafen unterzeichnet, das ich als Atelier benutzen werde, bis ich so weit bin, die Boutique zu eröffnen. Übrigens, es ist nicht der Laden, den ich dir gezeigt habe«, fügte sie noch an, als sie Cates Miene sah. »Der ist viel zu nah bei Adams Agentur. Schließlich will ich ja nicht, dass er die ganze Zeit vorbeikommt und mich von der Arbeit ablenkt, oder?«

Cate lächelte. »Natürlich nicht.«

»Also, *ma belle*, ich frage dich jetzt noch einmal: Willst du mir helfen? Keine Sorge, ich mache meine Arbeit selbst, ich brauche dich nur als … Beraterin. Wäre das in Ordnung?«

Cate knabberte nachdenklich an ihrem Daumennagel. Beruf und Privates zu vermischen hielt sie eigentlich für keine gute Idee, und Céline würde sie bestimmt in den Wahnsinn treiben. Aber sie musste auch an ihren Job im *Jumelles* denken, denn selbst falls Marie-Claudes freundliche und großzügige Seite zum Vorschein käme, würde sie vermutlich keine weiteren freien Tage mehr bekommen. Außerdem stand ohnehin nach dem Sommer ihre Rückkehr nach London an. Es wäre einfach schwachsinnig, sich für eine so kurze Zeit auf das Projekt einzulassen. Idiotisch. Lächerlich. Aber seitdem sie ihr Londoner Leben hinter sich gelassen hatte, entwickelte sie zunehmend eine gewisse Begeisterung für idiotische und lächerliche Dinge.

»Das wäre mehr als in Ordnung«, sagte Cate. »Ich wäre liebend gern dabei.«

17. Kapitel

»Frieden wäre für mich vor allem ein
Synonym für Langeweile.«
Isabelle Adjani

Cate war verblüfft, was Céline in der Woche, die sie bei Jérôme verbracht hatte, alles auf die Beine gestellt hatte. Sie hatte schon immer Célines kreatives Potenzial bewundert und auch ihre Entschlossenheit, doch an Célines Organisationstalent hatte sie stets gezweifelt. Nicht weil Céline nichts im Hirn oder kein Talent hätte, aber insgeheim hielt Cate ihre Freundin – vielleicht wegen ihrer privilegierten Herkunft – für etwas … faul. Es war einfach beeindruckend zu sehen, was sie leisten konnte, wenn sie ihre Energie in ein Herzensprojekt investierte.

Céline hatte ganz allein den Umzug ihres Ateliers in den neuen Laden organisiert. Und es sah großartig aus. Schneiderpuppen in atemberaubenden Modellen standen an den Wänden, und die Möbelstücke, die im Atelier unter den Stoffbergen verschwunden waren, entsprachen Célines Modestil: Vintage. So wie Céline ihre Entwürfe hier präsentierte, hatte Cate das Gefühl, sich in einem Showroom von Yves Saint Laurent oder Alexander McQueen zu befinden. Mit der goldenen Nähmaschine im Zentrum verströmte das Ladenlokal fast den Charme einer Eisdiele, in der man bei der Waffelherstellung zuschauen konnte. Passanten blieben stehen, drängten sich vor dem Schaufenster und lugten hinein. Es war der reinste Marketing-Zauber. Und Céline dachte, *Cate* sei die Frau mit dem ausgefuchsten Geschäftssinn.

Céline hatte auch alle Formulare für die Fashion Week ausgefüllt und versandfertig gemacht. Es fehlten nur die Fotos von den Kreationen.

»Du hast wirklich großartige Arbeit geleistet, Céline!«, lobte Cate ihre Freundin, während sie noch einmal den Blick durch den ganzen Raum schweifen ließ. »Ich bin mir gar nicht sicher, ob du meine Hilfe überhaupt noch brauchst!«

»Sei bloß nicht albern!«, schnaubte Céline. »Ich brauche jede Hilfe, die ich bekommen kann. Es gibt noch Gipfel von Arbeit zu tun.«

Céline machte keine Witze, es lag tatsächlich noch bergeweise Arbeit an. Sie mussten Models buchen, Fotografen engagieren, mit den PR-Leuten reden. Das allein reichte eigentlich, um sie monatelang rund um die Uhr auf Trab zu halten. Doch leider hatten sie nicht mehrere Monate Zeit, sondern mussten einfach das Beste aus der Sache machen.

Nach reiflicher Überlegung beschloss Cate, im *Jumelles* zu kündigen. So sehr sie ihren Job dort auch genossen hatte, bei allem, was im Atelier anstand, hatte sie nun einfach nicht mehr genug Zeit; zudem befürchtete sie, dass dies der erste Ort wäre, an dem Jérôme sie aufsuchen würde. Benoît zeigte sich sehr verständnisvoll und bot ihr an, dass sie, wenn sie wollte, jederzeit wiederkommen könnte. Cate war froh, nicht mit Marie-Claude darüber sprechen zu müssen, denn sie vermutete, dass ihre Kollegin – es sei denn, ihre freundliche Seite käme zum Vorschein – sich nicht so entgegenkommend gezeigt hätte.

Ab sofort waren sie rund um die Uhr im Atelier beschäftigt. Für Cate war die viele Arbeit ein Segen, denn ihr war schmerzhaft bewusst, dass sie sich bei der nächstbesten Gelegenheit sehr wohl wegen Jérôme ihrer Verzweiflung hingeben würde. Im Moment bekam sie es hin, nur in den paar Stunden am Tag an ihn zu denken, in denen sie Papierkram oder PR-Termine für die Fashion Week nicht auslasteten. Und dann überkamen sie gemischte Gefühle. Manchmal verspürte sie eine unstillbare Sehnsucht nach ihm, eine Sehnsucht, die sie schließlich veranlasste, nachts ihr Smartphone bei Céline zu lassen, damit sie nicht zu später Stunde, wenn ihr Wille schwach war, bei Jérôme anrief. Manchmal war sie wütend und fragte sich, was sie eigentlich verbrochen hatte, dass sie noch mehr Leid und Herzschmerz auf sich zog. Doch meistens hatte sie das Gefühl, alles selbst verbockt zu haben. Und das war nun ihre Strafe.

Aber ihr Elend war ein Segen für Célines Label, denn Cate war die ganze nächste Woche über nicht zu bremsen. Sie organisierte einen örtlichen Zulieferer, der die Kollektion für die Fashion Week anfertigte, und sie engagierte einen Webdesigner, der eine Website konzipierte. Dann standen sie vor dem Problem, die Models zu bekommen, die ihnen gefielen – die meisten guten französischen Models waren schon Wochen vor der Fashion Week gebucht worden. Schließlich fand Céline ein Mädchen aus der Region, das sich auf den Aufnahmen gut machte, und sie traf ein Arrangement mit einem anderen Nachwuchslabel, das in der gleichen Sektion auf der Fashion Week vertreten war, Models für den Laufsteg zu »teilen«. Doch ihr bester Coup war – Eric sei Dank! –, Ella de Roux zu gewinnen, eine fast schon legendäre PR-Frau aus Paris, die sich um die Öffentlichkeitsarbeit kümmern würde.

Die neuen Mitarbeiter standen in den Startlöchern und konnten es kaum erwarten loszulegen. Aber es gab noch ein Problem.

»Wie heißt dein Label eigentlich?«, fragte Cate beiläufig, als sie den Namen des Unternehmens in ein Anmeldeformular eintragen sollte.

»*Unser* Label«, korrigierte Céline, den Mund voller Stecknadeln. »Keine Ahnung. Denk du dir was aus!«

»Ich?«, fragte Cate überrascht. »Du bist doch die Kreative von uns beiden!«

»Pff!« Céline war gerade mit einer Last-Minute-Änderung an einem Kleidungsstück beschäftigt und nicht in der Lage, über die Namensfindung nachzudenken. Sie war so konzentriert, dass sie nicht einmal aufsah, als Adélaïde hereinstürmte und kurzerhand begann, eine der Schneiderpuppen auszukleiden.

»Adélaïde, Gott sei Dank!« Cate stand auf. »Wo hast du denn die ganze Zeit gesteckt?« Sie meinte ihren Augen nicht zu trauen. Seit Wochen hatte niemand Adélaïde zu Gesicht bekommen, und nun kam sie einfach in den Laden – den sie nie zuvor betreten hatte – und machte sich an der Kleidung zu schaffen. Selbst für Adélaïde war das ein ziemlich dreister Auftritt.

Célines Zwillingsschwester zog gerade der Schaufensterpuppe die Bluse über den Kopf, woraufhin diese nun barbusig dastand. »Paris!« Sie hielt sich die Bluse vor und warf einen kritischen Blick in den nächsten Spiegel. Anscheinend mochte sie das Teil, denn sie zog ihr eigenes Top aus, um sogleich hineinzuschlüpfen. Da sprintete Céline mit einem Satz heran und schubste Adélaïde mit der Bluse über dem Kopf zu Boden.

»Adélaïde, warum hast du nicht auf meine Anrufe reagiert? Was ist, wenn ich mir Sorgen gemacht hätte? Hm?

Das habe ich zwar nicht«, sagte Céline schnell, »aber ich war kurz davor!«

Adélaïde lag immer noch da, hatte es aber irgendwie noch geschafft, das Oberteil anzuziehen. Sie schien irritiert, aber keineswegs schockiert, wie man es nach einer derartigen Attacke erwarten würde.

»*Désolée*«, sagte sie gleichgültig, stand auf und trat wieder vor den Spiegel.

Céline und Adélaïde lieferten sich ein hitziges Wortgefecht auf Französisch, und kurz darauf setzte sich Céline gereizt an ihren Computer. Adélaïde wirkte völlig selbstvergessen, wie sie da in den Kleidern herumstöberte. Mit ihrer Modelfigur passte ihr natürlich jedes Stück wie maßgeschneidert.

Cate versuchte indes, sich auf das Brainstorming zu konzentrieren. Welcher Name könnte denn zu dem Label passen? Irgendwas Französisches? *Mona Lisa, Moda Lisa?* Nö. Zu altbacken. *Extravagance?* Nein, das klang unbezahlbar. Sie wollten ihre Kundinnen ja nicht einschüchtern, sondern animieren. Sie verwöhnen. Cate schloss die Augen, biss sich auf die Unterlippe und versuchte noch einmal, sich die Kreationen vorzustellen, die Céline entwarf. Verspielt, ausgefallen, *prêt-à-porter*. Der Name musste all das widerspiegeln.

Wen wollten sie ansprechen? Welche Frauen würden diese Mode tragen? Ihr Blick fiel auf Adélaïde, die sich aus ihrem schwarzen Body schälte, sich barbusig aus dem Schaufenster ein hellgraues Strickkleid griff und hineinschlüpfte. Sie musste unbedingt mit Céline reden. Jetzt waren sie immerhin ein richtiges Unternehmen, da konnten sie ihre Muster nicht einfach so weggeben, auch nicht an Adélaïde. Wenn sie so weitermachte, würden schließlich alle Modelle in Adélaïdes Kleiderschrank landen.

Cate riss die Augen auf. Das war es! *»Le Placard d'Adélaïde!«*, rief sie.

Céline unterbrach ihre Recherche und wiederholte den Namen. »Das passt«, sagte sie und nickte. »Das ist es! *Le Placard d'Adélaïde!*« Dann warf sie einen süffisanten Blick auf ihre Zwillingsschwester. »Die egozentrische Kuh wird begeistert sein.«

Drei Tage später erlebte Cate das erste Shooting ihres Lebens. Dabei ging es jedoch weit weniger glamourös zu, als sie sich das vorgestellt hatte. Das Model, Charlotte Devier, war spindeldürr, was nun nicht sonderlich überraschend war, schließlich war sie a) Französin und b) Model. Was Cate allerdings alarmierte, war die Tatsache, dass Charlotte auffallend hässlich war und zudem bemerkenswert unhöflich. Ihre Hässlichkeit erwies sich als akzeptabel, denn sie war auf eine interessante Weise hässlich. Ihre Unhöflichkeit jedoch empfand Cate als absolut inakzeptabel, denn sie hing der altmodischen Vorstellung an, dass man vor seinen Auftraggebern Respekt zeigen müsse.

»Ich brauche Champagner«, verkündete Charlotte, als sie in einem Abendkleid aus schwarzer Spitze barfuß im Sand stand, umgeben von einer Schar Hairstylisten und Visagisten.

Cate sortierte gerade die Modelle auf der Kleiderstange in die Reihenfolge, in der sie fotografiert werden sollten, als sie das hörte. Sie starrte Charlotte an. »Wie bitte?«

»Champagner«, wiederholte Charlotte, als sich zwischen Ellbogen und Fön ihre Augen trafen. »Und zwar jetzt.«

Cate spürte Entrüstung in sich aufflammen. Charlotte wusste sehr wohl, dass sie ihre Auftraggeberin war; sie hatten sich auf dem Set miteinander bekannt gemacht. »Das denke ich nicht.«

Charlotte starrte sie an. Cate musste kein Französisch können, um zu begreifen, dass das Mädchen stinksauer war. Wutanfälle konnte man auch ohne Sprachkenntnisse verstehen, aber als das Model mit dem Ellbogen eine Visagistin anrempelte, die daraufhin eine teuer aussehende Rougedose verschüttete, musste Cate unbedingt eingreifen.

»*Excuse-moi*«, begann sie und packte Charlotte am Arm. »Du arbeitest heute für mich, und da ich dich anständig bezahle, erwarte ich von dir ein gewisses professionelles Niveau. Und das beginnt damit, dass du nüchtern bist. Wenn du Durst hast, kannst du dir gern ein Glas Wasser holen, oder du investierst einen der vielen hundert Euro, die ich dir zahle, in eine Flasche Mineralwasser aus dem Geschäft gegenüber.«

Die Stylisten hatten allesamt ihre Arbeit unterbrochen und starrten Cate an. So auch Céline.

»Und noch ein Tipp«, fügte Cate hinzu, während sie endlich Charlottes Ellbogen losließ. »In der realen Welt erteilst *du* deinem Arbeitgeber keine Anweisungen, verstanden? Und da dein so eigenes Aussehen nicht ewig halten wird, schlage ich dir vor, den höflichen Umgang mit Auftraggebern zu üben. Und zwar ab heute.« Cate drehte sich zu der Visagistin um und zeigte auf das verschüttete Rouge. »Wie viel hat das gekostet?«

Die Frau riss die Augen auf. »Hm, fünfundvierzig Euro.«

»Das ziehen wir dir vom Honorar ab«, sagte Cate zu Charlotte und nickte dem Fotografen zu. »Wir sind so weit, Jean.«

Als Cate zur Seite trat, bemerkte sie mit einem Blick aus den Augenwinkeln, dass Céline ihr mit einem Kopfnicken beipflichtete.

An nächsten Morgen ging Cate gähnend über die Pflasterstraße zum Atelier. Gestern Abend war es spät geworden, aber es war eine produktive Nacht gewesen. Die Aufnahmen mit Charlotte waren sehr schön geworden, und sie hatten eine große Auswahl an Fotos für die Bewerbung zur Fashion Week. Der Anmeldeschluss war in zwei Wochen, und der verschlossene Umschlag steckte versandbereit in Cates Handtasche. Cate wusste zwar, dass sie mit allem, was sie erreicht hatten, zufrieden sein konnte, doch sie war traurig gestimmt. Und nicht nur wegen Jérôme. In den letzten Wochen musste Cate immer wieder an Graham denken. Bald war sie wieder in London, aber es schien ihr unvorstellbar, einfach so in ihr altes Leben zurückzufinden.

Sie war nicht mehr so streng mit sich selbst, und sie begriff allmählich – so sehr es ihr auch das Herz brach –, dass ihre erste Intuition richtig gewesen war. Sie hatte Graham gehen lassen. Es ging eigentlich nur noch um Edwina. Nun, da sie durch die Straßen von Saint Marc schlenderte, befand Cate, dass der Zeitpunkt gekommen war.

Sie bog um die Ecke und lehnte sich an eine kühle Hausmauer. Von schierer Angst geplagt, wählte Cate die Nummer. Sie wusste, dass Edwina ihren Entschluss niemals akzeptieren würde. Es würde so oder so auf einen Streit hinauslaufen. Auch wenn der Frankreichaufenthalt ihr zu Stärke verholfen hatte, so ging sie Konflikten immer noch bevorzugt aus dem Weg.

»Cate«, flötete Edwina, als sie endlich abnahm, »du bist es! Ich habe dich schon vermisst. Es gibt so viel zu erzählen! Und, wie ist Frankreich?«

Cate dachte kurz an ihr letztes Gespräch im Krankenhaus. Damals hatte Edwina in einem anderen Tonfall mit ihr gesprochen. Und der würde in einer Minute wieder da sein, wenn sie erfuhr, warum Cate anrief. »Frankreich ist schön. Wie geht es dir? Wie geht es Graham?«

»Es geht ihm gut, er ist unverändert«, berichtete Edwina, ohne Atem zu holen. »Es waren noch ein paar weitere Spezialisten da, er war für die Testreihe in Prag nicht geeignet, aber in Schweden arbeiten sie gerade an einer anderen Studie, und ich denke, es wäre wirklich …«

»Edwina …« Cate war selbst von der Bestimmtheit ihrer Stimme überrascht, »kann ich dir etwas sagen?«

»Natürlich«, sagte Edwina nach einer kurzen Pause. »Entschuldige. Nur zu.«

Cate holte tief Luft. »Ich weiß, dass dir das nicht gefallen wird, aber ich habe viel nachgedacht. Über Graham. Ich denke, die Zeit ist gekommen.«

Sofort wurde Edwinas Stimme schrill und hysterisch. »Nein. Es ist doch erst seit einem Jahr, und …«

Cate schaltete ab. Sie kannte diese Rede in- und auswendig. Die Ärzte hatten ja keine Ahnung … Jeden Tag gab es neue Behandlungsmethoden … Es wäre doch schrecklich, wenn sie die Apparate abstellten, nur um dann einen Tag später feststellen zu müssen, dass es nun eine Therapie gab, die ihn gerettet hätte. Das waren sicherlich alles gute Argumente, und Cate hatte sich nicht nur einmal davon mitreißen lassen, aber aus irgendeinem Grund sah sie nun, was sie tatsächlich zeigten: schiere Verzweiflung.

Cate wartete ab, bis Edwina zum Ende kam, dann sagte sie leise: »Ich weiß, es ist schwer zu akzeptieren. Aber, Ed, wir hatten uns auf ein Jahr geeinigt. Die Zeit ist um. Alle Studien zeigen, dass die Patienten nach einem Jahr kaum eine Chance auf Besserung haben.«

»Aber in den Studien geht es rein um Patienten in einem permanenten vegetativen Zustand. Graham hingegen hat

Anzeichen von minimalem Bewusstsein. Er kann selbst atmen und die Augen aufmachen.«

Das waren technische Details. Ja, Graham konnte von sich aus atmen und gelegentlich die Augen öffnen. Aber er war nicht bei sich.

»Edwina …«

»Noch sechs Monate. Bitte, Cate. Das kann doch nicht schaden!«

»Es kann einiges schaden, Ed. Graham ist in einem leblosen Körper gefangen. Er beansprucht ein Bett, ärztliche Versorgung und lebensverlängernde Apparate, die jemand haben sollte, der eine Chance auf Genesung hat. Und wir sitzen die ganze Zeit im Fegefeuer, denn wir können weder trauern noch unser Leben leben!« Cate machte eine Pause, um Luft zu holen. »Mein Ehemann ist tot, Edwina. Er ist vor einem Jahr gestorben. Bitte! Lass mich ihn begraben!«

Das Schweigen am anderen Ende schien ewig zu dauern. Cate dachte schon, Edwina habe aufgelegt, als ihre Schwägerin schließlich doch etwas sagte.

»Gut, wenn das deine Entscheidung ist, kann ich dich nicht davon abhalten. Aber meine Zustimmung wirst du nicht erhalten. Solange es nur ein Fünkchen Hoffnung gibt, gebe ich nicht auf. Er ist mein Bruder!«

»Er ist mein Ehemann«, erwiderte Cate mit sanfter Stimme. »Ich bin Ende des Sommers wieder in London. Bis dahin müssen wir beide zum Abschiednehmen bereit sein.«

18. Kapitel

»Ich mag es nicht, etwas zweimal zu machen.
Ich liebe Überraschungen.«
Audrey Tautou

Cate ging trauriger denn je mit schweren Schritten zum Atelier. Eigentlich hätte sie am liebsten geheult, doch irgendwie schien ihr Tränenstrom versiegt zu sein. Es war, als hätte sie das Reich der Tränen verlassen und befände sich nun in einem düsteren Stadium der Melancholie.

Edwina tat ihr leid. Nach diesem Gespräch war ihr endgültig klar, dass ihre Schwägerin niemals fähig wäre, die Entscheidung über Grahams Lebensende zu treffen. Cate meinte inzwischen auch den Grund dafür zu kennen. In Edwinas Vorstellung war sie, die Schwester, zu Grahams Mutter geworden. Und so sehr Cate ihren Graham auch liebte – von ganzem Herzen und mit ganzer Seele –, für Edwina war es etwas anderes. Für Cate war Graham ein Erwachsener, den sie als jungen, leistungsfähigen und kräftigen Mann kennengelernt hatte. Für Edwina stellte Graham ein hilfsbedürftiges Baby dar. Doch Cate vermutete, dass ihre Schwägerin – auch wenn Edwina es selbst noch nicht wusste – irgendwie Cates Hilfe benötigte, um ihn gehen lassen zu können.

Cate war sich ihrer Entscheidung nach wie vor sicher, doch der Gedanke an das, was sie in London erwartete, an das, was sie unternehmen müsste, war unerträglich. Das

Beste, um die nächsten Wochen zu überstehen, war, sich auf das Label zu konzentrieren und Céline dabei zu helfen, ihren Traum zu verwirklichen.

Nachdem sie die Formalitäten zur Teilnahme an der Fashion Week erledigt hatten, sammelten sie nun all ihre Kräfte, um das Label bekannt zu machen. Ella de Roux kümmerte sich um die Kampagne in ganz Europa, also beschlossen Cate und Céline, vor Ort aktiv zu werden und sich an dem jährlich in Saint Marc stattfindenden Nachtmarkt mit einem Stand zu beteiligen. Céline hatte Cate am Morgen mit der guten Nachricht geweckt, dass die Lieferung endlich angekommen war und sie gemeinsam die Kisten auspacken konnten. Cate wusste also, dass Céline mit ihr rechnete, aber sie konnte der Versuchung nicht widerstehen, im *Jumelles* für einen dringend benötigten Espresso vorbeizuschauen.

»Cate, schön dich zu sehen!«, begrüßte Benoît sie. »Da ist ein Freund von dir, der dich sucht.«

Cate beugte sich schnell über die Kaffeemaschine aus Edelstahl, um ihr Spiegelbild zu überprüfen. In die Tränensäcke passte das Gepäck für eine einjährige Weltreise.

»Da drüben ist er«, Benoît zeigte zu einem Tisch in der Ecke. »Er wollte hier warten, für den Fall, dass du vorbeikommst.«

Cate richtete sich auf und … musste zweimal hinsehen. »Andrew?«

»Cate!« Andrew stand auf und lächelte ihr entgegen. »Schön, dass ich dich gefunden habe.«

»Das ist aber eine Überraschung!« Cate ging zu ihm und überlegte, ob sie Andrew die Hand geben oder ihn mit einem Kuss begrüßen sollte. Sie entschied sich für den Kuss, aber Andrew wollte ihr wohl die Hand geben, und dann brachen beide ihre Begrüßung ab und standen unbehaglich voreinander. Ah, dieses England! Sie vermisste es wahrlich nicht. »Was treibt dich denn nach Saint Marc?«

Andrew wies auf den freien Stuhl. »Offiziell mache ich hier mit meiner Tochter Ferien, mit Lucy. Sie bittet mich schon seit Jahren darum, einmal mit ihr nach Südfrankreich zu reisen.«

»Und inoffiziell?«, sagte Cate, während sie Platz nahm.

»Inoffiziell bin ich hier, da du auf keinen meiner Anrufe reagiert hast …«

»Ich habe sehr wohl auf deine Anrufe reagiert«, unterbrach Cate ihn. »Ich habe dir sogar eine Nachricht auf der Mailbox hinterlassen!«

»Ja, das stimmt«, gab er zu. »Aber ich wollte dich von Angesicht zu Angesicht sprechen.«

Cate starrte ihn einen Augenblick an und wusste nicht, was sie darauf sagen sollte.

»Können wir heute essen gehen, damit ich dir den neuesten Stand der Dinge berichten kann?«

»Also, ehrlich gesagt, nein.« Cates Miene zeigte Bedauern. »Ich helfe einer Freundin, ein Modelabel aufzuziehen, und wir sind rund um die Uhr beschäftigt. Aber worum geht es? Das mit Giles weiß ich ja schon …«

»Modelabel?«, fragte Andrew überrascht. »Ich wusste ja gar nicht, dass du dich für Mode interessierst.«

Cate blickte an ihrem langen Batikkleid hinunter – sie fand es ziemlich hip – und versuchte, es nicht als Beleidigung aufzufassen.

»Also, ja, eigentlich hast du recht. Céline, meine Freundin, ist die Modedesignerin. Ich bin eher die Managerin.«

»Ach so.« Andrew nickte, als hätte er es verstanden. »Ich denke, du machst deine Sache gut.«

Cate lächelte. »Vielleicht können wir uns morgen treffen? Wir haben heute Abend einen Stand beim Nachtmarkt hier in Saint Marc. Du kannst Lucy ja mitbringen, sie hat bestimmt Spaß daran!«

»Ja, ich wette, es wird ihr gefallen, wenn es ums Shoppen geht.« Andrew lachte. »Warum nicht? Ich kann dir dann den neuesten Klatsch und Tratsch von Sanderson-Hinley auftischen.«

»Perfekt!«, meinte Cate. »Das ist wirklich etwas, was ich vermisse.« Sie warf einen Blick auf die Uhr und stand auf. »Es tut mir leid, Andrew, aber ich muss los. Vielleicht magst du Adam, den Freund meiner Freundin Céline, anrufen.« Sie gab Andrew Adams Visitenkarte. »Er hat hier eine Reiseagentur, und ich bin mir sicher, dass er dir liebend gern die schönsten Plätze an der Côte d'Azur verrät.«

»Ja, das mache ich.« Andrew hielt ihrem Blick auf eine Weise stand, dass Cate schließlich zur Seite sah. »Schön, dich zu sehen, Cate.«

»Ja, ich freue mich auch, Andrew.«

Benoît stand mit ihrem Pappkaffeebecher an der Tür, und Cate nahm ihn an sich und eilte zum Atelier. Andrew von Angesicht zu Angesicht gesehen zu haben hatte sie verwirrt, aber sie hatte keine Zeit, über den Grund nachzudenken, denn Céline erwartete sie bereits mit einer Flasche Champagner und einer Schere. Cate war kaum angekommen und hatte noch nicht einmal ihre Handtasche abgelegt, als Céline ihr schon den Kaffee abnahm und ihr ein Champagnerglas in die Hand drückte.

»Und, übernimmst du die ehrenvolle Aufgabe?«, fragte sie und drückte Cate die Schere in die Hand.

»Nein«, erwiderte Cate bestimmt. »Wir machen das zusammen!«

Zu ihrem großen Erstaunen waren alle Kleidungsstücke perfekt. Anders als in den Horrorstorys, die sie in diversen Fashionblogs gelesen hatten, in denen es um Blusen ging, die ohne Halsausschnitt oder in der falschen Farbe oder dem falschen Stoff eintrafen, hatte jedes Teil die richtige Größe, die richtige Farbe, die richtige Form. Das war aber auch notwendig, denn sie hatten schlicht keine Zeit für Fehler, sie hätten einfach keine neue Bestellung aufgeben können.

Als sie die Champagnergläser beiseitegestellt hatten, sortierten Céline und Cate die Modelle und trennten die Teile, die für die Fashion Week geplant waren, von den Teilen, die am Abend verkauft werden sollten. Schließlich konnten sie den Lieferwagen beladen und zum Markt fahren.

Sie waren dort noch mit dem Aufbau beschäftigt, als Andrew vorbeikam.

»Bin ich zu früh oder zu spät?«

Cate drehte sich um. »Du bist zu früh«, stellte sie klar und deutete auf ihren noch nicht ganz fertig bestückten Stand. »Hallo«, sagte sie dann mit Blick auf das Mädchen, das neben Andrew stand. »Du musst Lucy sein.«

»Ja«, sagte Lucy schüchtern. »Und Sie sind sicher Cate.«

Cate hielt nach Céline Ausschau, die auf einer Leiter stand und das neue Schild mit der Aufschrift *Le Placard d'Adélaïde* anbrachte. »Lucy, Andrew, das ist meine Freundin Céline.«

»*Enchantée*«, grüßte Céline und winkte zu ihnen herunter. »Nett, euch kennenzulernen.«

»Ja, das finde ich auch, Céline«, erwiderte Andrew. »Dann ist Adam Ihr Freund, wie ich annehme. Er hat uns heute Nachmittag einen Hubschrauberflug organisiert.«

Céline stieg von der Leiter. »Richtig«, sagte sie und verengte die Augen zu Schlitzen. »Haben Sie ihn gesehen? War er allein?«

Cate stand kurz davor, Céline mit einem warnenden

Blick zu bedenken, doch dann bemerkte sie deren Augenzwinkern.

Céline lächelte Lucy an. »*Salut, ma puce*«, begrüßte sie die Kleine und ging in die Hocke, um mit Lucy auf Augenhöhe zu sein. Céline konnte schon immer gut mit Kindern umgehen. »Möchtest du einmal einen Segelausflug machen, solange du hier bist?«

Lucy nickte begeistert.

»Wunderbar«, sagte Céline. »Heute ist dein Glückstag, denn Cate wohnt auf einer Jacht. Vielleicht nimmt sie dich morgen zum Segeln mit?«

Lucy sah erwartungsvoll zu Cate.

Doch Cate starrte Céline an. »Céline, ich habe keinen blassen Schimmer vom Segeln, und außerdem befürchte ich, dass wir reichlich zu tun haben.«

»Ach, das sind doch nur Kleinigkeiten!« Céline winkte ab. »Adam kann gut segeln, und wir alle haben uns einen freien Tag verdient.«

»Das wäre ja großartig«, stimmte Andrew freudig zu.

Cate konnte der Vorfreude kaum einen Dämpfer verpassen, also fügte sie sich und seufzte. »Schön, dann gehen wir also segeln. Übrigens, Lucy, malst du zufälligerweise gern?«

»Ja«, sagte die Kleine im gleichen Moment, in dem Andrew sagte: »Die Frage erübrigt sich.«

»Dann lass uns gleich zu meiner Freundin Sofie gehen. Sie veranstaltet einen Malwettbewerb, und man kann viele tolle Preise gewinnen.«

Lucy legte ihre kleine Hand in Cates, als sie sich auf zu Sofies Stand machten, und Andrew ging zufrieden hinter ihnen her.

Sofies Verkaufsfläche fand sich am anderen Ende des Marktes und war schon komplett aufgebaut.

»Hi Sofie, dein Stand sieht richtig gut aus!«, begrüßte Cate sie und zeigte auf die vielen Kunstobjekte, die Sofie kunstvoll drapiert hatte. »Wir sind nicht so gut organisiert.«

»Hallo! Keine Sorge, ihr habt ja noch Zeit.« Sofies Blick fiel auf Lucy. »Oh, hast du eine Nachwuchskünstlerin für meinen Malwettbewerb entdeckt?« Als sie Andrew sah, zog sie bedeutungsvoll die Augenbrauen hoch. »Und auch noch einen Teilnehmer für den Wettbewerb der Erwachsenen?«

»Sofie, das ist Andrew Walker. Andrew, das ist Sofie. Andrew und ich sind Kollegen in London. Und das ist seine Tochter, Lucy.« Cate stupste das Mädchen ein wenig von hinten an. »Ja, du liegst richtig, Sofie. Lucy freut sich schon riesig auf den Malwettbewerb.«

»Großartig«, sagte Sofie, während sie Cate mit einem bedeutungsvollen Blick bedachte, der wohl besagte: »Die Details erfahre ich später!«

»Soll ich Lucy und Andrew noch ein wenig herumführen? Wenn ich mir Célines Miene so ansehe, glaube ich nicht, dass ihr schon so weit seid.«

Cate folgte Sofies Blick zurück zu ihrem Stand, wo Céline mit in die Hüften gestemmten Armen stand und ungeduldig zu ihnen herübersah. »Das wäre wirklich nett von dir. Entschuldige bitte, Andrew. Ich muss nun wirklich Gas geben. Wir sehen uns später.« Dann fragte sie noch an Sofie gewandt: »Wir wollen morgen segeln gehen. Willst du mitkommen?«

Sofie zog überrascht die Brauen hoch. »Ja, gern.«

Cate eilte über den Markt und zog in Rekordgeschwindigkeit die Kleidungsstücke aus den Plastikverpackungen. Sobald das letzte Teil ausgepackt war, zogen sich Cate und Céline noch schnell die aufeinander abgestimmten marineblauen Schürzen mit roten Bändern über, die den Aufdruck *Le Placard d'Adélaïde* trugen, und hängten sich rote Ledertaschen vor den Bauch.

Céline trat ein paar Schritte zurück und begutachtete begeistert ihr Werk, und mit ein wenig Willenskraft rang sich auch Cate dazu durch. Doch während sie ein professionelles Lächeln aufsetzte, machte sich innerlich eine große Nervosität breit. Seit ihrem Streit war sie Jérôme nicht mehr begegnet, aber heute würde er bestimmt auch hier sein; wenn schon nicht als Besucher, dann vielleicht als Aussteller seiner Kunstwerke. Bislang hatte Cate Stärke bewiesen und sich von ihm ferngehalten, aber sie war sich nicht sicher, ob ihr das auch gelingen würde, wenn sie ihn tatsächlich sah.

Das Merkwürdige an der ganzen Sache war, dass sie nicht einmal wusste, was sie tun würde, wenn sie ihn treffen sollte. Ihn schlagen? Ihn küssen? Ja, sie war immer noch verärgert, verletzt, fühlte sich immer noch betrogen, doch in den letzten Tagen waren ihre Gefühle ins Wanken geraten. So ganz tadellos war ihr eigenes Verhalten nun auch nicht. Sie selbst hatte Jérôme beschwindelt – mit der Behauptung, dass Graham tot wäre –, und das war unbestritten ein weitaus größerer Betrug. Zudem, so sehr sie auch versuchte, es sich nicht einzugestehen, sie vermisste Jérôme sehr. Es war ihr nicht gelungen, die kurzen Erinnerungsfetzen an ihn auszublenden oder das Verlangen, das sie spät in der Nacht überkam. Und ein Teil von ihr wollte das auch nicht, selbst wenn sie es könnte.

»Cate, hier bist du ja!«

Cate erstarrte kurz, als sie eine männliche Stimme ihren Namen rufen hörte. Sie drehte sich um.

»Ach, Andrew, du bist es! Und, was habt ihr getrieben?«

»Wir hatten viel Spaß«, sagte er und hob die mit Taschen beladenen Arme.

»Na, wie ich sehe, habt ihr einen Großeinkauf gemacht!«

»Schuldig«, stimmte er zu. »Lucy war ja mit dem Malwettbewerb beschäftigt, da musste ich mich irgendwie amüsieren.« Er zuckte die Achseln. »Wie läuft es bei euch?«

»Sehr gut. Ich mache gerade eine kleine Pause. Hast du schon gegessen? Ich wollte mir etwas bei einem der anderen Stände holen. Magst du mitkommen?«

Andrew blickte zu Sofies Stand hinüber. »Warum nicht? Es sieht so aus, als würde Lucy noch einige Zeit dort bleiben.«

Sie kauften Sandwiches und Cola in Dosen und schlenderten über den Markt. Cate zog dabei den Kopf ein, sie versuchte möglichst unauffällig zu erscheinen, für den Fall, dass ein gewisser Franzose vorbeikäme.

»Also, was ist in der Kanzlei los?«, fragte Cate und biss in ihr Baguette.

Andrew lachte. »Stimmt, ich hatte dir ja den neuesten Klatsch und Tratsch versprochen.«

»Hm. Ehrlich gesagt, ich habe ein bisschen Angst, dass es bei dem Klatsch auch um mich geht«, sagte Cate mit der Hand vor dem Mund. »Dass ich einen Nervenzusammenbruch hätte und eine Affäre mit Giles, dass er gekündigt habe, um sich mit mir in unserem Liebesnest auf Barbados zu treffen …«

Andrew gluckste vor Lachen. »Ich habe versucht, genau das Gerücht zu streuen, aber niemand hat es mir abgekauft.« Er nippte an seiner Cola. »Außerdem haben sie Susie vom Empfang rausgeschmissen, weil sie aus der Portokasse geklaut hat, also hat sich keiner darum gekümmert, was mit dir ist.«

»Das gibt es doch nicht! Susie?«

Andrew nickte. »Also, meine Nachricht wegen Giles

hast du also erhalten«, stellte er fest und wurde ernst. »Du weißt, dass Sylvie im Moment die Abteilung leitet?«

Cate schluckte den Bissen hinunter, den sie gerade im Mund hatte. »Ja, ich habe auch mit Anna telefoniert.«

»Sylvie hat sich für den Posten beworben, um eine unbegrenzte Stelle zu bekommen; sie ist derzeit die einzige Kandidatin, aber wir haben einen Headhunter mit der Sache betraut. Wie du weißt, berücksichtigt der Vorstand lieber Bewerbungen aus dem Haus, also sieht es ziemlich gut für sie aus. Aber ich denke – mal diplomatisch ausgedrückt –, sie ist für die Position noch nicht reif. Aber wenn du Interesse an der Stelle hättest, würde ich fest davon ausgehen, dass sie dir den Job geben. Alle halten wirklich große Stücke auf dich.«

Cate blieb stehen. »Wirklich?«

»Ja, sicher. Überrascht dich das?«

Cate atmete hörbar aus. »Ja, ein bisschen.«

»Heißt das, dass du Interesse hast?« Andrew grinste.

»Ich denke schon«, sagte sie nach einer längeren Schweigepause. »Ich meine, natürlich habe ich Interesse.«

Vermutlich lag es an dem Schock, der Cate daran hinderte, mehr Begeisterung zu zeigen. Schließlich hatte sie ihre gesamte Karriere lang darauf hingearbeitet. Und ohne Giles könnte sie dem Vorstand endlich beweisen, dass die Personalabteilung sehr viel mehr für das Unternehmen leisten konnte, als nur Einstellungen und Kündigungen vorzunehmen. Das waren großartige Neuigkeiten. In der Tat!

»Ich muss bei der nächsten Vorstandssitzung deine Bewerbung vorlegen, aber es ist wirklich nur eine reine Formalität. Alle sind genauso versessen darauf, diese Stelle endlich zu besetzen. Und darauf, Sylvie aus Giles' Büro zu vertreiben, bevor sie noch Anspruch auf Bleiberecht hat«, fügte er noch hinzu, als sie an Sofies Stand ankamen.

Lucy hielt begeistert einen Farbkasten hoch. »Ich habe einen Preis gewonnen, Dad! Einen Farbkasten! Komm, schau dir mein Bild an!«

»Großartig, mein Schatz!«, sagte Andrew und strich ihr über den Kopf. »Zeig mir, was du gemacht hast!«

Lucy berichtete von der Entstehung ihres Kunstwerks, und Andrew verfiel dabei in »Ahs« und »Ohs«, als ginge es um die Fresken der Sixtinischen Kapelle. Cate beobachtete die beiden und lächelte, bis sie das merkwürdige Gefühl überkam, dass jemand sie beobachtete. Es war Sofie.

Cate machte eine fragende Geste.

»Heiß«, formten Sofies Lippen mit Blick zu Andrew, während sie sich mit den Händen Luft zufächelte.

Cate lachte und betrachtete Andrew, der sich immer noch auf Lucys Gemälde konzentrierte. Er war wirklich attraktiv. Aber wenn sie die Personalabteilung leiten sollte, konnte sie nichts mit einem Kollegen anfangen … Verdammt, ihr Stand! Sie hatte Céline vor zwanzig Minuten versprochen, ihr etwas zum Essen mitzubringen.

»Andrew, ich muss zurück zum Stand.«

»Geh schon«, sagte er. »Wir sind hier bestens aufgehoben, ihr habt bestimmt viel zu tun.«

»Danke. Wir sehen uns morgen. Kommt früh zum Hafen, und dann setzen wir die Segel. Das Boot liegt am Anlegeplatz 129.«

»Das klingt großartig«, sagte Andrew erfreut. »Also, wir sehen uns!«

»Ach, um Andrew musst du dir keine Sorgen machen«, sagte Sofie leise zu Cate. »Ich passe gut auf ihn auf.«

19. Kapitel

»Jeder Spieler muss das Blatt akzeptieren, das das Leben ihm zugedacht hat: Doch sobald er es in Händen hält, muss er alles daransetzen, die Karten so auszuspielen, dass er die Partie gewinnt.«
Französisches Sprichwort

»Achtung, Cate kotzt gleich!«

Als Cate zugestimmt hatte, mit der ganzen Gruppe segeln zu gehen, wusste sie noch nicht, dass sie nicht ganz seetauglich war. So idiotisch das auch klang, sie war einfach davon ausgegangen, dass sie seefest wäre, nachdem sie nun schon wochenlang auf der Jacht lebte. Doch nun stellte sich heraus, dass es sehr wohl einen kleinen Unterschied machte, ob das Boot an einem Anlegeplatz festgemacht war oder ob es auf dem offenen Meer schaukelte.

»Ich muss mich nicht übergeben, Céline.« Cate richtete sich an der Reling auf, an die Céline sie gelehnt hatte. »Ich bin nur nicht ganz auf dem Posten. Ich hätte bei der Wende nicht unter Deck bleiben dürfen.«

Céline sah ihre Freundin skeptisch an. »Du bist ganz grün.«

Andrew und Sofie kamen zu ihnen.

»Du bist wirklich ein bisschen grün im Gesicht, Cate«, sagte Andrew.

»Alles in Ordnung«, behauptete Cate. »Seit ich an der frischen Luft bin, geht es mir schon viel besser.«

»Dad, komm! Schau dir mal den Fisch an!«, kreischte Lucy. Dank des bunt gemusterten Fischs, der auf der anderen Bootsseite aufgetaucht war, schien Cates Seekrankheit im Nu vergessen. Kurz darauf holten sie die Segel ein und gingen vor Anker.

»Ich habe Morchel und Flossen dabei«, verkündete Adam.

Lucy kam aus dem Glucksen nicht mehr heraus. »Haha, das sind Schnorchel!«

Unter schallendem Gelächter legten alle die Tauchermontur an – außer Cate, der immer noch ein wenig übel war – und kletterten über das Bootsheck ins Wasser.

»Ich denke, ich bleibe einfach an Deck«, rief sie ihnen zu, nachdem einer nach dem anderen ins klare Wasser geplumpst war. Dann setzte sie sich auf einen Liegestuhl und legte die Füße auf die Reling. Nach ein paar Minuten in den ruhigen Gewässern der Bucht ging es Cate sichtlich besser.

Von Deck aus konnte sie beobachten, wie Adam und Céline sich gegenseitig bespritzten. Ihr Herumplanschen sah einfach witzig aus. Doch so sehr sie sich auch freute, dass die beiden ihren Spaß hatten, so konnte Cate ihre Trauer wegen Jérôme nicht verdrängen. Sie wollte selbst eine Frau sein, die ihren Mann umarmte, ihn nass spritzte und mit ihm im Meer herumbalgte. Sie wollte wieder diese Nähe genießen, die sie geteilt hatten, diese Nähe, auf die sie sich erst nach so langer Zeit einlassen konnte. Doch als sie gerade in Selbstmitleid vergehen wollte, tauchte am Heck ein Kopf mit Tauchermaske auf.

»Und, geht's wieder besser?« Andrew stemmte sich aus dem Wasser und kam aufs Boot geklettert.

Cate lächelte ihn an. »Ein bisschen.«

»Da draußen war ein ganz schöner Wellengang«, meinte er und umwickelte seine Hüfte mit einem blau-gelb gestreiften Handtuch. »Ich bin selbst überrascht, dass mein schwacher britischer Magen das so gut ausgehalten hat.«

Andrews Brust war behaart, stellte Cate fest. Mit schwarzem Haar, nicht mit grauem, wie sein Kopf. Und sein Körper war zwar bleich, aber muskulös. Sie versuchte nicht hinzugucken und hob den Kopf. Doch das bedeutete leider auch, dass ihre vor Verzückung weit aufgerissenen Augen genau seinen Blick trafen.

»Cate, alles in Ordnung mit dir?«

»Ja, ja, alles bestens«, sagte sie. Dann rückte sie die Sonnenbrille zurecht und schaute wieder aufs Meer. »Nur die Sonne blendet ein bisschen. Hast du viele Fische gesehen?«

»Oh, ja, ganz viele! Lucy ist ganz außer sich.« Er sah zum Wasser, um ein Auge auf seine Tochter zu haben. »Céline hat gesagt, dass sie auf sie aufpasst. Das braucht sie zwar nicht, denn Lucy kann besser schwimmen als ich.«

»Sie amüsiert sich bestimmt.« Cate zog einen Regiestuhl neben sich. »Magst du ein Bier?«

»Ja, gern.« Andrew setzte sich. »Ich muss schon zugeben, ich kann verstehen, warum du aus London weg bist. Das ist ja wirklich ein paradiesisches Leben, das du hier führst. Es wird dir bestimmt schwerfallen, all das aufzugeben.« Er machte mit seinem muskulösen Arm eine ausladende Geste Richtung Horizont.

Cate reichte ihm eine Flasche. »Ich habe gerade genau das Gleiche gedacht.«

»Alle vermissen dich, weißt du.« Er nahm einen Schluck. »Und zwar nicht nur ich.«

Sein Blick verweilte eine Sekunde länger als nötig, und Cate verspürte überrascht eine gewisse Aufregung. Zum

Glück tauchte in diesem Moment erneut ein Kopf mit Taucherbrille am Bootsrand auf und ersparte es Cate, in der peinlichen Situation nach Worten suchen zu müssen. Es war Sofie.

»Lucy amüsiert sich bestens«, berichtete sie, als sie tropfend neben ihnen stand.

»Ja, das macht mich echt glücklich!«, sagte Andrew.

»Bist du sicher, dass du es nicht doch versuchen willst, Cate?«, fragte Sofie und reichte Cate ihren Schnorchel.

Cate sah aufs Meer hinaus. Lucy und Céline versuchten gerade, Adam unterzutauchen, und die drei kreischten hysterisch. Es sah richtig albern aus.

»Warum nicht?«, sagte Cate, nahm die Taucherbrille an sich und zog ihr Sommerkleid aus. »Kann ich euch zwei hier allein lassen?«

Sofie spähte diskret auf Andrews Waschbrettbauch. »Um uns musst du dir keine Sorgen machen. Alles bestens!«

Die nächsten zwei Wochen verstrichen mit Unmengen Kaffee in einem Strudel von Mails und Bergen aus französischer Spitze.

Es gab so viel zu tun, dass Cate kaum Zeit zum Essen fand, was gut für ihre Figur war, oder zum Schlafen, was schlecht für ihre Stimmung war. Und sie musste unbedingt bei guter Laune bleiben – oder zumindest eine gewisse Gelassenheit behalten, um damit fertig zu werden, dass alles in »französischer Zeitrechnung« passierte.

Es war mehr als frustrierend. Die Kataloge, die sie für die Fashion Week in Auftrag gegeben hatten, waren zehn Tage überfällig, der Fotograf hatte immer noch nicht bestätigt, ob er am letzten Tag ihrer Show verfügbar war, doch das Schlimmste war, dass die definitive schriftliche

Zusage über ihre Teilnahme an der Fashion Week immer noch ausstand. Es wäre eine reine Formsache, erfuhr Cate in mehreren Gesprächen mit Isabelle Salamon, der Organisationschefin, aber sie fand keine Ruhe, bis sie nicht endlich die Bestätigung in Händen hielt. Céline schien zumindest nicht beunruhigt zu sein, sie erinnerte Cate immer wieder daran, dass dies nicht England war und sie alles *rechtzeitig* erhalten würden – und vermutlich keinen Moment früher. Doch leider rückte – selbst für französische Verhältnisse – die Fashion Week immer näher.

Ehe Cate sichs versah, stand Andrews Rückflug nach London bevor. Sie verspürte leichte Schuldgefühle, weil sie sich seit ihrer Segelpartie nicht mehr gesehen hatten, was sie darauf zurückführte, dass sie einerseits mit Unbehagen an ihren Blickwechsel auf dem Boot dachte und dass sie andererseits so beschäftigt war. Also organisierte Cate für ihn an seinem letzten Abend in Saint Marc ein Essen im *Jumelles*.

Um klarzustellen, dass dies kein Tête-à-Tête werden sollte – aus irgendeinem Grund war ihr das wichtig –, lud Cate auch noch Céline, Adam, Adélaïde und Sofie ein. Adélaïde hatte keine Zeit – sie war wieder einmal ohne jede Vorwarnung abgetaucht, reagierte aber zumindest mit einem Lebenszeichen auf die SMS. Für Lucy war ein Babysitter organisiert worden.

»Auf die Franzosen!« Andrew erhob sein Glas. »Auf ihren Wein, auf ihre Herzlichkeit und auf ihre ...«

»Frauen!«, fiel Adam ihm ins Wort. »Und damit meine ich dich«, ergänzte er schnell, als er die Miene seiner Freundin wahrnahm. Gerade noch rechtzeitig, bevor Céline zum Buttermesser greifen konnte.

Marie-Claude zeigte sich wieder von ihrer ungnädigen Seite, aber das trübte die Stimmung nicht, vor allem weil sich der Tisch buchstäblich unter den zahllosen Tellern mit köstlichen Speisen bog. Zunächst schien es unmöglich, dass ihr kleiner Kreis solche Mengen vertilgen könnte, aber in kürzester Zeit war alles aufgegessen, und sie studierten die Dessertkarte. Als sich dann auch noch Benoît mit einer großzügigen Auswahl Digestifs zu ihnen gesellte, waren sie alle bald ziemlich angeheitert.

Cate bemerkte überrascht, dass Andrew – nachdem er ausgiebig dem guten Cognac zugesprochen hatte – den Ton angab. Sie freute sich, wie ausgelassen er war und wie gut er sich amüsierte. Sonst war er immer so formell und reserviert. Sie stellte fest, dass sie in Frankreich eine Vorliebe für gesellige Typen entwickelt hatte.

Céline löcherte Andrew mit Fragen über Lucys Mutter und das Ende ihrer Beziehung, und wäre sie selbst nicht so beschwipst gewesen, hätte Cate vermutlich das Bedürfnis verspürt einzugreifen, aber so lehnte sie sich nur zurück und hörte gespannt zu.

»Also, jetzt mal Klartext …« – es fehlte nur noch, dass Céline ihm mit einer Taschenlampe in die Augen leuchtete –, »… wo ist Lucys Mutter?«

Offensichtlich fand Andrew Célines direkte Art charmant und beantwortete bereitwillig ihre Fragen.

»Sie lebt in London«, antwortete er. »Wir teilen uns das Sorgerecht.«

»Schon, aber bitteschön, wo bleibt die Story?« Céline stellte ihm die Frage, als wäre er ein begriffsstutziger kleiner Junge. »Hast du sie betrogen?«

Sofie verschluckte sich an ihrem Weißwein, und Andrew klopfte ihr fest auf den Rücken, als sie den Alkohol aus ihren Lungen hustete. Dann reichte er ihr wie selbstverständlich sein Wasserglas, und sie nahm einen Schluck.

»Nein, ich habe sie nicht betrogen«, sagte er, sobald

Sofie sich erholt hatte. »Ich kenne Diana, also Lucys Mutter, noch aus der Schule. Sie war die Freundin von meinem besten Freund Tim, und ich war in sie verliebt. Ja, das übliche Klischee, ich weiß.« Er nippte wieder an seinem Cognac, dann räusperte er sich. »Nach zehn Jahren erwarteten alle mit großer Spannung die Verlobung, doch stattdessen kam die Trennung. Tim war einfach nicht reif für eine Ehe.«

»*Connard!*«

Célines Fluchen brachte Andrew aus dem Konzept, und alle starrten sie an.

»*Desolée*«, entschuldigte sie sich zerknirscht.

»Nun, für mich war das die Chance«, erzählte Andrew weiter. »Also habe ich schnell gehandelt. Innerhalb eines Jahres waren wir verheiratet, und das Jahr drauf an Weihnachten war Lucy schon auf der Welt. Leider hat die Freundschaft mit Tim das nicht verkraftet, aber das war ein geringer Preis für das, was ich gewonnen hatte. Ich habe Tim nie wieder gesehen, bis er nach vielen Jahren in meiner Haustür stand, um Diana abzuholen.« Andrew legte eine dramatische Pause ein, doch Sofie hielt die Spannung nicht aus.

»Was meinst du damit?«, fragte sie eine Spur zu laut. »Warum hat er Diana abgeholt?«

»Sie haben gesagt, dass sie sich immer noch lieben«, sagte Andrew achselzuckend. »Und dass sie sich immer geliebt haben.«

Nun gab es am Tisch nur noch mitleidiges Aufstöhnen.

Céline ergriff als Erste das Wort.

»Soll das heißen, dass sie dich betrogen hat?«

Andrew nickte. »Aber zu ihrer Verteidigung muss ich sagen, dass ich immer gespürt habe, dass sie ihn noch liebt. Sie hat ihn immer geliebt. Und im Grunde meines Herzens habe ich immer gewusst, dass *er* ihre erste Wahl war. Also kann ich niemanden dafür verantwortlich machen außer mich selbst.«

So ein unpassendes Thema, dachte Cate nur, als sie spürte, wie der Abend eine düstere Wendung nahm. Selbst Céline schien daraufhin nicht mehr zu wissen, was sie sagen sollte. Cate hatte den Eindruck, in England zu sein, wenn alle angesichts einer unangenehmen Nachricht peinlich berührt herumsaßen und verlegen ihre Hände betrachteten.

Da tauchte Marie-Claude mit neuen Getränken auf. Sie stellte das Tablett ab und tippte Cate auf die Schulter. »Dein Freund ist da.«

Cates Atem stockte. Und als sie dann auch noch Jérôme im Türbogen stehen sah, blieb auch noch ihr Herz stehen. Sie fiel in eine kribbelige Benommenheit, als eine Hand auf ihrer Schulter sie in die Wirklichkeit zurückholte.

»Cate«, sagte Marie-Claude mit nachdrücklicher Stimme, »sprich mit ihm. Ich weiß nicht, was er verbrochen hat, aber er sieht so aus, als täte es ihm leid.«

Die anderen Tischgäste wandten neugierig die Köpfe.

»Was wirst du tun?«, fragte Adam.

»Soll ich ihn bitten, dass er geht?«, bot Sofie an.

»Ich schmeiße ihn raus«, erklärte Céline.

Cate schüttelte den Kopf. »Das mache ich selbst.«

Als sie aufstand und durchs Lokal ging, stellte Cate fest, dass sie ziemlich angetrunken war. Sie hätte trotzdem noch einen Cognac vertragen können. Was zum Teufel wollte er hier? Sich entschuldigen? Um Verzeihung bitten? Noch mehr authentische Fotos für seine Ausstellung schießen? Cate musste es unbedingt wissen.

Doch zugleich gestand sie sich ein, dass es nicht einfach nur darum ging, dass er sich entschuldigte und sie ihm verzieh. Schließlich schuldete sie selbst ihm noch ein Geständnis – und eine Entschuldigung. Und selbst wenn er ihr verzieh, dass sie ihn über den Zustand ihres Ehemannes angelogen hatte – was eher unwahrscheinlich war –, änderte das nichts an der Tatsache, dass sie verheiratet und somit nicht für ihn zu haben war.

Als sie schließlich neben ihm stand, überkamen Cate so viele Gedanken und Gefühle, dass sie kurz vor einem Tränenausbruch stand. Also drückte sie sich an ihm vorbei nach draußen in die dunkle Gasse, wo ihre feuchten Augen weniger auffallen würden. Sie wartete ab, bis er zu ihr kam.

»Ich habe dir etwas mitgebracht«, sagte er und zeigte auf einen großen, rechteckigen Gegenstand, der in Packpapier gewickelt war.

Cate sah den Gegenstand an. »Was ist das, Jérôme?«

»Das ist dein Gemälde. Ich habe es an einer Ecke signiert, denn schließlich war es ja ein Gemeinschaftswerk …«

Schlaglichtartig hatte Cate die Szene vor Augen, wie sie beide über die Leinwand gerollt waren.

»Aber selbstverständlich kannst du die Signatur übermalen und allein signieren, wenn dir das lieber ist.«

Cate nickte. »Danke«, sagte sie knapp.

Er streckte seine Hände aus und berührte ihre Schultern. »Es tut so gut, dich zu sehen, Cate.«

Sie musste ihre gesamte Willenskraft aufbringen, um ihn abzuschütteln und einen Schritt zurückzutreten, aber sie schaffte es. »Was willst du, Jérôme?«

»Es dir noch einmal erklären.« Er sah sie flehend an. »Und zwar das Wesentliche.«

»Was ist denn das Wesentliche?«

»Auch wenn meine Absichten am Anfang nicht lauter waren, so sind sie es jetzt.« Er tat einen Schritt und umarmte sie.

Cate ließ es zu, hielt aber mit verschränkten Armen Abstand. Seine Berührung fühlte sich so vertraut an, so beruhigend. Sie hätte sich am liebsten in seine Arme geschmiegt und ihn alles erklären lassen. Aber sie wusste, dass dies zu nichts führen würde, also ließ sie sich nicht darauf ein.

»Es ändert nichts, Jérôme.« Sie machte sich von ihm los. »Wir können sowieso nicht zusammen sein.«

Er runzelte die Stirn, und sie wusste, dass sie ihm endlich von Graham erzählen musste. Es war zu grausam von ihr, dass er dachte, ihre Beziehung sei allein wegen seines Fehlverhaltens gescheitert, wenn es gleichermaßen auch ihre Schuld war. Sie öffnete den Mund, sagte aber nichts, als ihr seine geröteten Augen auffielen. Ihr Blick wanderte zu seinen unrasierten Wangen und seinen rotweinfleckigen Zähnen. Als sie an ihm herunterschaute, stellte sie fest, dass sein Hemd zerknittert war und seine Hose offen. Cate fühlte sich elend, als es ihr dämmerte.

»Wo warst du letzte Nacht, Jérôme?«, fragte sie ruhig. Jérôme besaß die Frechheit, verwirrt dreinzublicken. »Ich muss schon zugeben, dass ich mich geschmeichelt fühle«, sprach sie weiter. »Du hast mein Gesicht fotografiert, dabei hast du wirklich die große Auswahl!«

»Cate!«

»Nein, wirklich.« Cate merkte selbst, dass sie immer lauter wurde, und dass die Gäste auf der Terrasse sich zu ihnen umdrehten. »Was für einen Gesichtsausdruck hast du letzte Nacht fotografiert? Glück? Verwirrung? Wut? Und, hast du deine Kamera jetzt auch dabei? Dann kriegst du jetzt ein paar richtig feurige Aufnahmen!«

Cate war zwar angetrunken und absolut bereit, ihrer Wut freien Lauf zu lassen, aber dennoch war ihr durchaus noch bewusst, dass sie sich hier gerade wie eine durchgeknallte Irre aufführte. In der Gasse drängten sich inzwischen die Leute, aber anstatt dass sie das hemmte – so wie früher –, stachelten die Gaffer ihre Wut nur noch an.

»Fuck you!«, brüllte sie und stürzte sich auf ihn. *»Fuck you, French bastard!«*

Jérôme versuchte sie zurückzuhalten, aber sie hatte völlig die Kontrolle verloren, und er fing sich einige Hiebe ein. Sie kreischte und schlug um sich, bis irgendjemand – Benoît oder vielleicht auch Andrew – sie von ihm trennte; doch Cate war so hinüber, dass sie es einerseits gar nicht merkte und es ihr andrerseits auch restlos egal war. Als sie schließlich die Augen wieder aufbekam, sah sie, dass Adam Jérôme durch die Gasse zu einem Taxi führte.

Das Nächste, was sie mitbekam, war, dass sie selbst in einem Taxi saß und Céline die Arme um sie schloss.

20. Kapitel

»Zuweilen spielt sich die Versuchung
jenseits von Willen oder Vorstellung ab.«
Juliette Binoche

»Ich habe meine Meinung geändert«, sagte Céline, als Cate ein Auge aufbekam. »*Du* hast einen Vogel.«

Cate versuchte sich zu orientieren. Allein die Augen zu bewegen bereitete ihr schon Schmerzen, aber immerhin erkannte sie, dass sie in Célines Bett lag. Und dass sie keinen blassen Schimmer hatte, warum. »Céline, was zum Teufel mache ich hier?« Doch dann schoss es ihr ins Hirn. Jérôme. Die Gasse. Das Geschrei. Der Kampf. Cate hob vorsichtig die Hand, um ihre Fingerknöchel zu untersuchen. Schillernde Blutergüsse hatten sich breitgemacht. Ihr Gemälde lehnte unausgepackt am Fußende. Sie konnte sich vage daran erinnern, wie sie in Célines Wohnung gekommen waren und noch ein oder zwei Flaschen getrunken hatten. Was zum Teufel war passiert?

»Ich frage mich wirklich«, sagte Céline stirnrunzelnd, »wer von uns beiden einen Kampf gewinnen würde? Du oder ich? Ich bin zwar trickreich, aber du hast was im Hirn, und Muskeln hast du auch noch, also …«

Cate stöhnte auf. »Scheiße! Andrew! Ich hatte versprochen, ihn zum Flughafen zu begleiten!«

Céline winkte beruhigend ab. »Sofie hat ihn hingebracht.«

Zum Glück. Das war wenigstens etwas. Aber alles andere? Sie sah flehentlich zu Céline, außer den Augen konnte sie noch keine Faser bewegen. »Bitte, füll meine Erinnerungslücken auf. Was genau ist passiert?«

Céline tat so, als würde sie darüber nachdenken. »Also, wir saßen alle nett beim Abendessen, und dann hat Andrew uns die traurige Geschichte erzählt, wie seine Frau ihn verlassen hat, um zu ihrem Exfreund zurückzugehen. Ich hatte schon befürchtet, der Rest des Abends würde schrecklich langweilig werden, aber dann tauchte auf einmal Jérôme auf. Er wollte dich um Verzeihung bitten, und du hast ihm dann quasi vor laufender Kamera die Nase gebrochen.«

Cate musste die Lippen zusammenpressen, so übel wurde ihr. Nach einem Augenblick hatte sie den Brechreiz unter Kontrolle. »Ich habe ihm die … Nase gebrochen?«

»Keine Ahnung«, gab Céline zu. »Aber es hätte schon sein können. Du hast einen guten Schlag.«

Cate verschränkte vorsichtig die Arme. »Ich hoffe, es ist mir gelungen.«

»Hm.« Céline zog eine alberne Grimasse und legte sich neben sie. »Weißt du was, *ma belle*«, meinte sie mit Blick zum Fenster, »als Artgenossin, wo wir doch beide einen Vogel haben, hege ich durchaus ein gewisses Verständnis für deine Situation.«

Cate drehte behutsam den Kopf zu ihrer Freundin, und sie merkte, dass nach einigen Sekunden ihr Schwindelgefühl nachließ und sie sogar wieder klar sehen konnte. »Stimmt das?«

»Weißt du, Cate«, sagte Céline, »ich drehe nur wegen Männern durch, die ich wirklich mag. Oder liebe. Ich meine, bei einigen meiner Freunde wäre ich nicht einmal auf die Idee gekommen, ihnen hinterherzuspionieren.«

»Worauf willst du hinaus, Céline?«

»Also, es kommt meiner Meinung darauf an.«

»Worauf?«

»Darauf, wie groß dein Vogel ist.« Céline schwieg einen Moment, damit ihre Bemerkung sich setzen konnte. Dann fuhr sie fort: »Du hast einen langen Weg zurückgelegt, bis du an diesen Punkt gekommen bist, Cate. Und jetzt bist du endlich so weit. Du kannst für dich selbst einstehen, du stauchst ein zickiges Model zusammen, du wälzt dich in Farbe auf der Leinwand und hast Sex im Freien, du prügelst einem attraktiven Mann vor einem Haufen Gaffer die Scheiße aus dem Leib, aber …« Célines Augen verengten sich zu Schlitzen. »Aber du hast immer noch Selbstzweifel!«

»*Oh my god*!« Cate legte sich ein Kopfkissen auf ihren Brummschädel.

»Pst, hör einfach mal einen Moment Dr. de la Fargue zu. Ich bin nämlich sehr weise.«

Cate unterdrückte das Bedürfnis, ihre blau unterlaufenen Knöchel erneut einzusetzen.

»Weißt du, Cate, du lässt nur ganz wenige Menschen an dich heran. Sehr lange Zeit war ich deine einzige Vertraute. Ich glaube, inzwischen gehört auch Anna dazu und vielleicht Sofie, aber was ist mit den Männern?«

Cate stöhnte.

»Ich glaube, du hättest gern auch ein paar Männer in diesem Kreis von Vertrauten, *ma belle*. Ich sehe doch, wie sehr du Jérôme magst und auch Benoît und Eric und vielleicht auch Andrew und Adam. Du magst Männer. Du magst ihre Nähe und vermisst diese Verbindung.« Sie legte eine dramatische Pause ein. »Aber du hast Angst. Die zwei wichtigsten Männer in deinem Leben – dein Dad und dein Mann – haben dich verlassen. Du sprichst zwar über keinen der beiden, aber ich weiß, wie sehr du sie geliebt hast. Also hast du jetzt Angst, einen anderen Mann in deinen Kreis zu lassen.«

»Céline, der Vergleich mit dem Kreis funktioniert bei mir nicht.«

»Nicht?«, fragte Céline enttäuscht. »Ich dachte, es sei ein guter Vergleich. Okay. Dann hör mir einfach mal zu. Es ist mir – und halb Saint Marc – völlig klar, dass ihr euch liebt, Jérôme und du. Und ich kenne niemanden – Graham eingeschlossen –, der dir ein bisschen Liebe nicht gönnen würde. Außer du selbst vielleicht.«

Nachdem Dr. de la Fargue ihre professionelle Diagnose abgeschlossen hatte, nahm Cate ein paar starke Schmerztabletten und stand auf, um den Tag zu beginnen. Nach einer heißen Dusche ging es ihr schon sehr viel besser.

Ein Nachteil ihres neuen Gemütszustands war jedoch, dass sie nun wieder klare Gedanken fassen konnte, die rund um Jérôme kreisten. Dass es zwischen ihnen aus war, stand außer Frage. Schließlich gab es keine todsicherere Methode, eine Beziehung zu beenden, als seinem Freund die Nase zu brechen. Dabei wusste Cate noch nicht einmal, ob sie tatsächlich gebrochen war. Und auch nicht, ob Jérôme überhaupt ihr Freund gewesen war. Aber angenommen, sie hätten gar keine Beziehung gehabt, warum war sie dann so verletzt? Cate hatte das Gefühl, als hätte man ihr sämtliche Innereien herausgezogen, einmal durch den Fleischwolf gedreht und dann an den falschen Stellen wieder eingesetzt.

Merkwürdig, dass Céline ihren Dad erwähnt hatte. Céline hatte recht, sie selbst sprach nur selten über ihren Vater. Das war nicht immer so gewesen. Cate hatte wunderbare Erinnerungen an ihn: Wie er die Stimmen skurriler alter Damen nachahmte, wenn er ihr Geschichten vorlas.

Wie er Süßigkeiten in seinen Jackentaschen für sie versteckte. Wie er ihren Schulranzen trug, wenn er sie zur Schule brachte. Dies alles waren zwar schöne Erinnerungen an ihn, aber als er starb, war sie erst neun Jahre alt gewesen, und da erschöpften sich die Geschichten schnell, die sie erzählen und wieder aufleben lassen konnte. Sie fragte sich, ob sie die gleiche Erfahrung mit Graham machen würde.

Céline hatte am Morgen ein geschäftliches Treffen mit ihrem Zulieferbetrieb, also musste sich Cate allein auf den Weg in den Laden machen. Da sie bei Céline keine frische Kleidung hatte, zog sie einen Bleistiftrock und eine Bluse von *Le Placard d'Adélaïde* an, die eigentlich in einem Karton für den Versand nach Paris parat standen. Sie würde sie später ersetzen. Als sie die Teile aus den Plastikhüllen nahm, fiel ihr wieder ein, dass die schriftliche Zusage für ihren Auftritt bei der Fashion Week immer noch ausstand. Jetzt waren es nur noch elf Tage bis zur Show. Sie musste unbedingt Isabelle Salamon anrufen, sobald sie im Geschäft war. Selbst in französischer Zeitrechnung wurde diese Warterei langsam lächerlich.

Wegen des engen Rocks konnte sie nur kleine Schritte machen, also benötigte Cate eine Viertelstunde für den Weg, der sonst nur ein paar Minuten dauerte. Sobald sie den Computer hochgefahren hatte, öffnete sie ihre Mails und sortierte sie nach Dringlichkeit. Sie setzte zu einer Siegesgeste an, als sie die längst erwartete Mail von Isabelle Salamon entdeckte. Verdammt noch mal, das wurde aber so langsam wirklich Zeit!

Von: Isabelle Salamon
An: Verborgene Empfänger
Betreff: Dank für Ihr Interesse an der Paris Fashion Week

Sehr geehrter Bewerber,
wir bedanken uns für Ihr Interesse an der Paris Fashion Week. Leider sind Ihre Unterlagen nicht bis zur festgesetzten Frist eingetroffen, insofern können wir Ihre Bewerbung für die diesjährige Herbstshow nicht berücksichtigen.
In der Hoffnung, dass Sie in Zukunft wieder Interesse an einer Präsentation Ihres Labels bei der Paris Fashion Week zeigen, verbleibe ich mit freundlichen Grüßen,
Isabelle Salamon
Organisationsleitung
Paris Fashion Week

Cate wurde speiübel. Das konnte doch nur ein Irrtum sein! Sie hatte die Bewerbungsunterlagen schon vor Ewigkeiten eingereicht, noch dazu als Einschreiben! Aber plötzlich stiegen Zweifel in ihr hoch, und ihre Handflächen wurden schweißnass. Das hatte sie doch, oder etwa nicht?

Cate durchwühlte die Schublade nach dem Buch, in dem sie die Belege mit den Sendungsnummern aufbewahrte. Sie blätterte gerade fieberhaft die Seiten durch, als Céline in den Laden kam.

»*Salut!*«, rief Céline und hängte ihre Handtasche über die Stuhllehne. Dann bemerkte sie Cates Gesichtsausdruck. »Was ist denn nun schon wieder passiert?«

Cate überflog die letzte Seite in dem Buch, dann starrte sie nur noch darauf. Sie konnte die Belege einfach nicht entdecken. Sie las noch einmal die Mail von Isabelle Salamon. »Ich habe gerade eine Mail aus Paris bekommen.« Sie zeigte auf den Bildschirm. »Sie haben unsere Unterlagen für die Fashion Week nicht erhalten.«

Célines Unmut schlug sich deutlich auf ihre Stimme nieder. »Aber wir haben die Unterlagen doch schon vor Wochen losgeschickt!«

»Ich weiß«, sagte Cate. Sie stierte auf den Bildschirm und versuchte sich auf das Ganze einen Reim zu machen. »Aber sie sind niemals angekommen. Ich kann mich genau erinnern, dass ich sie in meine Hand …«

Cate erstarrte. Auf dem Nachtmarkt hatten sie die Handtaschen gewechselt … Sie hatte sich die rote Ledertasche von *Le Placard d'Adélaïde* umgehängt und ihre eigene Handtasche in einen Karton gelegt, den sie in den Laden mitgenommen hatten. Plötzlich fiel ihr Blick auf den einen an der Wand stehenden Karton: Obendrauf lag ihre Handtasche, aus der die Ecke eines Umschlags herauslugte. Céline entdeckte ihn im gleichen Moment, da sie Cates Blick gefolgt war.

»Gib mir dein Telefon!« Céline setzte sich an ihren Computer, wählte eine Nummer und hielt sich den Hörer des Ladentelefons ans Ohr. *»Isabelle Salamon, s'il vous plaît.«*

Cate kniff die Augen zusammen, um die Tränen zurückzuhalten. Was zum Teufel war ihr da passiert? Sie war doch die intelligente, effiziente Managerin, demnächst sogar die Leiterin der Personalabteilung und keine hohlköpfige Postangestellte. Wie konnte ihr nur ein so dämlicher Fehler unterlaufen? Sie hatte sich auf Célines Geschäftsidee eingelassen, weil sie das Gefühl hatte, etwas zum Erfolg des Labels beitragen zu können. Und nun stellte sich heraus, dass man sie nicht einmal damit betrauen konnte, ein Formblatt per Einschreiben abzusenden. Nur ihretwegen waren die Unterlagen nicht in Paris eingetroffen! Cate befürchtete, dass selbst Céline mit all ihren Beziehungen die Kastanien nicht mehr aus dem Feuer holen konnte. Und ohne die werbewirksame Teilnahme an der Fashion Week würde ihr Label in wenigen Tagen zusammenbrechen.

Wenn sie wegen ihres idiotischen Fehlers nicht so entsetzt gewesen wäre, hätten Célines Fähigkeiten als Krisenmanagerin sie vor Ehrfurcht erstarren lassen. Sie hatte sich selbst immer für das große Organisationstalent gehalten, und Céline für die träge, abgehobene und unzuverlässige Partnerin. Aber als sie Céline nun dabei beobachtete, wie diese gleichzeitig an zwei Telefonen verhandelte und dabei noch wütend eine neue Mail in die Tastatur hackte, begriff Cate, dass sie ihre Freundin absolut unterschätzt hatte.

Céline legte schließlich auf und stierte reglos auf ihren Bildschirm.

»Konnte sie irgendetwas ausrichten?«, fragte Cate schließlich.

»Nein, nichts. Sie haben unseren Platz schon an ein anderes Label vergeben.«

Célines Miene zeigte, dass sie innerlich vor Wut raste, aber sie wollte Cate nicht noch mehr Schuldgefühle aufladen, als diese ohnehin schon empfand. Wahrscheinlich rang sie gerade mit sich, ob Cate einen verbalen Schlagabtausch verkraften würde. Danach hätte sich Cate eindeutig besser gefühlt. Aber Céline würde niemals auf ihr herumtrampeln, wenn sie ohnehin schon am Boden zerstört war.

Was nun folgte, war schlimmer, viel schlimmer. Céline heulte los.

21. Kapitel

»Das Alter schützt uns nicht vor der Liebe.
Aber die Liebe schützt uns in gewissem Maße
vor dem Alter.«
Jeanne Moreau

Cate hatte Céline noch nie weinen sehen. Nicht einmal, als sie glaubte, Adam würde sie betrügen. Nicht einmal, als sie sich beim Skifahren das Handgelenk gebrochen hatte. Nicht einmal, als ihre geliebte Großmutter starb.

Céline dermaßen aufgewühlt vor sich zu haben, gab Cate den letzten Rest. Vor allem, da sie ja für den Kummer ihrer Freundin allein verantwortlich war. Céline hatte in all den Jahren so viel für Cate getan. Allein in den letzten Monaten hatte sie in Eigenregie Cates trostlosem Leben neuen Wind gegeben. Sie hatte Cate davon überzeugt, nach Saint Marc zu kommen, ihr einen Job und auch noch eine Bleibe organisiert. Céline hatte mehrfach versucht, für sie einen Urlaubsflirt in die Wege zu leiten, und sie sorgte sich beharrlich darum, dass Cate ihren Kummerspeck wieder loswurde. Céline spielte ihren Einsatz zwar herunter, doch Cate wusste, dass sie eine ganze Menge Zeit und Energie investiert hatte. So war Céline als Freundin. Und *so* bedankte sich Cate bei ihr!

Da es nun ohnehin nichts mehr zu tun gab, rief Cate Adam an, der sofort vorbeikam, um Céline abzuholen.

Céline war zu aufgebracht, um selbst Moped zu fahren, also stiegen sie in Adams Wagen. Beim Abschied beteuerte Céline immer wieder, dass es ja keine Absicht war und dass Cate keine Schuldgefühle haben sollte. Doch Célines Worte machten es für Cate nur noch schlimmer.

Als sie gegangen waren, war es erschreckend ruhig im Laden. Cate hörte nur noch ihre eigenen Gedankenströme, die sie doch eigentlich verdrängen wollte. Es gab keine Chance, die verfahrene Situation zu retten, so viel war klar. Céline hatte Isabelle Salamon angefleht, sie hatte ihren Vater angerufen und jeden alarmiert, der irgendwie in ihrer Schuld stand. Aber dieses Jahr fuhr Paris mit der Deadline eine absolut harte Linie, und *Le Placard d'Adélaïde* war ein neues Label und nicht wichtig genug, um einen Regelverstoß zu rechtfertigen.

Cate ging zum Schaufenster und stierte auf die Straße. Wie konnte alles nur so schiefgehen? Noch vor einer Woche hatte sie mit Isabelle geplaudert, die Details festgeklopft und ihr von Célines Entwürfen vorgeschwärmt. Doch als die schriftliche Zusage nicht eintraf, war Cate idiotischerweise davon ausgegangen, dass diese noch mit der Post unterwegs war, und hatte sich nicht die Mühe gemacht, der Sache nachzugehen. Warum hatte Isabelle sie nicht zur Eile angetrieben? Sie wusste doch, dass sie sich bewarben. Am Telefon klang sie so, als wäre sie wirklich begeistert, die Macher von *Le Placard d'Adélaïde* persönlich kennenzulernen, ihr Atelier zu besuchen. Sie hatte sich insbesondere für das Gemälde von Jérôme Brousseau interessiert, das sie im Laden an einem ausgewählten Platz aufgehängt hatten. Das Werk, das Cate und Jérôme gemeinsam in seinem Garten geschaffen hatten. Das war es! *Jérôme*! Isabelle war offensichtlich ein großer Fan von ihm. Er könnte alles wieder hinbekommen. Cate dachte zwar an ihre Würde, aber dann schnappte sie sich Célines Mopedschlüssel und preschte nach draußen.

Mit einem schmalen Bleistiftrock Moped zu fahren erwies sich als spezielle Herausforderung. Nach mehreren Versuchen, sich mit Anstand auf das Moped zu setzen, holte Cate tief Luft, zog den Rock bis zur Hüfte hoch und setzte sich breitbeinig auf den Sitz. Zum Glück hatte sie sich erst kürzlich die Beine rasiert – und auch die Bikinizone –, denn nun, als sie zu Jérômes Villa raste, bekamen die Leute was geboten.

Erst als sie die kleine Glocke über Jérômes Haustür bimmeln hörte, wurde ihr die Reichweite ihres Tuns bewusst. Sie war gerade dabei, Jérôme gegenüberzutreten und ihn um einen Gefallen zu bitten. Sich in seine Schuld zu begeben war nun nicht gerade die Situation, die ihr zusagte. Vor allem, weil sie bei seinem Anblick immer noch weiche Knie bekam. Als sie Schritte in der Diele hörte, richtete sie sich auf. Einen Augenblick später stand er vor ihr.

»Cate!« Jérôme sah ebenso verblüfft wie erfreut aus. Er öffnete ihr weit die Tür, doch Cate blieb an der Schwelle stehen.

»Ich muss dich um einen Gefallen bitten, Jérôme.«

Er sah überrascht aus. »Natürlich.«

»Unsere Unterlagen sind nicht rechtzeitig bei der Fashion Week angekommen.«

»Was für eine Fashion Week?«, fragte er verwirrt.

Cate hatte vergessen, dass Jérôme ja nichts über ihre Bewerbung wusste. Sie stammelte eine schnelle Erklärung.

»Ach so«, sagte er, als er auf dem Stand der Dinge war. »Aber wie kann ich dabei helfen?«

Cate sah ihn flüchtig an, doch sein Blick war so intensiv, dass sie das Gefühl hatte, ihre Netzhaut geriete in Flammen. »Ich habe mich gefragt, ob du vielleicht Isabelle

Salamon anrufen könntest? Sie ist ein großer Fan von dir. Ich glaube, ein Treffen mit dir ist das Einzige, was sie noch umstimmen kann. Meinst du, du könntest sie … überzeugen? Egal wie.«

Jérôme lachte. Dann wurde seine Miene ernst. »Meinst du das wirklich?«

»Ja«, sagte Cate, und ihre Stimme bebte. Das Letzte, was sie wollte, war, den Vorschlag offen auszusprechen, dass Jérôme … dass er was mit dieser Frau anfangen müsste. Aber schließlich ging es um Céline. »Bitte, denk darüber nach.«

Jérôme starrte sie an. »Cate, ich habe gedacht, du bist zu mir gekommen, weil du mir verziehen hast.«

Cate sah zu Boden. »Es tut mir leid.«

»Und wenn ich das mache, also wenn ich … wenn ich diese Isabelle überzeugen kann, reicht das als Beweis dafür, wie leid mir das alles tut? Gibst du mir dann noch eine zweite Chance?«

Cate verstand ihn nicht. Warum wollte er eine zweite Chance bekommen? Jérôme konnte doch jede Frau bekommen, die er haben wollte? Frauen, die nichts dagegen hatten, wenn er mit einer anderen Frau schlief oder sie für Ausstellungszwecke fotografierte. Sie war schließlich nicht zu haben.

»Es tut mir leid, Jérôme«, flüsterte sie. »Ich kann nicht.«

In der Nacht schlief Cate unruhig. In ihrem Traum liefen sie und Céline in Gewändern von *Le Placard d'Adélaïde* über den Catwalk der Fashion Week, und sie stolperte über Célines Saum. Beim Aufwachen war sie zunächst erleichtert, doch nur bis ihr wieder einfiel, dass die Wirklichkeit den Alptraum bei Weitem übertraf. Vor lauter Elend zog sie die Bettdecke über den Kopf.

Es war blanke Ironie. Sie war nach Frankreich gereist, um ihr Leben wieder in den Griff zu bekommen. Doch inzwischen kam ihr das monotone Leben in London im Vergleich zu all den Komplikationen hier in Frankreich weitaus verlockender vor. Ihr Liebesleben war eine einzige Katastrophe und ihre Geschäftsidee im Eimer.

Da fiel Cate der Laden ein. Sie war gestern dermaßen in Eile gewesen, dass sie die Tür weder geschlossen, geschweige denn abgesperrt hatte. Was, wenn Einbrecher gekommen waren? Cate warf die Bettdecke weg und zog schnell die Sachen vom Vortag an, die noch auf dem Fußboden lagen.

Als sie den Pier entlangeilte, bekam sie wieder zu spüren, wie unpraktisch ein Bleistiftrock war. Aber sie musste los, sie hatte keine Zeit, sich umzuziehen. Ohne jede Grazie schwang sie sich auf das Moped – womit die joggende Bevölkerung, die am Morgen in Saint Marc unterwegs war, etwas zu sehen bekam – und fuhr bis zum Laden.

Als sie dort ankam, war sie überrascht, Céline bereits anzutreffen.

»Cate!« Céline sprang von der Nähmaschine auf und warf sich Cate an den Hals. »Da bist du ja endlich! Wir haben noch viel zu tun! Die Show ist in zehn Tagen!«

Cate starrte ihre Freundin einen Augenblick lang verständnislos an, dann drückte sie Céline auf den Boden herunter. »Céline, wir sind bei der Show nicht vertreten! Die Unterlagen …«

Céline brachte Cate mit einer Handbewegung zum Schweigen. »Isabelle hat heute Nacht bei mir angerufen und gesagt, dass sie unsere Unterlagen doch akzeptiert, wenn sie noch heute im Lauf des Tages bei ihr eintreffen. Jean-Yves ist gleich in aller Früh von Paris hergeflogen, und jetzt sitzt er schon wieder im Flieger zurück, mit unseren Unterlagen in seinen kleinen, geschäftigen Händen.«

»Céline, stimmt das?«

»Natürlich stimmt das!«, schnaubte Céline. »Würde ich etwa darüber Witze machen?«

»Vermutlich nicht, aber …« Cate konnte sich keinen Reim darauf machen. Warum sollte Isabelle ihre Meinung ändern, nach allem, was sie unternommen hatten, um sie von ihrer Teilnahme zu überzeugen? Es sei denn … Cate blieb beinahe das Herz stehen. »Hm, also, hat sie dir eine Begründung gegeben?«

»Was für eine Begründung?« Céline bedachte sie mit einem befremdlichen Blick. »Wen kümmert das? Jetzt halt endlich den Mund und fang mit Packen an!«

Selbst als sie den Klingelton hörte, wusste Cate noch immer nicht, was sie Jérôme sagen sollte. Oder was sie von ihm hören wollte. Entweder hatte er mit Isabelle geschlafen oder nicht. So oder so konnte das nur bedeuten, dass sie ihm egal war. Oder dass sie ihm keineswegs egal war. Sie wusste im Moment nur, dass sie unbedingt mit ihm reden musste.

Erst als sie dachte, auf der Mailbox gelandet zu sein, nahm er ab. Er klang überrascht, aber erfreut.

»Cate?«

»Jérôme …«

Für das, was er getan oder was er nicht getan hatte, schien das keine angemessene Begrüßung. Doch was wäre eine angemessene Begrüßung gewesen? Sollte sie sich bei ihm bedanken? Ihn zusammenschreien? Am liebsten hätte sie beides getan.

»Wie geht es dir?«, fragte er nach einer Weile.

»Mir geht es gut. Also besser als gut. Wir haben gerade erfahren, dass wir doch noch bei der Show dabei sind.« Sie hielt den Atem an.

»Das ist doch großartig«, sagte er. »Herzlichen Glückwunsch!«

»Danke. Ich gehe nicht davon aus …« Cate schloss die Augen. »Ich gehe nicht davon aus, dass du irgendetwas damit zu tun hast, oder?«

Nun waren nur tiefe Atemzüge zu hören. Und dann, nach einem weiteren Moment Stillschweigen: »Ach, ich denke schon.«

Cate nickte. Das war genau das, was sie eigentlich nicht hören wollte. So verletzend der Gedanke auch war, dass sie ihm absolut egal war, so war die Vorstellung, wie Jérôme mit einer anderen Frau zusammen war, sie umarmte, Sex mit ihr hatte, weitaus verletzender.

»Danke«, wiederholte sie. Sie verspürte das Bedürfnis, ihm für seinen Einsatz zu danken, auch wenn sie den Gedanken kaum ertrug.

»Gern geschehen.«

Aus zwei Menschen, die körperlich und geistig so viel miteinander geteilt hatten, waren nun zwei Fremde geworden, die sich nichts zu sagen hatten.

»Also, ich mache mich dann mal wieder an die Arbeit. Wir müssen die Präsentation des Labels bis …«

»Ich habe ihr eine Kohlezeichnung geschenkt, Cate«, unterbrach Jérôme sie. »Die Zeichnung ist noch in keiner Ausstellung zu sehen gewesen und relativ wertvoll. Isabelle Salamon war sehr angetan. Du hast mir gesagt, ich soll sie überzeugen, egal wie. Das habe ich getan.«

Cate brauchte einen Moment, um die Nachricht zu verdauen. Als es ihr endlich dämmerte, strahlte sie über das gesamte Gesicht.

»Bist du zu Hause, Jérôme?«

»Ja, warum?«

»Weil ich gerade auf dem Weg zu dir bin.«

22. Kapitel

»Ich neige oft dazu, Verschwörungstheorien anzuhängen.«
Marion Cotillard

Cate begriff endlich, warum französische Frauen nicht dick werden. Das hatte nichts mit kleinen Essensportionen zu tun. So gern sie anderes behauptet hätte, ihre Beziehung mit Jérôme bedeutete mehr als nur Sex. Sie wusste zwar nicht, ob es eine Liebesbeziehung war, aber es war auf jeden Fall eine besondere Beziehung. Aber das war ihr im Moment egal. Sie würde sich später mit den Folgen auseinandersetzen.

Am liebsten hätte sich Cate in Jérômes Villa verkrochen und sich mit Rotwein und Liebe die Zeit vertrieben, doch es gab noch viel zu tun. Ihnen blieb nur noch eine Woche bis zur offiziellen Präsentation des Labels, ganz zu schweigen von den Kubikmetern Fracht, die noch nach Paris transportiert, und den Millionen Kleinigkeiten, die noch erledigt werden mussten. Zum Glück wich Jérôme nicht von Cates Seite, womit *Le Placard d'Adélaïde* nun auch noch über eine männliche Aushilfskraft verfügte.

Sie kamen am frühen Morgen zum Laden und schlossen die Glastür auf, dabei stolperten sie fast über ein Bündel von Zeitschriften, die wie altmodische Schulbücher mit einer Kordel verschnürt waren. Darauf klebte eine Haftnotiz von Ella de Roux.

Spitzenberichte. Kuss, Ella

Während Cate den Laptop hochfuhr, blätterte sie die mit bunten Klebestreifen markierten Seiten durch, auf denen Célines Entwürfe zu sehen waren. Über *Le Placard d'Adélaïde* wurde tatsächlich nur in höchsten Tönen berichtet. Vor allem wegen des Originalwerks von Jérôme Brousseau, das in Zusammenarbeit mit Cate Worth entstanden ist und im Laden des neuen Labels ausgestellt wurde. Cate hatte das Bild letztlich nicht signiert, somit war es noch wertvoller. Auf jeden Fall war es ein genialer PR-Schachzug und erleichterte die Arbeit, da nun alle Zeitungen und Zeitschriften sich dabei übertrumpften, Leitartikel über das neueste Werk von Jérôme Brousseau zu schreiben. Das Werk in einem Modegeschäft in Südfrankreich auszustellen war genau das bizarre Detail, um Aufmerksamkeit zu erzielen.

Jérôme war damit beschäftigt, flache Päckchen für den Postversand zusammenzustellen. Céline starrte auf den Bildschirm und ging nun zum zweiten und dritten Mal die VIP-Liste für die Präsentation durch. Cate erstellte eine Tabelle, in der jedes Kleidungsstück und der dazugehörige Karton aufgeführt wurden, und während sie gerade die Gesamtstückzahl der Teile überprüfte, läutete ihr Telefon. Sie tippte auf das Display und klemmte sich das Smartphone zwischen Kinn und Schulter, um weiterschreiben zu können.

»Hallo, Cate Worth hier.«

»Hallo, Mrs. Worth, hier Constable Ball von der Polizeiwache Fulham. Es tut mir leid, aber wir haben ein Problem.«

Cate löste die Finger von der Tastatur. »Was ist passiert, Constable?«

»Es liegen Beschwerden Ihrer Nachbarn vor. Sie befürchten, dass in Ihrem Haus illegalen Aktivitäten nachgegangen wird. Könnten Sie vielleicht etwas Licht in die Sache bringen und uns aufklären?«

»Nein, das kann ich nicht, aber ich habe eine Mieterin, die derzeit dort wohnt. Vielleicht könnten Sie mir ja etwas auf die Sprünge helfen?« Cates Stimme klang ruhig und kontrolliert, in ihrem Inneren sah es ganz anders aus.

Das Verhalten des Polizisten änderte sich schlagartig, als ihm klar wurde, dass sie beide am gleichen Strang zogen. »Gut, wir sehen uns das einmal an. Uns liegen Hinweise vor, dass zu allen möglichen Tages- und Nachtzeiten Männer im Haus ein und aus gehen. Einige Ihrer Nachbarn befürchten, dass in Ihrem Haus ein Bordell betrieben wird, Mrs. Worth.«

»Ich … ich bin noch dran«, brachte Cate hervor.

»Natürlich müssen wir den Beschwerden nachgehen, und deshalb haben wir zur Überwachung einen Wagen vor dem Haus postiert.«

Cate wurde schlecht.

»Wenn wir herausfinden, dass in Ihrem Haus gegen geltendes Recht verstoßen wird, wird gegen Ihre Mieterin – und auch gegen Sie, falls Sie etwas davon wussten oder gar beteiligt waren – Anzeige erstattet. Haben Sie das verstanden?«

»Yes, Sir.«

Der Polizist verabschiedete sich und legte auf.

Als Cate ihre Umgebung wieder wahrnahm, bemerkte sie, dass Jérôme vor ihr stand und sie besorgt ansah. »Was ist los?«

Cate schlug die Hände vors Gesicht. »Lulu hat aus meinem Haus einen Puff gemacht, und jetzt wird es von der Polizei überwacht.«

Jérôme klappte die Kinnlade nach unten. »Ernsthaft?«

Sie ließ kraftlos das Telefon auf den Tisch fallen. »Wer sollte sich diesen ganzen Scheiß ausdenken?«

Jérôme sah sie verdutzt an. »Cate, du musst etwas unternehmen!«

Cate holte tief Luft und betrachtete die Tabelle auf dem Bildschirm. »Soll sich die Polizei darum kümmern. Ich habe genug zu tun.«

Jérôme schien noch etwas sagen zu wollen, da ging die Ladentür.

»Benoît!«, sagten Céline und Cate im Chor.

»Salut!« Benoît gab Jérôme einen freundschaftlichen Stups. »Und, wie läuft es?«

»Frag bloß nicht!«, stöhnte Cate.

Benoît lächelte selbstzufrieden. »Ich wollte euch alle heute Abend zu mir zum Essen einladen.«

»Wir haben keine Zeit.« Céline sah noch nicht einmal vom Computer auf.

»Ja, aber ihr müsst etwas essen«, sagte Benoît und hob mahnend den Zeigefinger. »Wir können ja ein spätes Abendessen daraus machen. Du bist auch herzlich eingeladen, Jérôme.«

»Wir kommen gern«, sagte Cate, erfreut über die Einladung.

Benoît bemerkte, dass Céline immer noch nicht überzeugt war. »Adam ist natürlich auch eingeladen, Céline.«

»Hm.« Immerhin hatte Céline einen Laut von sich gegeben. »Adam ist nicht da, er organisiert gerade in Saint Tropez einen FKK-Strandtag für die Beckhams.« Sie seufzte schwer. »Aber ich komme.«

»Was sollen wir mitbringen?«, fragte Cate.

»Gar nichts. Ich möchte vor allem euch beide nach all der harten Arbeit ein bisschen verwöhnen. Wir sehen uns also heute Abend!«

Nur der Himmel weiß, wie viele Checklisten später sie schließlich an Benoîts blank gescheuertem Kiefernholzesstisch bei einem Glas kräftigem Rotwein beisammensaßen.

»Was ist eigentlich mit deiner Schwester?«, fragte Benoît.

»Keine Ahnung.« Céline schenkte sich Wein aus der Karaffe nach. »Sie ist einfach so verschwunden. Es ist absolut mysteriös.«

»In der Tat. Ein neuer Mann, nehme ich an?« Benoît nickte beglückt, weil er glaubte, die Lage erfasst zu haben. »Wo wir schon mal beim Thema sind …« Er genoss sichtlich die Spannung, die nun zwischen den jungen Leuten entstand. »Warum ist eigentlich keine von euch verheiratet?«

Cate hielt den Atem an und warf Céline einen schnellen Blick zu, woraufhin der sogleich ein Ablenkungsmanöver gelang.

»Was soll das? Die Frage können wir dir auch stellen, Benoît!«

Céline sah zu Cate, um sicherzugehen, dass ihre Freundin wieder Luft bekam. Cate lächelte sie dankbar an.

»Kluge Antwort.« Benoît lachte. »Wenn ihr es wirklich wissen wollt, ich war einmal verlobt. Das hast du nicht gewusst, oder? Nun, es ist wirklich schon sehr, sehr lange her. Und wie ihr euch denken könnt, ist die Sache nicht gut ausgegangen.« Er nahm einen großen Krug mit Wasser, in dem Zitronenscheiben schwammen, und schenkte allen davon ein.

»Was ist denn passiert?«, wollte Cate wissen.

»Wieso weiß ich nichts davon?«, fragte Céline.

»Ich war wirklich sehr in sie verliebt«, begann Benoît und reichte Jérôme ein Glas. »Sie war wunderschön. Sie hatte immer weit schwingende Röcke an, die beim Gehen flatterten und ihr um die Knie tanzten.«

Céline verzog das Gesicht. »Flatterröcke?«

»Pst«, wies Cate ihre Freundin zurecht und sah Benoît neugierig an. »Erzähl weiter!«

»Ich war Koch in einem Restaurant in Paris, und sie war dort Gast. Als ich sie das erste Mal hereinkommen sah, habe ich meinem Chef gesagt, dass sie die Frau ist, die ich einmal heiraten werde.«

Er schwieg wehmütig. »Ich hatte nicht den Mut, sie anzusprechen, aber als ich an dem Abend ging, drückte mir Gérard – so hieß der Chef – ein gefaltetes Stück Papier in die Hand: mit ihrer Telefonnummer.«

Sie mussten über Benoîts Geschichte schmunzeln – trotz des bekanntlich traurigen Ausgangs.

»Wir haben uns auf dem Sofa ihrer Eltern geliebt, während diese im Nebenzimmer schliefen«, erzählte Benoît und lächelte. »Ach, eigentlich haben wir uns überall geliebt ...«

Céline hielt sich die Ohren zu. »Stopp! Keine Details!«

Benoît kicherte, schien Célines Unbehagen zu genießen. »Nicht viel später haben wir uns verlobt. Das war der schönste Tag in meinem Leben, der Tag, an dem sie Ja gesagt hat.« Benoît seufzte, und sein Gesicht wurde ernst. »Aber bald darauf habe ich entdeckt, dass sie mich betrogen hat.«

»Nein!«, entfuhr es Cate. »Mit wem?«

»Ich weiß es nicht. Aber es war mir auch egal, mit wem.«

»Wie hast du es herausgefunden?«, fragte Céline. »Hast du sie verfolgt? Hast du sie in flagranti erwischt?«

»Jemand hat sie gesehen.« Benoît trank einen Schluck. »Philippe, ein Kollege im Restaurant, hat es mir erzählt. Zuerst habe ich ihm nicht geglaubt, aber als ich sie damit konfrontierte, hat sie es zugegeben.«

Alle senkten die Augen.

»Es tut mir so leid, Benoît.« Céline drückte seine Schulter.

»Aber hast du sie noch geliebt?«, fragte Cate. »Und, hat sie dich noch geliebt?«

»Ja, natürlich. Man kann ja seine Gefühle nicht einfach so über Nacht ausschalten.«

»Und dann hast du die Verlobung gelöst?«, wollte Cate wissen. »Hättest du denn nicht auch …«

»Nein«, unterbrach Benoît sie. »Sie hat mich angelogen. Ich hätte ihre Affäre ja verkraftet, aber nicht ihre Lüge.«

Cate musste an ihre eigene Lüge denken, die wohl sehr viel schwerer wog als die Lüge, die Benoîts Verlobte ihm aufgetischt hatte. Jérômes Hand, die leicht auf ihrem Knie lag, schien ihr plötzlich die Haut zu versengen.

»Sie bedeutete danach nicht mehr das Gleiche für mich«, sagte Benoît. »Unser Band war zerrissen.«

Jérôme nickte mitfühlend. »Es tut mir leid, Benoît.«

»Aber wenn du sie wirklich geliebt hast, dann hättest du ihr doch bestimmt vergeben können, oder?« Cate versuchte mit gleichgültiger Stimme zu sprechen, aber es gelang ihr nicht. »Es war doch nur ein Fehler …«

Benoît schwieg. Entweder dachte er über Cates Frage nach, oder vielleicht versuchte er auch nur, noch mehr Spannung aufzubauen. Cate überkam dabei das merkwürdige Gefühl, dass ihr eigenes Schicksal von seiner Anwort abhing.

»Ich konnte nicht.«

»Natürlich konnte er nicht«, pflichtete Céline ihm bei.

Jérôme sah Cate an. »Und, was ist mit dir, könntest *du* darüber hinwegkommen, Cate?«

»Ich habe dir verziehen«, sagte sie etwas schnippischer als beabsichtigt.

»Ja, aber Jérôme hat dich nicht betrogen«, mischte sich

Céline ein. »Und er hat nicht gelogen. Er hat nur ein paar Fotos von dir gemacht.«

Cate sah sie scharf an, dabei hatte Céline nicht ganz unrecht. Für einen Franzosen waren Lügen und Betrügen der allerletzte Verrat. Es war dieses ewige Schwarz-Weiß-Denken. Für Cate war es nur grau.

»Warum hast du keine andere geheiratet?«

»Ich habe nie wieder eine Frau geliebt.« Benoît schüttelte den Kopf. »Zumindest nicht so, wie ich sie geliebt habe.«

»Aber das ist doch tragisch«, sagte Cate. »Du hast das Glück deines Lebens vorbeiziehen lassen – und vermutlich auch noch ihres –, nur wegen eines blöden Fehlers. Mit der Zeit wärst du bestimmt darüber hinweggekommen. Siehst du sie noch? Weißt du, ob sie jemals geheiratet hat?« Es war merkwürdig, aber allmählich wurde Cate fast hysterisch. »Vielleicht kannst du sie ja wiederbekommen!«

Jérôme lachte und drückte Cates Oberschenkel. »Ach, unser kleiner englischer Amor!«

»So, und jetzt reicht es«, sagte Benoît. »*Le temps est passé*. Ich bin nie gut im Verzeihen gewesen, und mit dem Alter ist das auch nicht gerade besser geworden. Die Liebe überlasse ich besser euch jungen Leuten!«

Benoît verschwand in der Küche, und sie unterhielten sich noch weiter angeregt über Benoîts Verlobte, die vor langer Zeit betrogen hatte.

Das gab Cate zu denken. Schlimm genug, dass Benoît die Liebe seines Lebens wegen eines einzigen Fehlers verloren hatte, aber sie konnte nicht verstehen, wie Céline und Jérôme sein Verhalten gutheißen konnten. Sie selbst wusste, wie schwer es einem fiel, jemandem zu verzeihen, der einen betrogen hatte – schließlich hatte sie das Bild von Jérôme und Isabelle Salamon vor Augen, obwohl gar nichts passiert war. Doch wenn sie so einen wunderbaren Menschen wie Benoît nahm, der nun ein einsamer älterer Mann war, so schien er Cate als das beste Beispiel für eine ausstehende Vergebung, das ihr je bewusst geworden war. Wieso konnten Jérôme und Céline das nicht einsehen? Am meisten beunruhigte Cate jedoch, dass anscheinend die Lüge das eigentliche Vergehen war, und sie fühlte schwer die Last ihrer eigenen Schuld. Sie konnte sich nicht erklären, warum sie nicht von Anfang an ehrlich zu Jérôme gewesen war. Sicherlich, sie hatte ihre Gründe, aber nun erschienen ihr diese nur noch unsinnig und unwichtig. Sie musste Jérôme endlich die Wahrheit erzählen.

Benoît kam mit einem riesigen Suppentopf zurück.

»Mmm«, sagte Céline und schnupperte. »Es gibt Bouillabaisse.«

Benoît stellte die Schüssel ab und verteilte die Suppe in Schalen, dann gab er noch frische Kräuter und Chilipulver darauf. Bevor er die Schalen weiterreichte, hielt er sich jede einzelne unter die Nase und schloss genießerisch die Augen. »Nun, Céline?«, fragte er, als alle versorgt waren, »was hat dein untreuer Freund denn in letzter Zeit so angestellt?«

Céline schlürfte geräuschvoll ihre Suppe. »Pff! Mit dieser Victoria Beckham würde er niemals schlafen. Die sieht ja wie eine Vogelscheuche aus!«

Alle brachen in schallendes Gelächter aus. Nicht wegen Célines Scherz, sondern wegen ihrer neuen Einstellung. Früher hätte Céline die Gelegenheit nicht verstreichen lassen, um eine Verschwörungstheorie auszuspinnen.

»Hast du schon das Gemeinschaftswerk von Jérôme Brousseau und Cate Worth bei uns im Laden gesehen?«, fragte sie Benoît, um das Thema zu wechseln.

Cate staunte über Céline. Seit ihrem Streit hatte Céline ihr Verhalten gegenüber Adam sichtlich geändert. Die alte Céline wäre Adam nach Saint Tropez gefolgt und hätte ihn im Taucheranzug vom Meeresgrund aus observiert. Nun plauderte sie glücklich und zufrieden mit ihren Freunden und kümmerte sich um ihr Label. Cate gefiel die Vorstellung, dass ihr Einfluss dazu beigetragen hatte, aber sie wusste, dass es um mehr ging. Der Erfolg hatte Célines Selbstwertgefühl gutgetan. Unter all dem Misstrauen und der Paranoia hatte sich immer eine intelligente, kompetente Frau versteckt. Und je mehr Céline ihre eigentliche Leistungsfähigkeit unter Beweis stellte, umso weniger Raum blieb für Verschwörungstheorien. Es war großartig.

Als der Wein ausgetrunken war, verabschiedeten sie sich, und Cate und Jérôme machten sich auf den Weg zum Boot. Nachdem sie sich geliebt hatten, grübelte Cate immer noch über Benoîts Worte nach. Sie betete darum, dass Jérôme sie nicht genauso verstieß wie Benoît seine Verlobte, als er deren Geheimnis erfuhr. Das war ihre größte Sorge, und ihr war absolut bewusst, dass sie alles nur noch schlimmer machte, je länger sie ihr Geheimnis für sich behielt. Sie musste es ihm sagen. Und zwar noch heute Nacht.

Zumindest das Timing stimmte. Jérôme lag nackt da, also blieb ihr vermutlich genug Zeit, ihm den Grund für ihre Lüge zu erklären, während er sich anzog. Es sei denn, er wäre so verärgert, dass er gleich splitterfasernackt nach draußen stürmte. Die Nachbarn auf den anderen Booten hätten ihre wahre Freude! Schweren Herzens hob sie den Kopf von seiner Brust und blickte tief in seine schokoladenbraunen Augen. Sie hoffte inständig, dass dies nicht das letzte Mal war. Gerade als sie ihm ihr Geheimnis anvertrauen wollte, kam er ihr zuvor.

»Ich liebe dich, Cate.«

Wenn sie nicht schon gelegen hätte, wäre sie zusammengebrochen.

»Du musst gar nichts sagen«, fügte er schnell hinzu. »Ich wollte nur, dass du es weißt.« Als er ihr Kinn anhob, damit sie seinen Kuss erwidern konnte, behielt er die Augen offen. Cate verlor sich in seinem Blick, doch plötzlich brach sie ab und richtete sich auf.

Jérôme setzte sich auch auf und umschlang sie mit den Armen. »Cate, was ist denn los?«

Das war ihre Chance. Er hatte soeben gesagt, dass er sie liebte. Die Sache war nun ernst, keine Affäre, kein One-Night-Stand! Er verdiente es, die Wahrheit zu erfahren, selbst wenn das bedeutete, dass er auf der Stelle wutentbrannt das Boot verließ. Sie konnte ihn nicht länger hintergehen. Sie schwieg und versuchte verzweifelt die Worte zu formulieren, die sie ihm sagen musste. Nach einem tiefen Atemzug fand sie schließlich die Stärke, ihm das zu sagen, was sie ihm zu sagen hatte.

»Ich liebe dich auch.«

Fünf Tage später war der 1. September, es blieben nur noch zwei Tage bis zur Eröffnung der Paris Fashion Week, dem Tag des offiziellen Launches von *Le Placard d'Adélaïde*. Seit sieben Uhr morgens arbeiteten sie hart, Jérôme war die letzten Tage in London gewesen, wo er neue Galeriebesitzer treffen wollte. Die Reise hatte sich plötzlich ergeben, und obwohl Cate befürchtete, den ganzen Stress ohne ihn nicht zu überleben, war sie im Laden so beschäftigt, dass die Zeit einfach verflogen war.

Er war am Morgen zurückgekommen und hatte sofort festgestellt, dass Cates Gemälde schief hing. Cate war bisher nicht aufgefallen, wie pedantisch er sein konnte, dabei hätte sie es sich ja denken können; immerhin war er Franzose und noch dazu ein Künstler.

Cate stand auf der Leiter und bewegte das Gemälde nach Jérômes Anweisungen »ein wenig nach rechts« und »ein wenig nach links«, bis ihr sein rechthaberisches Divengehabe auf die Nerven ging. »Wie wäre es, wenn ich es ein wenig links von deinem rechten Ohr aufhängen würde …«

»*Bien*«, meinte Jérôme grinsend. »Wir machen aus dir schon noch eine richtige Französin.«

Seitdem sie sich ihre Liebe gestanden hatten, hatte sich zwischen Cate und Jérôme etwas verändert. So als wären sie bei einem Lied in die gleiche Passage eingestiegen und würden es von nun an gemeinsam singen. Cate hatte noch nie etwas Vergleichbares erlebt; nicht einmal mit Graham. Sie war in den letzten Tagen hart mit sich ins Gericht gegangen, konnte sich aber immer noch kein Herz fassen, um endlich das Thema Graham anzusprechen. Sie hatte nicht die Kraft oder, ehrlich gesagt, auch nicht die Lust. Sie hatte Jérôme nach all den Missverständnissen wiedergefunden und wollte ihn nicht noch einmal verlieren. Außerdem, so begründete sie es vor sich selbst, konnte sie sich bei all der Arbeit, die sie noch erledigen musste, keine weitere Ablenkung leisten.

»Weißt du, ich finde schon irgendeinen anderen Franzosen, der mir die Kisten packt, wenn ich ihn so verwöhne wie dich.«

Sie wusste, dass sie damit eine Lawine lostrat, und sie sollte recht behalten. Die Eifersuchtskarte funktionierte hervorragend, solange sie sie nicht zu oft ausspielte. Innerhalb von drei Sekunden hatte Jérôme sie wie in einem Actionfilm über seine Schulter geworfen.

»Hört auf damit«, bat Céline. »Ihr zwei habt mir jetzt

genug herumgealbert. Heute Abend ist unsere Präsentation!«

Jérôme stand mit der Miene eines geprügelten Hundes da, während Cate – immer noch über seiner Schulter – ihn anwies, sie zu ihrem Schreibtisch zu tragen, damit sie an ihr klingelndes Telefon gehen konnte. Sie tippte auf das Display und versuchte vergeblich mit Gesten, Céline, Adam und Jérôme zum Schweigen zu bringen, die im Hintergrund einfach weiterredeten.

»Cate Worth«, meldete sie sich, da sie einen Journalisten oder einen PR-Agenten am anderen Ende erwartete.

»Mrs. Worth, hier spricht Dr. Lynch vom London Bridge Hospital.«

Cate spürte, wie ihr das Blut in den Adern gefror. Sie bedeutete Jérôme, sie runterzulassen.

»Ja, Dr. Lynch. Was, hm … Geht es um Graham?«

»Ja. Ich habe Neuigkeiten für Sie.«

23. Kapitel

»Der Tod existiert nicht.«
Édith Piaf

»Haben Sie Zeit für ein Gespräch, Mrs. Worth?«

Ein vertrauter Stich brannte in Cates Brust. Sie wünschte, Ärzte würden sich nicht so ausdrücken. Wenn jemand fragte »Haben Sie Zeit für ein Gespräch?«, war schon klar, dass schlechte Nachrichten folgten. Schließlich verkündete einem niemand mit diesen Worten einen Lottogewinn! Cate wusste, der Arzt würde gleich sagen: »Graham ist tot.«

Doch merkwürdigerweise wäre das eine Erleichterung. So wären ihre Hände nicht mit seinem Blut befleckt. Sie müsste nicht mit den Schuldgefühlen, mit der Ungewissheit kämpfen. Mit Edwinas Gram. Aber zugleich glaubte Cate, das Gefühl zu haben, als würde man ihren Körper zerreißen, und die Fetzen würden wie Segel im Wind flattern.

»Mrs. Worth? Sind Sie noch dran?«

»Ja«, sagte Cate. Sie spürte, dass Céline dicht neben ihr stand und sie umarmte. Jérôme blickte sie irritiert an.

Der Arzt räusperte sich. »Ihr Mann hat vielversprechende Fortschritte gemacht. Er reagiert inzwischen auf Schmerzreize. Wenn er Stimmen hört, dreht er selbstständig den Kopf in die Richtung, und er hat sogar seiner Schwester die Hand gedrückt.«

Nun folgte eine so lange Pause, dass Cate sich schon fragte, ob die Verbindung unterbrochen war.

»Wie Sie wissen, ist das nach dieser langen Zeit sehr ungewöhnlich. Also, ich kann Ihnen keine Prognose geben.« Der Mediziner seufzte schwer. »Mrs. Worth, ich muss Sie auf etwas hinweisen … Es ist durchaus möglich, dass das Gehirn Ihres Mannes geschädigt ist. Das Ganze ist leider nicht wie in den Filmen, wo Patienten aufwachen, sprechen und essen können und wieder ein normales Leben führen. Wenn er das Bewusstsein wiedererlangt, wird er vermutlich sehr durcheinander sein, sehr verwirrt. Mit großer Wahrscheinlichkeit werden auch körperliche Beeinträchtigungen eintreten, insbesondere müssen wir mit Muskelschwund rechnen. Er wird nicht allein gehen können. Viele unserer Langzeitkomapatienten leiden unter Atemwegsproblemen. Tatsache ist, dass wir wirklich nicht viel ausrichten können. Wir können nur abwarten und sehen, was kommt.«

Cate hatte das Gefühl, als wäre ihre Zunge an ihrem Gaumen festgetackert. Sie wollte etwas sagen, aber sie konnte kein Wort herausbringen. Sie schluckte und versuchte es noch einmal. Es ging immer noch nicht. Tränen vernebelten ihr den Blick. Gerade als sie das Gefühl hatte zu fallen, spürte sie hinter sich etwas Warmes und Festes. Jérôme fing sie auf.

»Ich weiß, dass das für Sie einen Schock bedeutet«, sagte der Arzt. »Ist jemand bei Ihnen? Übrigens sollten Sie sich jetzt aus Sicherheitsgründen nicht selbst hinters Steuer setzen. Kann Sie jemand zum Krankenhaus bringen?«

»Ich bin in Frankreich«, sagte Cate nur. Sie war nicht in der Lage, sich auf die wichtigen Fragen zu konzentrieren. Sich nach Grahams Stimmung oder seinem körperlichen Zustand zu erkundigen. Oder ihm liebe Grüße auszurichten.

»Ich verstehe«, sagte der Mann nach einer Pause, und Cate überkam das Gefühl, dass er über sie urteilte. Welche Frau reiste schon nach Frankreich, während ihr Ehemann im Koma lag? Was für eine Sorte Mensch war sie nur? »Nun, ich habe mit seiner Schwester gesprochen. Sie ist schon unterwegs.«

»Gut.«

»Aber ich bin mir sicher, dass Mr. Worth sehr davon profitieren würde, wenn er *Sie* sieht.«

»Selbstverständlich. Ich komme, so schnell es geht. Danke.«

»Gute Rückreise!«, sagte der Arzt noch und legte auf.

Cate starrte auf ihr Telefon. Sie war nicht einmal in der Lage, das Gespräch zu beenden.

Schließlich nahm Jérôme ihr das Smartphone ab und drückte auf Beenden. Dann warteten alle ab.

»Es ging um Graham«, erklärte sie unnötigerweise.

Céline und Adam schauten sie überrascht an. Offensichtlich hatten sie – ebenso wie Cate – mit anderen Nachrichten gerechnet.

Auch Jérôme war völlig perplex. »Deinen Mann?«

»Ja«, sagte Cate und sah ihn unsicher an. »Er macht Fortschritte.«

Beim Anblick seiner Miene stieg Verzweiflung in Cate auf. Aus seinen Augen sprach Verwirrung, Unglaube und Angst. Jérôme hatte ja geglaubt – so wie Cate es angedeutet hatte –, dass Graham tot war. Sie hatte nie damit gerechnet, dass er die Wahrheit auf diese Weise erfahren würde.

Cate war zu kraftlos, um tröstende oder erklärende Worte an ihn zu richten. »Ich muss mit dem nächsten Flugzeug zurück nach London«, sagte sie nur.

Alle hatten sichtlich Mühe, sich aus der Schockstarre zu

lösen. Erstaunlicherweise übernahm Jérôme nun das Kommando.

»Céline, kannst du zum Boot fahren und Cates Sachen packen? Adam, rufst du Benoît und Marie-Claude an und erklärst ihnen die Lage? Sie müssen sich um die Gästeliste für heute Abend kümmern und allen sagen, dass die Präsentation von *Le Placard d'Adélaïde* verschoben werden muss. Ich kümmere mich um die Flüge nach London.«

Céline und Adam taten, wie ihnen geheißen. Jérôme nahm Cate bei der Hand und führte sie hinaus. »Cate«, sagte er sanft zu ihr. »Ich weiß, das ist alles sehr schwer für dich, aber ich brauche eine Erklärung. Geht das?«

Cate nickte.

»Dein Mann lebt also.« Das war nicht als Frage formuliert, Jérôme erwartete nur eine Bestätigung.

Sie nickte.

»Lag er im Koma?«

Sie nickte wieder.

»Und du hast nicht damit gerechnet, dass er Fortschritte machen könnte?«

»Nein.« Tränen schossen ihr in die Augen. »Die Ärzte haben immer gesagt, dass er nie wieder …«

Jérômes mitfühlende Miene drohte sie um den Verstand zu bringen. Mein Gott, wie konnte er nur so großzügig reagieren, nachdem sie ihn so unglaublich enttäuscht hatte?

Er legte eine Hand auf ihr Knie. »Soll ich mit dir nach London fliegen?«

Cate sah ihn entsetzt an. »Hm, nein, ich denke nicht, dass …«

»Nicht als dein Geliebter«, sagte er. »Als guter Freund.«

Sehnlichst gern hätte sich Cate von Jérôme begleiten lassen. Am liebsten wäre sie mit ihm in die Höhle unter die Bettdecke geschlüpft und niemals wieder herausgekommen. Aber das ging nicht. Sie musste abreisen und ihren Ehemann besuchen. »Es tut mir leid, Jérôme. Ich werde das schaffen. Céline wird mich begleiten.«

Er nickte. »*Bien*. Aber dann lass mich wenigstens eure Flüge nach London organisieren. Kann ich dich kurz allein lassen?«

Nur der Gedanke daran, allein zu sein, war entsetzlich, doch Cate nickte tapfer, und Jérôme verschwand.

Dreißig Minuten später stand ein Taxi vor der Tür, um Cate und Céline zum Flughafen zu bringen. Cate nahm auf der Rückbank Platz, und Jérôme und Adam luden das Gepäck in den Kofferraum. Cate öffnete das Fenster, um sich zu verabschieden. »Danke, Jérôme. Das ist wirklich mehr als ein Freundschaftsdienst.«

Sie lehnte sich durchs Fenster und griff nach seiner Hand. Jérôme erwiderte den Händedruck. »Viel Glück!«

Cate sah ihm durch die Heckscheibe nach, bis er aus ihrem Blickfeld verschwand.

24. Kapitel

»Wenn Gott uns besucht,
sind wir meist nicht zu Hause.«
Französisches Sprichwort

Als Céline und Cate in Heathrow ankamen, erwartete sie bereits ein Wagen, der sie zum Krankenhaus bringen sollte. Cate bat jedoch darum, sie zunächst nach Fulham zu fahren. Zu Céline sagte sie, sie könne sich der Situation im Krankenhaus erst nach einer Dusche stellen. Dabei war ihr selbst durchaus bewusst, dass dies ein reines Verzögerungsmanöver war.

Céline war während der ganzen Reise für ihre Verhältnisse relativ schweigsam gewesen. Vermutlich dachte sie an die Fashion Week und daran, wie Cate – schon wieder – den Erfolg für ihr Label zerstört hatte. Vermutlich würden die Dinge für Céline ohne sie tatsächlich erheblich besser laufen. Vermutlich traf das für alle zu.

Cate nutzte Célines Schweigen, um ihre eigenen Gedanken und Gefühle zu ordnen. Graham machte also Fortschritte; das war etwas, was sie nie zuvor zu hoffen auch nur gewagt hätte. Es war ein Wunder. Dennoch schien sie sich auf ihr Glück irgendwie nicht einlassen zu können. Sie fürchtete sich vor dem, was sie im Krankenhaus erwartete. Graham würde nicht wach und ausgeruht in seinem Bett sitzen und allen von seinem kleinen Nickerchen erzählen. Er war ein Komapatient, der vermutlich einen bleibenden Gehirnschaden hatte; aber jetzt immerhin kleine Fortschritte machte.

Erst als sie vor ihrem Haus anhielten, fiel Cate wieder ein, dass Lulu da sein würde. Und nicht nur Lulu. Vermutlich würde eine Puffmutter sie empfangen und fünfzig Pfund pro Stunde dafür kassieren, ihr eigenes Schlafzimmer und Bad benutzen zu dürfen. Sie ging die Stufen zum Eingang hoch und steckte den Schlüssel ins Schloss. In Erwartung dessen, was hinter der Tür lauern könnte, nahm sie Haltung an.

Als sie den Flur betrat, wehte ihr der Geruch von frischer Farbe entgegen, und Cate sah sich verblüfft um. Alles war blitzblank geputzt. Vermutlich blanker als je zuvor. Zeitschriften lagen, wie in einem Musterhaus, einladend auf dem Couchtisch, und die Decken waren ordentlich zusammengerollt auf dem Sofa drapiert. In der Küche hingen neben dem Herd zwei frische, absolut fleckenlose Geschirrhandtücher, und ein Kochbuch lag aufgeschlagen auf einem schmiedeeisernen Buchständer, dessen Existenz Cate längst vergessen hatte. »Herr im Himmel …«

Von Lulu und ihrem Anhang war nichts zu sehen. Der einzige Hinweis darauf, dass das Haus bewohnt war, war ein Briefumschlag, der ihr jetzt auf dem Couchtisch ins Auge fiel. Cate ging neugierig näher, aber gerade als sie den Arm ausstreckte, riss Céline ihn an sich und ließ ihn in ihrer Manteltasche verschwinden.

»Céline, gib her!«

»Nein.« Céline drehte ihre Freundin herum und bugsierte sie in Richtung Badezimmer. »Du willst doch alles nur hinauszögern. Wir müssen jetzt weiter ins Krankenhaus. Ab unter die Dusche! Ich rufe uns gleich ein Taxi. Jetzt geh schon!«

Cate gehorchte ergeben. Dann stellte sie fest, dass ihr Schlafzimmer genauso aufgeräumt war wie der Rest des Hauses. Die Vorhänge schienen frisch gewaschen und bauschten sich vor den Fenstern, die Regale waren absolut staubfrei, und das Bett war perfekt gemacht, mit schräg über die Decke eingeschlagenem Laken, wie im Hotel. Genauso wie … in Jérômes Villa in Saint Marc! Die Erkenntnis traf Cate wie ein Schlag. Jérômes plötzlicher Aufbruch nach London!

Ihr Magen rebellierte. Sie musste sich aufs Bett setzen und einige Zeit den Kopf auf die Knie legen, bevor sie ihre Übelkeit wieder unter Kontrolle bekam. Dann, nachdem sie mehrfach tief durchgeatmet hatte, stand Cate auf und marschierte energisch ins Wohnzimmer. »Gib mir den Brief, Céline!«

Céline zögerte zunächst, doch dann rückte sie ihn, wenn auch widerwillig, heraus. Auf dem Umschlag stand tatsächlich der Name, auf dessen Klang – trotz allem – ihr Körper noch immer reagierte: Jérôme Brousseau.

Nach dem ersten vergeblichen Versuch, den verschlossenen Umschlag sorgfältig zu öffnen, riss Cate ihn auf und zog einen von Hand geschriebenen Brief hervor sowie einen ansehnlichen Scheck – beide trugen Lulus Unterschrift.

Jérôme,
hier ist das Geld, das ich noch schuldig bin. Die Schlüssel habe ich Marybelle geschickt. Bitte sende mir die Post an folgende Adresse nach:
c/o Martha Hendrix,
30, Armstrong Pde, Brixton.
Grüße,
Lulu

Cate las den Brief dreimal, aber er enthielt nicht die Antworten, die sie suchte. Wie hatte Lulu Jérôme kennengelernt? Wie hatte er sie dazu gebracht auszuziehen und alle Schulden zu begleichen? Und wie sollte sie selbst nun die Antworten auf all ihre Fragen finden? Jérôme würde bestimmt niemals wieder mit ihr reden. Vermutlich könnte sie Lulu im Haus ihrer Mutter antreffen, aber … Plötzlich fiel Cate wieder ein, mit welcher Vehemenz Céline den Brief an sich gerissen hatte. Sie musste etwas wissen.

Sie suchte Célines Blick und wartete.

»Was ist?«, fragte Céline, zündete sich eine Zigarette an und nahm einen langen Zug. »Ich habe ihm ja gesagt, dass es eine dumme Idee ist.«

Cate nahm Céline die Zigarette aus dem Mund – zuerst überlegte sie noch, selbst daran zu ziehen, doch dann entschied sie sich dagegen – und drückte sie in der Zierschale auf dem Kaminsims aus. »Was war eine dumme Idee?«

Céline seufzte schwer und blinzelte sehnsüchtig zu der ausgedrückten Zigarette. »Es war, etwa eine Woche nachdem die Polizei wegen Lulu angerufen hatte.« Sie machte eine abwertende Handbewegung, als ginge es um nichts. »Er hat mich um deine Adresse in London gebeten und wollte nachschauen, ob er etwas regeln konnte. Ich habe sie ihm gegeben, sonst wäre er leicht anders daran gekommen. Das ist alles, was ich weiß. Er wollte nur helfen, Cate! Ich konnte ja nicht ahnen, dass er vorhatte, hier gleich von Grund auf zu renovieren.«

Cate bedrängte sie weiter mit Fragen, aber Céline schien wirklich nicht mehr zu wissen. Es war ohnehin egal. Auch ohne weitere Antworten war offensichtlich, dass Jérôme für sie etwas Unglaubliches geleistet hatte. Es ließ den Schlag ins Gesicht, den sie ihm verpasst hatte, noch brutaler aussehen.

Aber nach allem, was sonst noch passiert war, fehlte ihr die Kraft, diese unverhoffte großzügige Tat zu verarbeiten. Cate musste ins Krankenhaus. Zu ihrem Ehemann.

Cate schnalzte im Aufzug die ganze Zeit mit der Zunge; sie hielt die Stille einfach nicht aus. Normalerweise trieb Célines unaufhörliches Plaudern sie in den Wahnsinn, aber nun hätte sie liebend gern irgendein Geräusch vernommen, um die Gedanken zu übertönen, die wie Flummis in ihrem Schädel herumhüpften.

Ich hätte ihn niemals alleinlassen dürfen; wie konnte ich das Jérôme antun? Edwina hatte recht; was bin ich eigentlich für eine Ehefrau? Ich habe Céline den Erfolg mit ihrem Label vermasselt.

Ein Gedanke jagte den nächsten und ließ keine Zeit für eine eingehendere Betrachtung oder Analyse. Doch während ihre konfusen Gedanken rasten, waren ihre Gefühle eindeutig. Sie fühlte Scham. Tiefe Scham.

Als die Lifttür sich mit einem Pling öffnete, ging Cate schnurstracks zu Grahams Krankenzimmer, von ihrer ungewöhnlich schweigsamen Freundin eskortiert. Auf dem Weg über den Korridor schaffte sie es zwar nicht, die behandelnden Ärzte mit Namen anzusprechen oder die Schwestern, die immer daran geglaubt hatten, dass Graham noch einmal aufwachen würde, kurz zu drücken, aber dank Céline, die sie fest am Arm hielt, gelangte sie ohne zusammenzubrechen bis vor Grahams Krankenzimmer. Dort schaute Cate, wie schon hunderte Male zuvor, durch die Scheibe. Es war, als wäre sie niemals fort gewesen. Grahams dichtes, zerzaustes Haar auf dem Kissen, sein Dreitagebart, sein Grübchen. Sein Erscheinungsbild zeigte nicht einen Hinweis auf irgendwelche Fortschritte. Er sah genauso aus wie immer. Als würde er schlafen.

Cate blieb wie angewurzelt stehen und starrte ihn an, bis Céline sie anstupste.

Edwina stand auf, als sie hereinkamen. »Cate!«

Sie wirkte weder verärgert noch aufgebracht, im Gegenteil, sie lächelte ihnen entgegen. Sie knickte ein Eselsohr in ihr Buch und griff nach ihrer Handtasche. »Komm, sprich mit ihm«, sagte sie mit einem Kopfnicken zu Graham. »Ich bin in der Cafeteria. Magst du mich begleiten, Céline?«

Cate gab Céline mit einem Nicken ihre Zustimmung, und die beiden Freundinnen drückten sich noch einmal herzlich. Sobald die beiden draußen waren, schlich Cate durchs Zimmer und setzte sich, wie früher, auf den unbequemen Plastikstuhl.

»Hallo, Graham«, flüsterte sie und lächelte ihn an. Sie griff nach seiner Hand und verschlang ihre Finger miteinander. Als er ihren Händedruck erwiderte, entfuhr Cate ein Schrei, bevor sie sich wieder unter Kontrolle bekam.

»Es tut mir leid«, sagte sie, als die Krankenschwester hereinhastete. »Ich … ich habe nur gerade …«

»Kein Problem«, beruhigte diese Cate mit einem verständnisvollen Blick. Sie überprüfte Monitore und die Infusionsflaschen, die hoch über ihm an der Halterung hingen. Dann klopfte sie Cate auf die Schulter. »Hier sieht alles gut aus. Ich lasse Sie allein, damit Sie sich alles erzählen können.«

Als sie gegangen war, betrachtete Cate ihren Ehemann. »Graham«, begann sie noch einmal, und ihr Herz raste. »Kannst du mich hören? Komm, drück meine Hand, wenn du mich hören kannst.«

Graham drückte tatsächlich ihre Hand, und Cate hielt sich die andere vor den Mund. Trotz der Ankündigung des Arztes hatte Cate nicht glauben können, dass es tatsächlich dazu kommen würde. Graham war bei sich. Das waren großartige, entsetzliche Neuigkeiten. Wenn er bei sich war, bedeutete das, dass dies die ganze Zeit so gewesen war.

Wieso hatte sie das nicht gespürt? Wieso war sie so sicher gewesen, dass seine Seele gegangen war? Sie hatte Edwina immer vorgeworfen, sich an jeglichen Strohhalm zu klammern und auf ein Wunder zu hoffen. Nun war klar, dass Edwina recht gehabt hatte. Und Cate hatte ihren Ehemann genau in der Zeit im Stich gelassen, in der er sie am meisten gebraucht hätte.

Als ihre Hände nicht mehr zitterten, löste Cate den Metallbügel an Grahams Bett und senkte den seitlichen Schutz. Mit all den Schläuchen und Drähten war es mehr als unangenehm, aber es gelang ihr schließlich, sich neben ihn zu legen und ihr Gesicht an seinen warmen Brustkorb zu schmiegen. Unter Mühen schob sie einen Arm hinter seinen Kopf, bis sie ihn schließlich umarmte. Dann drückte sie ihn an sich und umfing ihn innig. Binnen Sekunden hatten ihre Tränen Grahams Krankenhaushemd durchweicht.

»Graham«, schluchzte sie, »du bist da. Ich kann es nicht fassen, aber du bist da.« Selbst in diesem Stadium höchster Emotionalität war Cate gewahr, wie bizarr die Szene jemandem vorkommen würde, der unvorbereitet das Krankenzimmer betrat. Cate drückte sich eng an einen Komapatienten und heulte sich dabei an seiner Brust aus, umgeben von intravenösen Schläuchen. Aber es war ihr egal. Graham war ihr Ehemann. Verdammt noch mal, sie tat doch nur das, wonach sie sich so sehnte!

Etwa eine halbe Stunde später kam eine Krankenschwester und beendete die Umarmung. Cate glitt aus dem Bett, setzte sich auf einen Stuhl und griff wieder nach seiner Hand. »Ich muss nur seinen Blutdruck messen«, erklärte die Krankenschwester und zog die Manschette über seinen Oberarm. »Hat er gehustet?«

»Nein«, antwortete Cate, doch wie auf Bestellung erschütterte in dem Moment ein tiefes, rasselndes Geräusch Grahams Brustkorb. Das war kein normaler Husten, und es schien ihn auch nicht anzustrengen. Doch für Cate war es das eindeutigste Lebenszeichen, das sie seit einem Jahr an ihm wahrgenommen hatte.

»Was war das denn?«, fragte sie.

Die Krankenschwester hielt sich bedeckt. »Das ist ganz normal«, sagte sie und löste die Manschette. »Viele Komapatienten entwickeln ein Leiden im Brustkorb, wenn sich der Schleim in der Lunge festsetzt. Das kommt schon mal vor, wenn man ein ganzes Jahr nur im Liegen verbringt. Da muss man mit so einem Husten rechnen. Aber sagen Sie uns bitte Bescheid, wenn er keucht oder blutiges Sputum von sich gibt.«

»Ja, gut.« Cate wusste zwar nicht so recht, was Sputum war, aber sie war sich sicher, dass sie es wissen würde, sobald sie es sah. Als die Krankenschwester fertig war, packte sie ihre Sachen auf den Instrumentenwagen. »Ich lasse Sie nun eine Weile mit Ihrem Ehemann allein. Später kommt noch der Neurologe vorbei.« Dann trottete sie in ihren weißen Sportschuhen aus dem Krankenzimmer.

Sobald sie draußen war, kletterte Cate in Grahams Bett zurück. Dort blieb sie stundenlang liegen, drückte zufrieden seine Hand, spürte, wie seine Hand ihren Händedruck erwiderte … Bis der Neurologe kam und sich räusperte, um auf seine Anwesenheit aufmerksam zu machen. Cate hob den Kopf von Grahams Brust.

»Kommen Sie«, bat sie ihn herein und erkannte ihn sofort an seiner Drahtgestellbrille wieder. Es war derselbe Arzt, der ihnen noch vor zwölf Monaten den Rat gegeben hatte, die künstliche Ernährung zu beenden. Hinter ihm drängte sich ein halbes Dutzend Studenten. Cate schlüpfte aus dem Bett und setzte sich auf den Plastikstuhl.

»Wie geht es Ihnen, Mrs. Worth?«

»Mir? Oh, ja, mir geht es gut. Wie geht es Graham?«

»Also, ich schaue ihn mir jetzt noch mal genau an, ja?« Der Arzt leuchtete Graham mit einer Taschenlampe in die Augen, die zwar geöffnet waren, aber ins Leere starrten. Er richtete die Taschenlampe abwechselnd für ein paar Sekunden auf das eine, dann auf das andere Auge, während die Studenten hinter ihm auf Zehenspitzen standen und ihm dabei zusahen. »Seine Pupillen sehen gut aus. Ganz normale Reaktion auf Helligkeit.«

Cate atmete langsam aus. Ihr war gar nicht bewusst, dass sie die Luft angehalten hatte. »Gut. Das ist … gut, oder?«

Der Arzt nickte und zückte einen Gegenstand, der wie ein metallener Zahnstocher mit einem kleinen Stein auf der Spitze aussah, und begann, damit auf Grahams Ellbogen, Unterarm und Handgelenk zu klopfen. Auf die meisten Berührungen führte der Körper eine kleine Ausweichbewegung aus.

»Anscheinend kann er auch darauf reagieren.« Der Arzt steckte das Instrument in seine Tasche zurück. »Das ist ebenfalls ein gutes Zeichen.«

»Das ist schön«, sagte Cate und sah den Mediziner voller Hoffnung an. »Aber was bedeutet das alles?«

»Mrs. Worth, es tut mir leid, aber es ist noch zu früh für eine Prognose. Ihr Mann macht Fortschritte. Aber wie weit seine Fortschritte gehen werden, also, da müssen wir …«

»… abwarten und sehen, was kommt«, sagte Cate und seufzte.

»Es tut mir leid, Mrs. Worth. Ich spreche nur noch kurz

mit meinen Studenten. Warum gönnen Sie sich nicht eine kleine Pause und holen sich einen Kaffee? Es ist wichtig, dass Ihr Ehemann Ruhe findet.«

Cate nickte und begann ihre Sachen zusammenzupacken; nun spürte sie erste Anzeichen von Kopfschmerzen. Es war nicht zu fassen, dass sie am Morgen noch im Laden die Kisten für den Transport nach Paris gepackt und die letzten Vorbereitungen für den Launch von *Le Placard d'Adélaïde* getroffen hatte.

Und es war doch erst letzte Nacht gewesen, dass Jérôme ihr seine Liebe gestanden hatte. Nun schien all das Ewigkeiten her. Noch vor ein paar Minuten, als sie an Grahams Brust lag und spürte, wie sich ihr Kopf im Takt seines Atems hob und senkte, war alles – alles, was mit Frankreich zu tun hatte – so weit weg, als hätte es niemals existiert.

Sie traf Céline und Edwina beim Kaffeeautomaten. »Der Neurologe ist gerade bei ihm«, sagte sie, als die beiden sie erwartungsvoll ansahen.

»Bist du in Ordnung?« Céline stand auf. »Brauchst du irgendetwas? Ein Sandwich?«

»Nein, mir geht es gut, Céline. Du kannst fahren, es ist längst Abendessenzeit. Der Kühlschrank zu Hause ist vermutlich leer. Warum gehst du nicht ein bisschen bei Waitrose einkaufen?«

Nichts war Cate im Moment weniger wichtig als irgendwelche Lebensmittel, doch sie wusste, dass Céline bleiben würde, wenn sie ihr keinen Auftrag erteilte. Cate küsste ihre Freundin zum Abschied auf beide Wangen, dann setzte sie sich neben Edwina.

»Also …«, sagte Cate nach längerem Schweigen.

Edwina lehnte den Kopf an die Wand hinter sich, dann wandte sie sich Cate zu. »Also?«

»Wolltest du mir nicht sagen, dass du es schon immer gewusst hast?«, sagte Cate.

Edwina sprangen fast die Augen aus dem Gesicht, doch dann lachte sie schallend los. Und damit war die Spannung weg. Zum ersten Mal seit einem Jahr konnte sich Cate wieder daran erinnern, dass sie und Edwina früher oft zusammen gelacht und Scherze gemacht hatten, oft sogar auf Kosten von Graham. Aber das letzte Jahr hatte bei beiden ihre düsteren Seiten zum Vorschein gebracht. Endlich konnten sie wieder Licht sehen.

»Hat er deine Hand gedrückt?«, fragte Edwina.

»Ja. Das ist unglaublich, oder?«

Edwina sagte nicht, dass sie es schon immer gewusst habe. Nicht einmal im Scherz. Sie schien jetzt einfach nur glücklich darüber zu sein, dass ihr Bruder Fortschritte machte. Und zum ersten Mal seit einem Jahr konnte Cate bei Edwina, die sich die ganze Zeit so hartnäckig und entschieden gezeigt hatte, endlich wieder deren positive Seiten erkennen. Sollte sie selbst jemals ins Koma fallen, dachte Cate, dann wünschte sie sich eine Freundin wie Ed.

Als ihre Schwägerin nach Hause ging, wollte Cate Graham noch nicht allein lassen. Sie schaffte es sogar, die Krankenschwestern davon zu überzeugen, sie dort übernachten zu lassen, obwohl das eigentlich gegen die Regeln verstieß. Gegen zehn Uhr schoben sie ein zusätzliches Bett hinein, das frisch mit Laken und Decken bezogen war, die noch die Wärme vom Wäschetrockner ausströmten. Edith, die Krankenschwester, die Graham zuvor den Blutdruck gemessen hatte, verabschiedete sich augenzwinkernd. »Schlafen Sie gut, meine Liebe!«

»Danke!«, sagte Cate, die kaum Luft bekam, weil sie so dick eingepackt in dem Krankenbett lag. Als die Tür zufiel, schälte Cate sich unter der Bettdecke hervor und kletterte in Grahams wärmende Arme. Sie fühlten sich noch immer recht ungelenk an, doch sie zeugten schon ein wenig mehr von der neu gewonnenen Lebendigkeit. Bevor sie einschlief, drückte sie Graham noch ein letztes Mal die Hand.

Cate schlief tief und fest in seinen Armen bis zum nächsten Morgen.

25. Kapitel

»Man muss den Tod herbeigewünscht haben,
damit man das Leben zu schätzen weiß.«
Alexandre Dumas

Am frühen Morgen schlich sich Cate aus dem Krankenhaus. Sie brauchte Raum, um ihre Gedanken zu ordnen, die nun nach dem glückseligen Schlummer mit aller Macht wieder auf sie einhämmerten.

Es hatte sich keineswegs seltsam angefühlt, in den Armen ihres Mannes aufzuwachen. Für den Bruchteil einer Sekunde hatte sie sogar vergessen, wo sie sich befand. Das enge Bett und die Auf-und-ab-Bewegung von Grahams Brustkorb erinnerten Cate an das schaukelnde Boot. Es kam ihr erst merkwürdig vor, als sie begriff, dass sie in England war. Bei ihrem Ehemann.

Wie nicht anders erwartet, verspürte sie Schuldgefühle. Aber sie fühlte sich nicht etwa schuldig, weil sie ihren Ehemann betrogen hatte, während dieser reglos im Koma lag, auch nicht, weil sie die medizinischen Apparate abstellen lassen wollte oder gar weil sie Grahams Leben gegen dessen Willen verlängert hatte. Es war unglaublich, aber Cate hatte aus einem ganz anderen Grund Schuldgefühle. Sie verspürte Schuld, weil sie Jérôme verlassen hatte.

Als Cate nach Hause kam, lag Céline in ihrem Bett und hatte zum Schlafen eine mattrosafarbene Augenmaske mit aufgemalten langen Wimpern angelegt. Sie betrat leise das Schlafzimmer und versuchte Céline nicht zu stören, während sie ihr Gepäck durchwühlte, doch das Rascheln weckte sie.

»Cate?«

Céline saß kerzengerade im Bett und suchte im Dunkeln nach dem Lampenschalter.

»Ja, ich bin's.« Cate ging ans Bett und nahm ihr die Augenmaske ab.

»Ah, bien«, sagte Céline blinzelnd. »Alles in Ordnung mit dir? Du musst mir sofort alles erzählen.« Sie warf die Decke zurück und sprang aus dem Bett. »Ich hole mal Bagels und Kaffee.« Und schon war sie weg.

Cate nutzte die Gelegenheit und stellte sich erst einmal so lange unter die Dusche, wie sie stehen konnte. Also eine gute Viertelstunde. Als Céline zurückkam, saß sie in ihrem bequemsten T-Shirt und einer Sporthose auf der Couch, und das nasse Haar tropfte auf das Polster.

»Und?« Céline füllte die beiden Lattes in hohe Becher um. »Wie geht es dir?«

»Absolut mies.« Cate nahm den Kaffee entgegen. »Ich habe das Gefühl, als würde ich Jérôme mit Graham betrügen. Ist das nicht durchgeknallt?«

»Ja«, sagte Céline ohne weitere Wertung. Cate fiel erst jetzt auf, dass Céline ein T-Shirt mit dem Aufdruck FRANKIE SAY RELAX über ihrer roten Unterwäsche trug, dazu türkisfarbene Stiletto-Pumps von Jimmy Choo. Offensichtlich war sie in diesem Aufzug zum Bäcker gegangen.

»Ich muss dringend telefonieren!«, sagte Cate und durchwühlte ihre Handtasche. Als sie endlich ihr Smartphone fand, stellte sie fest, dass der Akku leer war. Céline reichte ihr ihr eigenes Handy.

»Danke.« Cate rechnete Céline hoch an, dass sie keine weiteren Fragen stellte und im Badezimmer verschwand.

Cate musste nun den Anruf tätigen, vor dem ihr so sehr graute.

Sie legte sich auf die Couch und versuchte die Gedanken, die ihr durch den Kopf gingen, zu entwirren, aber Jérôme hatte recht, sie litt tatsächlich unter einer gewissen Kleingeistigkeit. Als sie seine Nummer wählte, war sie erstaunt, wie schnell Jérôme dranging.

»Céline?«

Cate brauchte einen Moment, ehe sie reagieren konnte. »Ah, nein. Ich bin's, Cate.«

Nun folgte eine lange Pause. Sie stellte sich vor, wie er draußen im Garten malte oder gerade noch im Bett lag. Die Vorstellung zerriss ihr das Herz.

»Cate, alles in Ordnung bei dir?«

»Hm, ja … Alles in Ordnung. Wie geht es dir?«

»Mir geht es gut.« Er klang höflich, aber distanziert. »Wie geht es Graham?«

Dass er nun auch noch Grahams Namen aussprach, war zu viel. Wie konnte er ihren Ehemann beim Namen nennen – geschweige denn, sich nach seinem Gesundheitszustand erkundigen –, nach allem, was zwischen ihnen geschehen war? Dabei galt Jérômes Ärger selbstverständlich nicht Graham, sondern ihr.

»Es geht ihm … gut. Danke, dass du nachfragst.«

Jérôme schwieg.

»Es tut mir leid, dass ich dich belogen habe, Jérôme«, legte sie schließlich los. »Das war nicht richtig von mir und dir gegenüber absolut unfair. Ich weiß, es ist eine erbärmliche Entschuldigung, aber als ich dich kennenlernte, sah ich keinen Grund, dir in allen Einzelheiten von Graham zu erzählen. Ich war ja nur für kurze Zeit in Frankreich, und ich hatte gehofft, all meine Probleme in London hinter mir zu lassen, zumindest für eine Weile. Ich hatte nicht damit gerechnet, dass die Sache mit uns beiden ernst werden würde.« Sie unterbrach ihren Redestrom, um Luft zu holen. »Und ich habe wirklich nicht damit gerechnet, dass Graham Fortschritte macht. Aber beides ist eingetreten. Du hast etwas Besseres verdient, als belogen zu werden, Jérôme. Du hast jemand Besseres als mich verdient.«

Als sie fertig war, vernahm Cate nur noch ihren eigenen Atem und ihr pochendes Herz. Sie fragte sich, ob Jérôme noch am Telefon war.

»Danke für deine Erklärung«, sagte er schließlich nach einer langen Pause. »Ich wünsche dir viel Glück.«

Dies war zwar eine absolut akzeptable, großzügige Reaktion auf ihre Entschuldigung, doch Cate wurde wütend. Trotz allem, was nun mit Graham passierte, hatte Cate insgeheim gehofft, dass Jérôme um sie kämpfen würde. Es war idiotisch und irrational, aber genau das entsprach ihrer wahren Gefühlslage. »Ist das alles, was du zu sagen hast?«, schob sie hinterher. »Du bist doch Franzose! Wo ist denn die ganze Leidenschaft geblieben, von der ich so viel gehört habe? Du solltest mich anschreien und mich wüst beschimpfen. Mir etwas an den Kopf werfen …«

»Wir sind am Telefon …«

»Das ist mir egal! Mann, du behandelst die ganze Sache wie ein Engländer! Stolz, höflich und würdevoll. Das ist doch nicht die französische Art! Du hast mir doch gesagt, dass …«

»Willst du mir gerade beibringen, wie man ein richtiger Franzose ist?«

»Nun, es sieht fast so aus, als hättest du es vergessen …«

Cate hörte, wie er tief Luft holte.

»Vielleicht ist ja etwas von deiner britischen Art an mir hängen geblieben.«

»Es tut mir leid, Jérôme«, flüsterte sie. »Es tut mir so leid.«

Cate hörte, wie er noch einmal die Luft einsog.

»Adieu, Cate.«

»Adieu, Jérôme.«

Die kommenden Wochen lagen wie unter einem Schleier, und ehe Cate sichs versah, war es Oktober. Tagsüber trainierte sie mit Graham, um seine verkümmerten Muskeln zu stärken. Spätabends im Krankenhaus surfte Cate im Internet und suchte Informationen über andere Fälle von Patienten, die aus einem Langzeitkoma erwacht waren, und zuweilen spielte sie auch mit Edwina Karten am Krankenbett.

Graham machte langsam weitere Fortschritte. Wenn er wach war, richtete sich sein Blick auf die Person, die ihn ansprach, und als Reaktion auf Fragen blinzelte er oder übte mit seiner Hand einen Druck aus. Nachts, wenn Cate zu ihm ins Bett schlüpfte, konnte er sogar die Arme um sie legen, und selbst wenn er Cate natürlich nicht sehr fest umschlang, so wurden sie doch Tag für Tag kräftiger. Wie die Krankenschwester vorhergesagt hatte, entwickelte er einen heftigen Husten. Doch merkwürdigerweise fand Cate es ermutigend, es in seinem Brustkorb rasseln zu hören, es war immer noch das stärkste Lebenszeichen, das sie seit dem Unfall je an ihm wahrgenommen hatte.

Saint Marc hingegen schien so weit weg wie noch nie. Sie konnte es kaum glauben, dass, während sie im Krankenhaus saß und einen Grisham-Thriller las, die Welt in Südfrankreich einfach ohne sie weiterging: Das *Jumelles* war nach wie vor geöffnet, Marie-Claude traktierte wie üblich die Gäste, Jérôme malte, fotografierte und ging an den

Strand. An *Le Placard d'Adélaïde* dachte Cate nur selten, und wenn, dann vor allem, um darüber zu staunen, als was für eine wunderbare Freundin Céline sich erwiesen hatte: Sie hatte schließlich alles stehen und liegen gelassen, um ihr in London beizustehen. Aber meistens verdrängte sie ihre Gedanken an den dort verbrachten Sommer und versuchte sich vorzumachen, alles wäre nie passiert.

Cate saß an Grahams Seite und war gerade auf der vorletzten Seite des Buches angelangt, als er plötzlich von einem besonders heftigen Hustenanfall geschüttelt wurde. Sie legte das Buch beiseite und beugte Graham so nach vorne, wie die Krankenschwester es ihr gezeigt hatte. Diesmal kam bei dem Husten etwas heraus: Es war rötlichgrün und sah schlimm aus. Als der Husten nachließ, bettete Cate Graham wieder auf den Rücken und klingelte nach der Schwester.

Die junge Krankenschwester lächelte sie beim Hereinkommen an. »Alles in Ordnung?«

Cate hatte sie noch nie zuvor gesehen. »Hm, ja, aber Schwester Edith hat mich gebeten, Bescheid zu geben, wenn Graham beim Husten … Sputum von sich gibt.« Cate deutete zum Beweis auf Grahams Krankenhaushemd. »Ist das Sputum?«

»Ich verstehe«, sagte die Schwester und trat ans Bett, um den Auswurf aus der Nähe zu betrachten. »Ja, das ist es.« Sie sterilisierte ein Instrument, mit dem sie an Grahams Stirn die Temperatur maß. »Hat er beim Atmen Geräusche von sich gegeben?«

»Ich … Ich weiß nicht«, sagte Cate.

»Machen Sie sich keine Sorgen«, sagte die junge Frau und lächelte wieder. »Ich denke, es geht ihm gut. Ein paar Probleme beim Atmen sind ganz normal. Ich rufe den Arzt, aber nur um sicherzugehen.«

Cate machte sich tatsächlich keine Sorgen. Je mehr Ärzte und Spezialisten Graham untersuchten, umso besser, dachte sie inzwischen. Seit Cates Rückkehr gaben sich an Grahams Krankenzimmer die Neurologen – normalerweise mit einem Gefolge von einem halben Dutzend Studenten – ebenso wie Physiotherapeuten und Chirurgen die Klinke in die Hand. Cate meinte, je mehr Leute Graham untersuchten, umso größer wären seine Chancen auf weitere Fortschritte. Als die Krankenschwester gegangen war, wollte Cate gerade wieder ihr Buch zur Hand nehmen, als sie bemerkte, dass Graham sie beobachtete. Sie beugte sich nah zu ihm.

»Hallo, Liebling. Wie geht es dir?« Sie drückte ihm beruhigend die Hand. »Gleich kommt ein Arzt und hört sich mal deinen Husten an.«

Er erwiderte den Händedruck.

»Du hast da ziemlich dicke Brocken in deiner Lunge, aber die holen sie gleich raus, keine Sorge!«

Sie zwinkerte ihm aufmunternd zu, da bemerkte sie durch die halb geschlossenen Lider, dass sich Grahams Lippen bewegten. Langsam aber deutlich verzogen sich die Mundwinkel zu einem Halbmond, zu einer Art Lächeln, das aber nicht die Augen erfasste. Es sah nach einer gewaltigen Anstrengung aus.

Cate wollte gerade nach der Schwester klingeln, als er sich mit der Zunge über die Lippen fuhr und den Mund öffnete.

26. Kapitel

»Wer sich verausgabt, wird reich.«
Sarah Bernhardt

»Cate …«

Grahams Stimme hörte sich rau an, wie ein Reibeisen, und es klang eher nach »Tate«, doch Cate war hin und weg. Seit mehr als einem Jahr hatte sie seine Stimme nicht mehr vernommen. Nun sehnte sie sich nur noch danach, dass er noch einmal ihren Namen sagte.

»Graham?« Sie beugte sich so nah über ihn, dass sich ihre Gesichter fast berührten. »Mein Gott, wie geht es dir? Kannst du dich an irgendetwas erinnern? Hast du uns reden hören, während du im Koma gewesen bist?«

Als sie das Wort »uns« aussprach, fühlte sie wieder Schuldgefühle und fürchtete sich vor seiner Antwort. Würde er ihr Fragen stellen? Warum sie ihn nicht besucht hatte? Cate durchforstete ihr Gehirn nach einer annehmbaren Erklärung, aber sie wusste sehr wohl, dass es keine gab.

Anscheinend versuchte er, ihr zu antworten, aber er brachte nur ein unzusammenhängendes Krächzen hervor. Nach mehreren heiseren Atemzügen begann er zu keuchen und nach Luft zu japsen.

»Bitte, sag nichts mehr, Liebling.« Cate drückte mehrfach die Schwesternklingel. »Warte, bis jemand kommt.«

Gerade als sie noch einmal auf die Klingel drückte, kam die Krankenschwester hereingestürmt.

»Was ist los?« Sie stürmte an Cate vorbei und nahm Grahams Handgelenk, um seinen Puls zu fühlen.

»Graham hat gerade meinen Namen gesagt, und dann hat er zu husten angefangen und noch mehr merkwürdigen Geräusche von sich gegeben, so als säße eine Klapperschlange in seiner Brust.« Cate sprudelte ohne Atem zu holen ihre Beobachtungen hervor. Danach schaute sie erwartungsvoll die Krankenschwester an.

Die junge Frau sah auf ihre Armbanduhr, während sie den Puls fühlte. »Er hat gesprochen? Ihren Namen gesagt?«

Cate nickte und sah zu Graham hinunter. Nun waren seine Augen geschlossen, und er lag ruhig da, mit einem friedlichen Gesichtsausdruck. Cate hielt den Atem an.

»Er schläft«, stellte die Krankenschwester fest und legte seine Hand aufs Bett zurück. »Machen Sie sich keine Sorgen. Sein Puls ist in Ordnung. Aber dass er spricht, ist eine großartige Nachricht! Das ist wirklich ein erstaunlicher Fortschritt.«

»Aber was hat dieser Husten zu bedeuten? Dieses Keuchen? Dieses Rasseln in der Brust?«

»Ich rufe den Arzt, damit er sich Ihren Mann noch einmal ansieht.« Sie kritzelte etwas auf Grahams Patiententafel. »Er hat leichte Temperatur, vielleicht benötigt er eine Antibiose.«

Cate merkte, wie sich ihre Stirn in Falten legte, und die Krankenschwester umfasste ihre Schultern.

»Mrs. Worth, setzen Sie sich, und ich bringe Ihnen eine schöne Tasse Tee, ja? Wir können hier schließlich keine weitere Patientin gebrauchen, nicht wahr?«

Die Schwester hatte recht. Cate hatte das Gefühl, dass ihr gleich der Boden unter den Füßen weggezogen würde, wenn sie sich nicht sofort setzte. Sie sackte auf dem Stuhl zusammen, erleichtert darüber, dass Edwina nicht da war und sie nicht deren unverwüstlichem Enthusiasmus ausgesetzt war. Sie schämte sich zwar ein wenig, aber sie musste sich eingestehen, dass ihre Begeisterung über Grahams Fortschritte allmählich zu schwinden begann. Ihr dämmerte, dass ein überaus steiniger Weg vor ihnen lag. Ein kleiner, schändlicher Teil in ihr grollte. Sie hatte nun schon ein Jahr der Hölle hinter sich. Ein Jahr, das ein leibhaftiger Alptraum gewesen war, ein Jahr der Finsternis. Und just in dem Moment, in dem sie selbst sich endlich wieder lebendig fühlte, als sie endlich ihren Frieden mit der Entscheidung gemacht hatte, Graham gehen zu lassen und wieder ihr eigenes Leben zu führen, wachte er auf. Sie hatte keine Ahnung, wie viel von diesem emotionalen Schleudertrauma sie noch verkraften würde.

Es verstrichen mehrere Tage, in denen Graham schwieg, doch dann begann er wieder zu sprechen. Sprechen war natürlich hochgegriffen, aber er wachte tatsächlich alle paar Stunden auf und gab ein paar Worte von sich. Anfangs war es nichts besonders Ergreifendes, es kamen nur belanglose Worte wie »Wasser« oder »Buch« oder »Stuhl«. Graham schlief viel, und wenn er wach war, war er oft verwirrt oder ruhelos, aber schließlich hatte er ein Jahr im Koma gelegen!

Nachdem die Ärzte Graham eine Sauerstoffmaske angelegt hatten, um ihm die Atmung zu erleichtern, sprach er nicht mehr so viel. Aber es schien ihm zu gefallen, wenn Cate ihm etwas erzählte. Er hielt die Augen konzentriert auf sie gerichtet, und zuweilen hob er die Augenbrauen oder kniff die Augen zusammen, so als würde er lachen. Er konnte länger wach bleiben, wenn er nicht zu sprechen versuchte, und selbst wenn er keine Antworten gab, ging es

Cate besser, wenn sie diese einseitigen Gespräche fortsetzte.

Während einer seiner kurzen Wachphasen erzählte Cate ihm von *Le Placard d'Adélaïde*. Seinem Gesichtsausdruck konnte sie entnehmen, dass er erstaunt war, dass sie sich mit Mode beschäftigte, aber von der Geschäftsidee wirkte er beeindruckt.

»Céline ist wirklich eine außergewöhnliche Geschäftspartnerin«, sagte Cate. »Ihre Entwürfe sind einfach genial, und ich bin überrascht, dass sie auch noch eine so erstaunlich gewiefte Geschäftsfrau ist. Aber sie hat ziemliche Chefinnenallüren. Du hättest sehen sollen, wie sie uns herumgescheucht hat, als wir versucht haben, für die Markteinführung des Labels ...«

Cate verspürte den Anflug von Schuldgefühlen, wenn sie das Wort »wir« verwendete, denn sie erinnerte sich sehr wohl daran, wer »wir« tatsächlich war. Dann kam sie schnell auf die verhängnisvolle Sache mit den Bewerbungsunterlagen zu sprechen, doch gerade dieser Vorfall erinnerte sie schon wieder an Jérôme. Alles erinnerte sie an ihn. Sie stellte fest, wie sie schon wieder ihre Gefühle in den schwarzen Teil ihrer Seele verbannte, den Teil, von dem sie gedacht hatte, ihn nie wieder in Anspruch nehmen zu müssen, wenn Graham aufwachte.

Graham sah erschöpft aus. Er hatte dunkle Augenringe, und sein Husten schien immer schlimmer zu werden.

»Ist alles in Ordnung mit dir, Graham?«, fragte sie, als er bei einem Anfall dicken, grünflüssigen Auswurf aushustete.

Er nickte langsam und schloss die Augen. Er leckte sich über die Lippen. Inzwischen wusste Cate, dass dies bedeutete, er würde etwas sagen.

»Kannst ... du ... blei...ben?«

»Natürlich.«

Cate nahm seine Hand. Sie hielt sie stundenlang, bis er einschlief. Dann setzte sie sich in den Sessel in der Ecke des Krankenzimmers. Als sie wieder aufwachte, war es schon Nacht, und die Lichter waren erloschen. In der Dunkelheit vernahm sie Grahams Stimme.

»Cate«, keuchte er und versuchte Luft zu bekommen.

»Ja?« Sie hatte nur leicht gedöst, und seine Stimme hatte sie aus dem Schlummer gerissen. Schläfrig richtete sie sich auf und ging zu ihm ans Bett. »Ich bin da.«

Er hustete noch einmal, aber diesmal hörte es sich eher wie ein Räuspern an. »Geh ... nach ... Hau...se.«

Cate rieb sich den Schlaf aus den Augen und sah auf ihre Armbanduhr. Es war spät. Wann war es eigentlich Oktober geworden? »Ich habe gedacht, du möchtest, dass ich bleibe.«

Er versuchte, ihre Hand zu drücken. »Mor...gens.«

»Gut.« Cate nahm ihre Handtasche vom Stuhl. Sie beugte sich über Graham, um ihn auf die Stirn zu küssen, aber er hob ein wenig das Kinn, so dass ihr Mund die Sauerstoffmaske berührte. Sie hob sie an und küsste ihn auf den Mund. Der Kuss dauerte nur ein paar Sekunden, doch in diesen wenigen Sekunden war Cates Herz erfüllt.

»Ich ...«, er musste mehrmals heiser atmen, bis er weitersprechen konnte. »... lie...be ... dich.«

Sofort schossen ihr Tränen in die Augen. »Ich liebe dich auch, mein Schatz.«

Draußen vor dem Krankenhaus hielt Cate ein Taxi an. Sie hatte keine Lust, so spät noch die U-Bahn zu nehmen.

Zu Hause lungerte Céline auf der Couch und sah sich die DVD von *Freundinnen* an. Sie hatten den Film oft zusammen gesehen, und Céline sang voller Inbrunst den

Song »The Glory of Love« mit und ahmte die Bewegungen der jungen Bette Middler nach.

»*You've got to win a little, lose a little. And always have the blues a little*«, trällerte sie und schwang sich eine imaginäre Federboa um.

»Céline?«

»*Mon dieu!*« Céline fuhr zu ihr herum. »Hast du mich erschreckt!«

»Sorry.« Cate hob die Hände zu einer gespielten Entschuldigung. »Ich komme immerhin in mein eigenes Haus …«

Céline winkte Cate heran und reichte ihr eine leere Weinflasche.

»Oh, danke!«, sagte Cate sarkastisch. »Was soll ich damit anfangen?«

Céline bedachte sie mit einem Blick, als wäre sie eine Idiotin. »Was hast du denn gedacht? Ins Mikro singen!«

Sie starteten den Film neu, und in den nächsten zwei Stunden gelang Céline in dem kleinen Londoner Wohnzimmer das Unmögliche: Cate ein wenig Glück zu bescheren.

»Ach, ich singe so gern!«, seufzte Céline beim Abspann.

»Es reinigt einfach die Seele«, pflichtete Cate bei und genoss das wohlig-warme Gefühl der Erschöpfung, das sie durchströmte. Als der Bildschirm schwarz wurde, fragte Céline: »Also, wie ging es Graham heute?«

»Gut.« Cate zog die Knie an die Brust. »Er hat sogar ein paar Worte gesagt. Er schien mich zu erkennen und auch zu verstehen, was ich gesagt habe.« Sie seufzte. »Es war ein guter Tag. Aber jetzt bin ich fix und fertig. Ich brauche dringend Schlaf.«

Auch Céline schien diese Absicht zu teilen, und beide machten sich zum Zubettgehen fertig. An ihrem Kleiderschank hielt Cate inne und betrachtete ihre Unterwäschesammlung. Als sie bemerkte, dass eine feine Staubschicht die BHs im Regal bedeckte, pustete sie darüber, womit sie allerdings den Staub im gesamten Kleiderschrank aufwirbelte. Eines Tages würde sie mit dem Staubwedel wiederkommen und dafür sorgen, dass auch das letzte Staubmolekül verschwand, aber nicht jetzt. Cate zog ein noch ungetragenes marineblaues Nachthemd von Silkstorm mit passenden French Pants hervor und schlüpfte hinein: Zum ersten Mal seit einem Jahr entschied sie sich, zum Schlafen etwas anderes als irgendein langes T-Shirt oder einen Flanellschlafanzug zu tragen.

Céline beobachtete sie nervös. »Willst du mich etwa verführen?«

»Vielleicht«, erwiderte Cate im Scherz. »Ihr Französinnen macht das doch ständig, oder sagt ihr das nur, um notgeile britische Männer zu vergraulen?«

Céline starrte sie an, als hätte sie eine Irre vor sich. »Ich schlafe wohl besser auf der Couch.« Sie nahm sich ein Kopfkissen und verschwand im Wohnzimmer.

Als Cate aufwachte, weckte Céline gerade ganz South West London mit dem Soundtrack von *Fame.* Mitten im Lied jedoch wurde sie vom schrillen Klingelton des Festnetzanschlusses gestört, und Cate hörte, wie Céline genervt ans Telefon ging.

»*Allô?*«

Cate schob die Decke zurück. Sie schlappte ins Wohnzimmer und rieb sich den Schlaf aus den Augen.

»*Oui,* hm, ja, sorry. Ja, das ist der Anschluss von Cate Worth. Ja, sie kommt gleich ans Telefon. Einen Moment.« Céline reichte Cate den Hörer und verdeckte die Muschel. »Ein Anruf für dich. Irgend so ein Arzt vom London Hospital.«

»Oh!« Cate hielt sich den Hörer ans Ohr. »*Hello?*«

»Mrs. Worth, hier spricht Dr. Lynch. Ich habe schlechte Nachrichten für Sie.«

Cates Mund wurde trocken.

»Es tut mir leid, Ihr Mann Graham ist heute Nacht ver…«

Noch bevor er den Satz beendete, brach Cate zusammen.

27. Kapitel

»Auf den Flügeln der Zeit fliegt die Traurigkeit dahin.«
Jean de La Fontaine

Das Jahr ging zu Ende. Mit dem einzigen Unterschied, dass Graham nun tatsächlich tot war.

Freunde und Bekannte riefen an und kamen ins Haus, doch Cate blieb im Bett. Blumenspenden trafen ein, Vorbereitungen wurden getroffen. Céline kümmerte sich um alles. Cate bekam am Rande mit, dass auch ihre Mutter jeden Tag kam, um mit den Besuchern zu sprechen und das Haus sauber zu halten, doch Céline hielt die Stellung. Céline war ihre Familie.

Trotz all des Leids im vergangenen Jahr war Cate auf den Schmerz, den Grahams Tod ihr verursachte, nicht vorbereitet. Wenn ihre Schuldgefühle ein Feuer gewesen waren, dann war dies nun ein wütender, außer Kontrolle geratener Steppenbrand. Mit verheerender Wirkung. Allein die Erinnerung an ihr markerschütterndes Heulen, das durch das ganze Haus gellte, als sie die Nachricht erhalten hatte und auf dem Boden zusammengebrochen war, reichte, um sie restlos zu zerstören. Ein ursprüngliches und animalisches Heulen, wie von einem Tierjungen, das in eine Stahlfalle getappt war. Es war kaum zu glauben, dass ein Mensch überhaupt solche Laute von sich geben konnte. Dass sie selbst solche Laute hervorbringen konnte.

Céline, die bei ihr gewesen war, hatte sich machtlos gefühlt, als ihr Schreien nicht aufhörte, sondern immer lauter und mit jedem Atemzug immer wilder wurde.

Schließlich hielt Céline Cate auf ihrem Schoß. Als der Arzt kam, um Cate ein Beruhigungsmittel zu verabreichen, war sie bereits schläfrig, doch dann bahnte sich das Medikament seinen Weg in ihren Körper, und sie spürte, wie sie in eine selige Dunkelheit entschwebte, es schließlich ganz schwarz um sie wurde und sie in den Armen ihrer besten Freundin einschlief.

Beim Begräbnis war Cate nur körperlich präsent, nicht geistig. Eric und Véronique waren gekommen, ebenso wie Benoît und Adélaïde und auch Andrew und sogar Sofie. Später wünschte Cate, sie hätte im Gottesdienst eine Ansprache gehalten, aber zu dem Zeitpunkt war sie nur froh, diese Aufgabe an ihre Schwägerin delegieren zu können. Céline hatte für sie einen schwarzen Pillbox-Hut mit Schleier entworfen, der, mit etwas Abstand betrachtet, vielleicht etwas übertrieben war, doch Cate war es in dem Moment egal. Sie hätte ebenso gut einen Tetrapack getragen, wenn ihr jemand den auf den Kopf gesetzt hätte. Beim Leichenschmaus machte sie höflich Konversation mit Trauergästen, die sie mehr oder weniger kannte, und verspeiste mit Gurken belegte Sandwiches, und bevor es ihr richtig bewusst wurde, war alles vorüber, und sie lag wieder im Bett.

Der hartnäckige Regen war ihr Trost, schließlich bestätigte er sie in ihrem Bedürfnis, im Bett zu bleiben. Er passte auch gut zu den Liedern, die in ihrem Kopf klangen, hatten sie doch ausnahmslos Regen, Stürme oder Dunkelheit zum Thema. So verstrich ein Monat, und schließlich ließen die Anrufe und Besuche nach. Auch Cates Mutter kam nicht mehr vorbei, sie war auf Reisen gegangen. Der einzige Mensch, der blieb, war Céline. Sie war inzwischen in Lulus Zimmer gezogen und kümmerte sich jeden Tag von hier aus um ihr Label. So dankbar Cate Céline für alles war, was sie für sie getan hatte, insgeheim sehnte sie sich nach absoluter Abschottung, die ein menschenleeres Haus mit sich bringen würde. Doch Céline blieb. Cate hielt ihrer Freundin zugute, dass sie keine Fragen stellte und sie nicht verurteilte, weil sie den ganzen Tag über im Schlafanzug blieb, sie ermunterte sie auch nicht zu essen oder sich therapeutische Unterstützung zu suchen.

Cate spürte eine große Leere im Kopf, während die Zeit vorbeiraste. Manchmal dachte sie noch an jenen bestimmten Tag. Sie erinnerte sich an die ernste Stimme des Arztes und daran, dass sie schon wusste, was er sagen würde, noch bevor er es aussprach. Sie erinnerte sich daran, dass Céline ihr den Hörer abnahm und mit dem Arzt redete. Graham hatte sich eine Lungenentzündung zugezogen und war an Ateminsuffizienz gestorben.

Sehr selten, und dann auch nur flüchtig, dachte Cate an Jérôme. In diesen wenigen Momenten spürte sie die wahre Dimension ihrer Selbstverachtung. Sie sollte doch um ihren geliebten Ehemann trauern, diesen guten, lieben Mann, dessen Leben auf so tragische Weise verkürzt wurde. Sie sollte bestimmt nicht einer außerehelichen Affäre nachtrauern, die ohnehin nur ein paar Monate gedauert hatte.

Sie versuchte sich dazu zu zwingen, jegliche Gedanken an Jérôme auszublenden, aber das gelang ihr nicht immer. Tatsächlich ertappte sie sich dabei, wie sie in manchen schwachen oder unaufmerksamen Momenten in Erinnerungen an ihre gemeinsame Zeit abdriftete. Es war ein qualvoller Kreis ohne absehbares Ende. Cate überkam das merkwürdige Gefühl, dass dies ihre persönliche Buße war.

Wenn Cate ab und zu ihr Zimmer verließ, fiel ihr auf,

dass immer mehr Sachen von Céline eingetroffen waren. Im Wohnzimmer standen inzwischen zwei Kleiderpuppen sowie Célines Laptop, von dem diese nicht mehr wegzubringen war. Cate war naiverweise davon ausgegangen, dass der verpatzte Launch und die versäumte Fashion Week das Ende von *Le Placard d'Adélaïde* besiegelt hatten, doch offensichtlich hatte Céline genügend Modelle für vier Jahreszeiten entworfen und schien gerade den nächsten Anlauf vorzubereiten. Cate wollte sich eigentlich darüber freuen, dass es mit dem Label doch noch vorwärtsging, doch sie konnte kein Interesse dafür aufbringen.

Eines Tages, Anfang November, kam Cate ins Wohnzimmer, wo Céline auf dem Sofa saß und das Musical *Oklahoma* lief. »Hallo!«

Céline sah von ihrer Näharbeit auf und strahlte. »Cate!«

»Was dagegen, wenn ich mich zu dir setze?«

Céline sah begeistert aus. *»Pas du tout!«* Sie legte die Näharbeit auf dem Couchtisch ab. »Das nächste Lied ist *›The Surrey with the Fringe on Top‹*.«

Zum ersten Mal seit einem Monat musste Cate kichern.

»Du lächelst!«, rief Céline und klatschte in die Hände, dann sah sie ihre Freundin listig an. »Du weißt schon, was du brauchst, *ma belle*? Ein Mikrofon!«

Cate bedachte sie mit einem warnenden Blick. »Du musst dein Glück jetzt aber nicht herausfordern, Céline!«

Cate wollte zwar nie wieder ein Krankenhaus betreten, doch nun, einen Monat später, tat sie es doch. Sie war im Chelsea and Westminster Hospital.

»Anna, sie ist so süß!« Cate betrachtete das rosafarbene Bündel in ihren Armen und wurde von einem unbekannten Gefühl durchströmt, das sich warm und prickelnd anfühlte.

Anna strahlte über das ganze Gesicht. »Ich weiß, sie ist wirklich süß!«

»Es ist doch ein großes Wunder!«, sagte Cate bewundernd, wohl wissend, dass dies ein Klischee war, aber plötzlich verstand sie es.

Ruby hatte rosige, schrumpelige Haut und roch wie gezuckerte Milch. Als Cate sich über sie beugte, um ihren Duft noch einmal tief einzuatmen, kam eine korpulente Krankenschwester herein, deren Miene besagte, dass sie nicht zu Späßen aufgelegt war. Sie tippte mit dramatischer Geste auf ihre Armbanduhr.

»Entschuldigen Sie, gute Frau, aber Sie müssen jetzt gehen. Die Besuchszeit ist vorbei.«

Cate, die gerade erst angekommen war, zeigte sich irritiert. Anna war nun rund um die Uhr im Einsatz, da sie sich um Ruby kümmern musste, warum sollte sie sich an diese idiotischen Krankenhausvorschriften halten?

»Sind Sie sicher?« Cate setzte ein gezwungenes Lächeln auf. »Dann sollten Sie aber schnell den Sicherheitsdienst holen, damit er mich rauswirft. In der Zwischenzeit haben wir wenigstens unsere Ruhe.«

Die Krankenschwester verließ erzürnt das Zimmer, vielleicht um sich tatsächlich Beistand zu holen – das würden sie bald erfahren.

Anna starrte Cate an. »Meine Güte, Cate! Was ist denn mit dir passiert? Du klingst ja … wie ich!«

Cate prustete vor Lachen.

»Du solltest wirklich öfter herkommen.« Anna wirkte beeindruckt. »Schwester Marion ist hier der Besucherschreck.«

»Sie gehört meiner Meinung nach mal ordentlich gebumst.«

Zum Glück kam Schwester Marion nicht zurück, also

konnte Anna fröhlich über die Arbeit sowie über Stillen und Säuglingsberuhigungstechniken plaudern. Doch schließlich lenkte sie das Gespräch wieder auf Cate. »Also, wie sieht es wirklich bei dir aus?«

Cate wusste nicht, wie viel sie erzählen sollte. Anna hatte ja gerade erst entbunden, da musste sie sich nicht gleich ihre Probleme anhören. Aber Anna besaß gewisse seelsorgerische Qualitäten, die Cate davon abhielten zu lügen. »Nicht gut«, gab sie schließlich zu und wiegte Ruby in den Armen. »Es kommt mir so vor, als wäre ich in eine Zeitschleife geraten.« Cate spürte, wie ihr Tränen in die Augen schossen, was sie doch eigentlich vermeiden wollte. »Ich muss zugeben, es ist hart, es ist wirklich sehr hart.« Die verräterischen Tränen begannen zu strömen, und eine Träne tropfte mitten auf Rubys anbetungswürdiges, rosiges Gesichtchen. »Oh!« Cate versuchte, die Träne mit einem Finger wegzuwischen. »Ruby, es tut mir so leid!« Das Baby fing leise zu weinen an, als ob es mit ihr mitfühlte; es war ein sanftes, klägliches Geräusch, das Cate schier das Herz brach. Sie sah zu Anna. »Was muss ich jetzt machen?«

»Ach, keine Sorge. Du bist schließlich auf der Entbindungsstation. Hier heult ständig irgendjemand.« Anna streckte die Hände nach Ruby aus. »Ich muss sie jetzt ohnehin stillen.« Anna legt Ruby mit imponierender Präzision an ihre Brust. »Weißt du, Cate«, sagte Anna, sobald Ruby zufrieden saugte, »du hast dich verändert.«

Cate fand in ihrer Handtasche ein altes Taschentuch und tupfte sich die Tränen ab. »Inwiefern verändert? Habe ich abgenommen?«

Anna lachte. »Ja, das auch, aber das habe ich nicht gemeint. Vorher warst du quasi tot. Jetzt liegst du zwar am Boden, aber du bist lebendig. Du bist ein neuer Mensch!«

Anna wirkte ernst. »Weißt du, wie du gerade mit der Krankenschwester geredet hast? Das war einfach fantastisch!«

Cate kam sich nicht gerade wie ein neuer Mensch vor. Oder vielleicht doch, zumindest ein wenig. Gewiss, während ihres Sommeraufenthaltes in Saint Marc war es ihr zunehmend besser gegangen. Doch dann war alles mit Pauken und Trompeten untergegangen: Jérôme, Graham, *Le Placard d'Adélaïde*.

Aber vielleicht war sie selbst ja doch nicht so tief gefallen, wie sie befürchtete?

»Danke, Anna. Meine Reise nach Frankreich hat mir wirklich sehr geholfen, die Kurve zu kriegen. Aber ich komme mir immer noch wie benommen vor. Ich fürchte mich davor weiterzumachen. Irgendwie habe ich das Gefühl, dass alle Menschen, die ich liebe, entweder sterben oder aus meinem Leben verschwinden.«

»Ich kann dich so gut verstehen«, sagte Anna und legte Ruby an die andere Brust. Für Cate schien das ein kompliziertes Manöver zu sein, doch Anna meisterte es, als hätte sie es schon immer so gemacht. »Nun, da ich Ruby habe, habe ich die ganze Zeit Angst, dass ihr etwas passiert oder sie sich verletzt.« Sie bedachte ihr Baby mit einem Blick, der Cate zu Herzen ging, und Cate fragte sich kurz, ob ihre eigene Mutter sie wohl jemals so angesehen hatte. »Aber würde ich deshalb auf noch ein Baby verzichten? Natürlich nicht.«

Da wusste Cate, dass Anna wirklich klug war. Und dass sie eine wunderbare Mutter abgeben würde.

»Ach, beinahe hätte ich es vergessen, ich habe ein Geschenk für dich«, sagte sie und überreichte Cate ein längliches, weiches Päckchen. »Für den Fall, dass du zu SandersonHinley zurückkehrst. Du weißt ja, dass die Leitung der Personalabteilung immer noch nicht besetzt ist, oder?«

»Ja, das weiß ich.«

»Dann kannst du das hier vielleicht gebrauchen.« Anna bedeutete ihr, das Geschenk auszupacken, also löste sie das weiße Packpapier.

»Eine Stoffpuppe!« Cate versuchte begeistert zu klingen. »Danke, die ist ja, hm … hübsch.«

Anna schien enttäuscht. »Erinnert die dich nicht an jemanden?«

Cate betrachtete die Puppe genauer. Sie war hellhäutig, hatte eine dichte braune Haarmähne aus dicken Wollfäden, und ihre Augen bestanden aus Knöpfen. Sie trug hässliche hochtaillierte Shorts und klobige Stiefel.

»*Oh my god!*« Cate hielt die Puppe angewidert von sich. »Das ist ja eine Sylvie-Puppe! Wie kommst du darauf?«

»Das ist eine Sylvie-Voodoo-Puppe«, sagte Anna. »Und sie ist gebraucht.« Sie zeigte auf eines der Augen, an dem der Knopf zur Hälfte abgebrochen war. »Ich habe ihr auch ein wenig das Haar gestutzt … He, schließlich hast du mich drei Monate mit ihr allein sitzen gelassen! Aber es gibt noch genug Möglichkeiten, du kannst sie zum Beispiel kahl rasieren, wenn dir danach ist. Das ist das Einzige, was mir geholfen hat, den ganzen Zirkus zu überstehen.«

Cate verstaute die Puppe tief in ihrer Handtasche. Sie drückte Ruby ein letztes Mal, dann verließ sie das Krankenhaus durch den Seiteneingang, um dem Besucherschreck nicht noch mal zu begegnen. Sie mochte ja durchaus mehr Selbstvertrauen entwickelt haben, aber sie war und blieb schließlich eine Britin und würde Konflikten nach wie vor eher aus dem Weg gehen.

Zu Hause angekommen, stellte sie fest, dass Céline für sie gekocht und einen Film ausgeliehen hatte: *Dumm und dümmer*. Céline grölte von Anfang bis Ende des Films vor Lachen. Angesichts von Célines hysterischen Anfällen konnte Cate nicht anders und musste selbst unentwegt kichern. Aus dem Kichern wurde ein Glucksen, und nicht viel später lachte Cate Seite an Seite mit Céline aus vollem Hals. Als sie dann sah, wie Céline ihr zuzwinkerte, hatte sie das Gefühl, dass genau dies von Anfang an ihr Plan gewesen war.

Als der Abspann lief und Cate sich eine Lachträne aus dem Augenwinkel wischte, wusste sie es: Womöglich hatte sie nicht die Mutter, die sie sich immer gewünscht hatte. Aber sie hatte die perfekte Schwester!

28. Kapitel

»Oft begegnet einem das Schicksal genau auf dem Weg,
den man eingeschlagen hat,
um ihm aus dem Weg zu gehen.«
Französisches Sprichwort

Im Januar zog Céline wieder nach Frankreich, und Cate kehrte – bewaffnet mit der Sylvie-Puppe – als Chefin der Personalabteilung zu SandersonHinley zurück.

Das Timing war nicht schlecht gewählt, schließlich hatte sie sich lange genug in Selbstmitleid gesuhlt. Zudem verspürte sie so langsam ernsthaft das Bedürfnis, ihr Hirn wieder anzustrengen, bevor es weich wurde.

Sie hatte tatsächlich seit dem Tag, an dem sie Anna im Krankenhaus besucht hatte, wieder neuen Mut gefasst. Sie hatte begonnen, zumindest einmal am Tag aus dem Haus zu gehen – und selbst wenn es nur zum nächsten Café oder für einen Spaziergang war –, und sie war immer aufgestanden und hatte sich ordentlich angezogen. In letzter Zeit hatte sie zudem regelmäßig die Kollegen im Büro sowie Anna und Ruby zu Hause besucht. Manchmal hatte sie sogar allein auf das Baby aufgepasst, damit Anna etwas Schlaf nachholen konnte. Und hin und wieder ertappte sich Cate dabei, dass sie glücklich war. Hin und wieder.

Seit sie SandersonHinley vor sechs Monaten verlassen hatte, hatte sich dort eigentlich nicht viel verändert – abgesehen von der Tatsache, dass Giles und Anna nicht mehr dort arbeiteten. Sylvie schmollte immer noch darüber, weil Cate ihr den Chefposten innerhalb der Personalabteilung weggenommen hatte, und obwohl Cate versuchte, dafür Verständnis aufzubringen – schließlich wäre sie auch angefressen, wenn die Lage andersherum gewesen wäre –, verschwand ihre Toleranz ziemlich schnell wieder. Soweit Cate nach eingehender Prüfung feststellen konnte, war das Einzige, was Sylvie als Interimsabteilungsleiterin erreicht hatte, sich selbst eine deftige Gehaltserhöhung zuzuschustern und die Personalabteilung zu einem virtuellen Dienstleister auszulagern. Als dann auch noch deutlich wurde, dass Sylvie versuchte, ihre Arbeit vorsätzlich zu sabotieren, verlor sie die Geduld.

»Merkwürdig«, sagte Sylvie, als Cate sie bat, eine ihrer Dateien für ein wichtiges Meeting aufzubereiten. »Es ist nichts gespeichert.«

»Sylvie!« Cate hatte schon den radikalen Kurzhaarschnitt vor Augen, den sie später ihrer Sylvie-Puppe verpassen würde. »Die Daten sind gespeichert, ich habe das vorhin noch überprüft. Könntest du sie bitte jetzt in die Präsentation einbinden, damit wir weitermachen können?«

Cate sollte dem Vorstand die aktuelle Personalstrategie präsentieren. Ihre Präsentation stand, nach wochenlangen Nachtsitzungen, in denen sie über Zahlen gesessen und sich die Haare gerauft hatte. Es war die erste Präsentation für den Vorstand in ihrer neuen Funktion als Leiterin der Personalabteilung, also sollte sie perfekt sein. Es war ihr gelungen, für das Unternehmen mehr als eine Million Pfund Kosten für Einstellungen, Fort- und Weiterbildungen einzusparen, und das, ohne einen anderen laufenden Posten anzurühren. Nun, fünf Minuten vor zwölf, wollte Sylvie, nachdem sie die ganze Zeit keinerlei Interesse gezeigt hatte, plötzlich in das Projekt eingebunden werden. Das war keine große Überraschung, denn Sylvie wollte immer dann einsteigen, wenn die harte Arbeit bereits erledigt war und die Lorbeeren geerntet werden konnten. Widerstrebend hatte Cate zugestimmt, Sylvie mit in das Meeting zu nehmen, damit sie die PowerPoint-Präsentation kontrollierte, eine Entscheidung, die sie bereits bereute.

»Ich habe es dir doch gesagt, dass nichts drauf ist«, sagte Sylvie mit eisigem Lächeln.

Cate seufzte und lugte über Sylvies Schulter auf den Bildschirm. Die Datei schien tatsächlich leer zu sein. Scheiße! Sollte sie den Inhalt aus Versehen gelöscht haben? Das würde sie jedoch niemals zugeben.

Cate sah auf ihre Armbanduhr. »Okay, ich habe ja eine Sicherheitskopie auf meinem Rechner. Ich gehe kurz rüber und speichere sie ab. Sylvie, kannst du bitte schon mal vorgehen und Bescheid sagen, dass ich gleich da bin?«

Sylvie nickte und verschwand.

Cate sprintete auf ihren extrem hohen High Heels in ihr Büro zurück. Da es ein wichtiges Meeting war, hatte sie sich, um Eindruck zu schinden, in Schale geworfen, in einen schwarzen Hosenanzug mit spitzen Slingpumps. Dazu hatte sie ihr Haar streng nach hinten gegelt. Sie war die einzige Frau im Vorstand und wollte unbedingt ebenbürtig behandelt werden. Cate war schlau genug, um zu begreifen, dass Männer sich leicht von Äußerlichkeiten leiten lassen, und ihr strenger Look würde gewiss seinen Zweck erfüllen. Aber nun würde sie zu spät kommen. Und so dämlich Männer auch auf Äußerlichkeiten reagierten, es wäre bestimmt nicht zu ihrem Vorteil, wenn sie unpünktlich wäre.

Sie schmiss ihre Sylvie-Puppe auf den Boden und durchbohrte deren Herz mit ihrem Stiletto-Absatz, während sie sich in ihren Computer einloggte. Der Rechner benötigte seine Zeit, wie immer, wenn sie es eilig hatte, und als er schließlich hochgefahren war, war von der Datei auch dort keine Spur zu sehen.

Entspannen, Cate, sprach sie sich Mut zu und kühlte ihre glühenden Wangen mit den Handrücken. Irgendwo musste die Datei doch aufzufinden sein! Sie holte das Schlüsselband aus der Schreibtischschublade und löste den USB-Stick. Sie hatte es sich zur Gewohnheit gemacht, von wichtigen Dateien immer mehrere Sicherheitskopien zu ziehen. Cate steckte den Stick in den USB-Port und wartete ab. Irgendwie spürte sie, dass etwas faul war. Nach zehn Sekunden stellte sie fest, dass alle Dateien im Verzeichnis auftauchten. Alle, außer der besagten Datei mit der Personalstrategie.

Cate schielte auf ihre Uhr. Es war 9.04 – höchste Zeit zu gehen. Ihr blieb nichts anderes übrig, als sich hinzustellen und zu erklären, was passiert war. Eine merkwürdige Ruhe erfasste sie, als sie vom Schreibtisch aufstand und zum Sitzungssaal ging. Sie hatte keine Ahnung, wie sie es erklären oder was sie sagen würde, aber in dem Moment war es ihr egal. Als sie um die Ecke bog, vernahm sie Sylvies Stimme.

»Also, ich habe wirklich keine Ahnung, wo sie steckt. Ich habe sie heute Morgen noch nicht gesehen, aber sie ist in letzter Zeit ohnehin jeden Tag noch später gekommen. Vermutlich hat sie das Meeting vergessen, und wir sollten einfach an unsere Arbeit gehen.«

Sylvie lachte gerade künstlich, als Cate hereinkam. »Ach, Cate!« Sie gab vor, überrascht zu sein. »Da bist du ja endlich. Komm, setz dich.« Sie klopfte auf den Stuhl neben sich.

Cate starrte sie nur an, dann wandte sie sich an die Runde im Sitzungssaal. »Entschuldigen Sie bitte die Verspätung, meine Herren. Es gab technische Probleme.«

»Keine Ursache … kein Problem … so konnten wir in Ruhe unseren Kaffee trinken«, hörte sie es murmeln.

»Soll ich mit der PowerPoint-Präsentation beginnen, Cate?«, fragte Sylvie.

»Nein, danke. Ich habe beschlossen, das Projekt heute mündlich zu präsentieren.«

Überraschtes Schnaufen und Tuscheln war die Reaktion im Raum. Keine PowerPoint-Präsentation? Nichts, worauf sie untätig stieren konnten, während sie vorgaben, Interesse zu zeigen? Wirklich nicht? Die gute Stimmung löste sich nun in panische Unruhe auf.

»Ich habe schon oft miterlebt«, improvisierte Cate, während sie um den Konferenztisch herumging, »dass eine PowerPoint-Präsentation nur eine unzulängliche Vorbereitung kaschiert. Außerdem habe ich gelesen, dass Zuhörer, die aufgefordert sind, eigene Notizen zu machen, und keine Handouts vor sich liegen haben, die gelieferten Informationen zehnmal besser behalten können.« Sie hatte keine Ahnung, ob das tatsächlich zutraf, aber es klang zumindest stimmig.

»Hervorragende Idee!«, rief ganz hinten eine begeisterte Stimme. Es war Andrew. Der gute alte Andrew.

Cate stellte das gesamte Projekt auswendig vor. Sie konnte sich an jedes Detail erinnern und darüber hinaus auch noch an zahlreiche Fakten, die sie aussortiert hatte, weil die PowerPoint-Präsentation überfüllt ausgesehen hatte. Die Vorstandsmitglieder tippten eifrig in ihre Notepads, stellten präzise Fragen und beglückwünschten sie zu ihrer Strategie. Nachdem mit der Fragerunde der vorgesehene Zeitplan um eine halbe Stunde überschritten war, sah Cate verwundert auf die Uhr.

»Gut, wenn das die letzte Frage war, sollten wir es darauf beruhen lassen.«

Die Teilnehmer schlossen ihre Mappen und verließen ihre Plätze, und Cate stand an der Tür und nahm die mannigfachen Komplimente entgegen. »Großartige Präsentation! ... Schön, dass Sie wieder da sind! ... Gut gemacht«, murmelten die Männer, als sie an ihr vorbeigingen.

Cate schloss die Tür just in dem Moment, als Sylvie sich ihnen anschließen wollte. »Nur eine Minute, Sylvie.«

»Großartige Präsentation«, sagte Sylvie nervös. »Ich würde mich ja gern noch mit dir unterhalten, aber ich habe wirklich eine ganze Menge Arbeit ...«

Und dann passierte es. Ohne jede Vorwarnung. Ein spontaner Gefühlsausbruch, der sich in Cates Adern angestaut hatte und nun ihren Körper überrollte. Es war kein pochender oder dumpfer Schmerz. Es war dunkel, dynamisch und bedrohlich.

Sylvie merkte es auch. Sie versuchte, an ihr vorbei zur Tür zu kommen, da griff Cate zu und riss sie an den Haaren zu Boden.

Cate ließ Sylvie einfach liegen und ging schnurstracks vom Sitzungssaal zu Andrews Büro, um ihre Kündigung einzureichen. Es gehörte eigentlich zu den Gepflogenheiten, dass Kündigungen an die Personalabteilung gerichtet wurden, aber da diese derzeit nur noch aus ihr und Sylvie bestand, musste Cate sich etwas einfallen lassen. Natürlich wollte Andrew, dass sie blieb, doch mit einem flüchtigen Blick auf das lange Haarbüschel in Cates Faust nahm er ihre Kündigung an. Er schlug Cate noch vor, sich nach einem Antiaggressionstraining umzusehen, was Cate für ein wenig übertrieben hielt, bis ihr wieder einfiel, dass Andrew ja auch Zeuge ihrer Attacke gegen Jérôme gewesen war. Anna hatte recht, sie hatte sich tatsächlich verändert. Und sie war heilfroh, dass sie aus der Kanzlei kam, noch ehe irgendjemand die Überreste ihrer Sylvie-Puppe entdeckte, die sie im vollgestopften Aktenvernichter entsorgt hatte.

Als Cate zu Hause ankam, saß Lulu auf den Treppenstufen.

»Lulu!« Cate schenkte ihr ein Lächeln, während sie die Stufen zur Haustür nahm.

Lulu beäugte Cate misstrauisch. Ganz eindeutig hatte sie nicht mit einer so herzlichen Begrüßung gerechnet. »Cate, alles in Ordnung mit dir?«

»Ja, klar!«, sagte Cate und versuchte, ihre Stimme fröhlich klingen zu lassen. »Warum?«

»Deine Hand blutet …«

»Oh!« Cate wischte mit der blutenden Hand über die Schläfe und lachte. »Kein Anlass zur Sorge.«

»Also, ich … ich wollte eigentlich nur meine Post …«

»Ja, klar!« Cate schloss die Haustür auf. »Komm rein, nur herein mit dir!«

»Nein danke, ich kann auch draußen warten.«

»Nein, ich bestehe darauf!« Cate schob Lulu durch die offene Haustür. »Ich hatte schon gehofft, dir mal wieder über den Weg zu laufen.«

Lulu holte sie in die Realität zurück. »Cate, die Sache mit dem Haus tut mir leid. Ich war ein bisschen knapp bei Kasse, da musste ich mir einfach etwas einfallen lassen. Aber ich habe Jérôme wirklich jeden Cent zurückgezahlt, und er hat gesagt, damit wäre alles erledigt, also könnte ich bitte …«

»Lulu«, Cate hob beschwichtigend die Hände, »es ist alles in Ordnung. Ich bin nicht durchgeknallt.«

»Wirklich nicht?« Lulu wirkte immer noch misstrauisch.

»Aber warum grinst du dann so komisch, und warum willst du unbedingt, dass ich reinkomme?«

Cate seufzte. »Ich will nur endlich wissen, was hier los war, als ich weg war. Wer ist an mein Telefon gegangen? Warum hat keiner gewusst, wo du bist?« Cate schwieg zunächst, um Lulu antworten zu lassen, doch dann fiel ihr ihre wichtigste Frage wieder ein. »Und was hat Jérôme mit der ganzen Sache zu tun?«

»Ach so.« Nun entspannte sich Lulu sichtlich. »Ich kann dir alles erklären«, sagte sie, wurde dann jedoch wieder vorsichtig, »solange du nicht Anklage gegen mich erhebst oder so …«

Meine Güte! Offensichtlich hatte Jérôme ihr tatsächlich ordentlich die Meinung gegeigt. »Ich verspreche dir, dass ich das nicht tun werde.«

29. Kapitel

»Meistens ist es einfacher, die Leute
zum Weinen zu bringen, als zum Lachen.«
Sophie Marceau

Am nächsten Wochenende flog Cate nach Südfrankreich, zum erneut angesetzten Launch von *Le Placard d'Adélaïde*. Der Termin kam ihr gelegen: Cates Kalender war nun relativ leer. Von Andrew hatte sie erfahren, dass Sylvie gefeuert worden war, nachdem die IT-Abteilung bestätigen konnte, dass sie Cates Dateien gelöscht hatte. Zunächst hatte Sylvie noch damit gedroht, gesetzliche Schritte sowohl gegen SandersonHinley als auch gegen Cate persönlich zu unternehmen, doch als sie merkte, dass sich eine Horde von Anzugträgern formierte, um mögliche Anklagepunkte gegen sie zu sammeln, weil sie sich Zugang zu vertraulichen Informationen verschafft hatte, stimmte sie zu, das Unternehmen in gegenseitigem Einverständnis zu verlassen.

Cate überkamen bei der ganzen Sache gemischte Gefühle. Enttäuschung, weil sie keine Gelegenheit mehr hatte, sich erfolgreich als Leiterin der Personalabteilung zu beweisen; Vergnügen, weil sie Sylvie ihre wohlverdiente Strafe verpasst hatte; Erleichterung, weil sie keine Verantwortung mehr tragen musste.

Andrew war Cate zu Hilfe gekommen und hatte ihr

mehr als einen Freundschaftsdienst erwiesen, als er eine komplette Untersuchung der verschwundenen Dateien eingefordert hatte, was bedeutete, dass sie Sylvie überführen konnten. Sie wäre sonst selbst tief in der Patsche gesessen. Zunächst fragte Cate sich, warum Andrew den ganzen Ärger auf sich nahm, und befürchtete, dass ihn womöglich doch Gefühle anspornten, die er insgeheim für sie hegte. Das Letzte, womit sich Cate jetzt herumschlagen wollte, war eine einseitige Liebe, noch dazu von Andrew. Aber darüber hätte sie sich keine Gedanken machen müssen. Céline erzählte ihr, Andrew und Sofie seien sich seit seinem Aufenthalt in Saint Marc nähergekommen und seither zwischen London und Saint Marc hin und her gependelt, was Sofies Anwesenheit bei Grahams Begräbnis erklärte. Und auch, warum Andrew heute Abend auf der Gästeliste stand.

»Ich kann nicht glauben, dass ich vergessen habe, dir das hier zu zeigen«, sagte Céline, nachdem sie zunächst abrupt stehen geblieben und dann zu einem Aktenschrank im Hinterzimmer des Ladens gerannt war. »Das musst du dir unbedingt ansehen!« Sie reichte Cate einen Stoß mit Ausschnitten aus Zeitschriften und Zeitungen und blickte sie erwartungsvoll an.

»Was ist das …« Cate überflog die Überschriften, dann die Fotos. »*Oh my god*!«

Céline strahlte. »*Mais oui!*«

Cate hatte sich die ganze Zeit gewundert, worauf das große Interesse an *Le Placard d'Adélaïde* zurückzuführen war, obwohl sie die Fashion Week verpasst hatten. Nun erhielt alles einen Sinn. Anscheinend pflegte Adélaïde in den langen Phasen, in denen sie abgetaucht war, eine heiße Affäre mit einem hochrangigen französischen Politiker, mit Laurent Guillaume. Sie war nach Paris geflogen, um ihn während der Fashion Week zu treffen, und das Paar wurde in einer kompromittierenden Situation fotografiert, als Adélaïde – und das war das Beste! – von Kopf bis Fuß in *Le Placard d'Adélaïde* gekleidet war. Das Foto zierte mehrere Titelseiten, die Céline ihr gerade gegeben hatte, und alles drehte sich um die Frage: »Woher hat die Frau nur dieses umwerfende Outfit?«

Unter diesem Blickwinkel betrachtet, hatte ihr Rückzug von der Fashion Week in letzter Minute den Hype um das Label nur noch forciert, und nun warteten alle französischen Medien gespannt darauf, was es damit auf sich hatte.

»Das ist doch verrückt, oder!«, meinte Cate, als Céline ihr nun zum vierten Mal die ganze Geschichte erzählte. »Geht es Adélaïde gut? Ich meine, ist sie verärgert, auf diese Weise über Nacht bekannt zu werden?«

Céline prustete vor Lachen. »Du kennst doch Adélaïde! Als ich das letzte Mal mit ihr gesprochen habe, hat sie noch mehr kostenlose Kleider als Gegenleistung für die Gratiswerbung gefordert. Abgesehen davon, ich glaube, sie mag diesen Mann wirklich. Sie ist ziemlich … zurückhaltend. Und das ist Adélaïde ja sonst bekanntlich nie.«

Cate lachte. »Das muss gefeiert werden!«

Céline nahm zwei Champagnergläser von dem Tisch, an dem ein Kellner gerade einen Champagnerbrunnen aufbaute. Dann organisierten sie noch die allerletzten Vorbereitungen – die Fensterputzer waren nicht gekommen, und im Kristalllüster war eine Glühbirne defekt … Zum Glück konnte Cate wieder auf ein gewisses Maß an Effizienz zurückgreifen, und es gelang ihr, die Probleme zu lösen, ohne dabei ihr Glas abstellen zu müssen.

Ella de Roux schwebte umher und plauderte lauthals mit den Pressevertretern, und die Atmosphäre war erfüllt von all dem affektierten Gehabe zum Klang von *»Love Darling – Gorgeous«* und – noch schlimmer – *»Baby Cakes«*. Doch Cate zog vor Ella *»Darling«* den Hut: Sie war ein absolutes PR-Genie. Alle wichtigen Modemagazine hatten wenigstens einen Fotografen geschickt, und viele waren darüber hinaus durch renommierte Journalisten vertreten. Doch ihr größter Coup war, dass sogar die legendäre Anna Wintour kommen wollte und noch dazu, zumindest behauptete Ella das, großes Interesse daran zeigte, sich für die Sommerausgabe der *Vogue* einige Modelle zu sichern. Céline wäre beinahe buchstäblich, als Ella ihr diese Nachricht überbrachte, ohnmächtig geworden und hopste seither wie verrückt zu ihrem inneren Soundtrack herum. Vor dieser Hintergrundmusik unterhielt Ella sich gerade mit Anna. Als Cate Célines Blick erhaschte, stieß diese triumphierend die Faust in die Luft und grinste.

Um 16.00 Uhr traf Jean-Yves ein, um sich um ihre Frisuren und ihr Make-up zu kümmern. Im Laden war dafür nicht genug Platz, also fuhren sie in Célines Wohnung, wo sie sich auch duschten und ankleideten. Seit ihrer Hochzeit hatte sich niemand mehr so viel Mühe mit ihrem Äußeren gegeben. Eigentlich nicht einmal damals. Nun tat es ihr richtig gut. Sie saß bequem auf einem thronähnlichen Stuhl, während Jean-Yves um sie herumflatterte und über französische Promis und die neueste Bandwurmdiät plauderte. Céline hatte für sie beide Outfits ausgesucht, aber auch für Adélaïde, die Namensgeberin des Labels. Cate trug ein elfenbeinfarbenes Minikleid aus Patchworkspitze, mit einem U-Boot-Ausschnitt und Dreiviertelärmeln. Ihr Haar steckte in einem mädchenhaften Pferdeschwanz, mit losen Strähnen, die ihr ins Gesicht fielen, und dazu trug sie hohe silberfarbene Sandalen von Christian Louboutin, eine Leihgabe von Céline. Sie lächelte gerade ihrem Spiegelbild zu, als Céline hinter ihr auftauchte und sich genauso erfreut zeigte.

»Schau doch, wie hübsch du bist!«, sagte Céline. »Du siehst sogar richtig dünn aus!«

»Danke.« Cate spürte, es war nicht gelogen. Sie kam sich tatsächlich hübsch und dünn vor. »Aber schau dich doch erst mal an!«

Céline gab eine edle Erscheinung ab. Mit dem tief ausgeschnittenen marineblauen Kleid, das bis auf den Boden reichte, und den toupierten Haaren auf ihrem zierlichen Kopf sah sie wie die junge Audrey Hepburn aus. Cate griff nach Célines Hand und drückte sie.

»Weißt du was? Ich bin richtig froh, dass du mit Adam inzwischen entspannter umgehst. Kein Mann, der im Besitz all seiner geistigen Kräfte ist, würde jemals eine Frau betrügen, die so schön ist wie du.«

Das war zu viel für Céline. Sie runzelte die Stirn. »Heißt das, dass er mich mit einer schönen Frau betrügt?«

Menschenmengen strömten durch die Straßen, dabei hatte die Präsentation des Labels noch gar nicht begonnen. Cate bat die Kellner, auch draußen Getränke anzubieten, um sicherzugehen, dass alle etwas zu trinken bekamen. Schließlich wollte sie keine Journalisten vergraulen, denen der Weg in den Laden aufgrund der vielen Menschen versperrt war. Damit wäre eine schlechte Presse garantiert.

Es war ein unbeschreiblicher Auflauf. Journalisten waren aus der ganzen Welt angereist; darunter prompt Anna Wintour mit typischem Pagenschnitt und dunkler Sonnenbrille. Stylisten hielten Ausschau nach Roben für die Verleihung der Golden Globes. Mohamed Al Fayed hatte einen Agenten geschickt, um sich Modelle für *Harrods* zu sichern. Einige B-Promis aus einer britischen Soap knabberten Kanapees und begutachteten sehnsüchtig Teile in ihren Größen. Céline belehrte die Mädels, dass sie, wenn sie so weiterfutterten, nur Sonderanfertigungen tragen könnten. Cate wiederum belehrte Céline, dass sie sich wohl besser nicht unters Publikum mischte.

Eric und Véronique waren aus Paris eingeflogen, Benoît und Marie-Claude schauten vorbei, dann Sofie und Andrew und auch einige Stammgäste aus dem *Jumelles*.

Jérôme hingegen ließ sich nicht blicken. Cate hatte zwar nicht mit ihm gerechnet, aber dennoch hielt sie nach ihm Ausschau. Da ihr Gemeinschaftswerk noch immer an der Wand hing, fiel es schwer, nicht an ihn zu denken, und schließlich war sein Name in aller Munde.

»… ein Original von Jérôme Brousseau …«

»Hast du das Bild schon gesehen?«

»*Oui*, Jérôme Brousseau. Eine der Besitzerinnen muss mit ihm geschlafen haben, da …«

Cate spürte einen Händedruck auf ihrer Schulter, der ihre Aufmerksamkeit von dem Gemälde wegriss. Sie setzte eine heitere Miene auf und stimmte sich auf ein Gespräch mit Pressevertretern ein, doch es war Marie-Claude.

»*Salut*, Marie-Claude!« Cate versuchte ihre Überraschung zu verbergen.

»Ich würde gern mit dir reden.« Marie-Claude zeigte mit dem Daumen über die Schulter in Richtung Tür.

Cate schaute sich um, um zu sehen, ob sie auf einen Scherz hereinfiel, den Céline ausgeheckt hatte. Doch Céline war tief in ein Gespräch mit drei sehr interessiert wirkenden Einkäufern von *Harvey Nichols* versunken. »In Ordnung«, sagte sie und bahnte sich den Weg mit Marie-Claude nach draußen.

Zugegebenermaßen war sie ein wenig neugierig, als Marie-Claude sie um die nächste Straßenecke zu einer kleinen Bank führte. Dort setzten sie sich, und Marie-Claude gab einen langen, matten Seufzer von sich. »Was machst du hier, Cate?«

Cate wusste nicht, worauf sie hinauswollte. »Was meinst du damit? Ich verstehe nicht.«

»Ich meine, warum ist Jérôme nicht hier bei dir?«

»Aber warum sollte er …«

»Ach, hör doch auf!« Marie-Claude machte eine abwinkende Geste, die Cate verstummen ließ. »Weich mir nicht aus, Cate. Es ist doch eindeutig, dass du ihn liebst.«

Marie-Claude bedachte Cate mit einem Blick, als wollte sie einen Streit vom Zaun brechen. Als Cate nicht darauf einging, sprach sie weiter. »Aber du hast ihn betrogen. Vermutlich ist er jetzt verärgert und verletzt.«

»Danke, dass du mich erinnerst, Marie-Claude. Fast hätte ich's vergessen.«

»Du hast immer noch eine Chance bei ihm.«

»Davon weiß ich nichts.«

»Also, ich weiß es natürlich auch nicht. Aber es ist ziemlich frustrierend, dabei zuzusehen, wie du sehnsüchtig zur Tür schaust in der Hoffnung, dass er auftaucht.«

»Darf ich mal fragen, was dich das angeht?«

»Es geht mich gar nichts an. Ich möchte ja nur … Willst du etwa so enden wie ich?«

Cate hielt es für das Beste, nichts zu sagen.

»Ich bin einmal in der gleichen Lage wie du gewesen, Cate«, sagte Marie-Claude. »Es war ein bisschen anders, aber auch nicht viel. Ich habe einmal einen Mann geliebt. Wir sind sogar verlobt gewesen und wollten heiraten. Und ich habe ihn verloren, weil ich untreu gewesen bin.«

»Oh«, entfuhr es Cate, und sie hatte ein merkwürdiges Déjà-vu-Gefühl. »Das ist aber … schade.«

»Ja, das ist wirklich sehr schade. Aber im Gegensatz

zu mir hast du nichts dagegen unternommen! Du hast Jérôme einfach kampflos ziehen lassen, und nun hockst du hier mit einer Jammermiene herum, als wärst du diejenige, der man Leid zugefügt hätte. Du bist wieder die Gleiche wie damals bei deiner Ankunft. Du gehst über vor Selbstmitleid, anstatt die Zügel in die Hand zu nehmen und zu versuchen, dein Schicksal zu ändern …«

»Also, was hast du damals getan?«, wollte Cate wissen und war selbst über ihren schnippischen Tonfall überrascht. »Ich meine, um deinen Verlobten wiederzubekommen?«

»Ich bin ihm gefolgt.« Marie-Claude schwieg einen Moment. »Ich bin nach Saint Marc gezogen.«

Als sich ihre Blicke trafen, begriff Cate: *»Oh my god,* Benoît!«

»Ja, Benoît«, bestätigte Marie-Claude. »Ich habe mein Leben in dieser Kleinstadt zugebracht und immer gehofft, dass ich eine zweite Chance bekomme.«

Cate brauchte eine Weile, bis sie es verstand. »Also, du willst mir gerade erzählen, dass ich aufhören soll, unglücklich zu sein, und dem Mann folgen soll, den ich liebe?«

Marie-Claude nickte heftig. *»Mais oui!«*

»Darf ich dich dann mal fragen, warum du deinen Ratschlag nicht selbst beherzigst? Mir ist noch nie jemand über den Weg gelaufen, der ständig so mies gelaunt ist. Um mit deinen eigenen Worten zu sprechen, du läufst nun schon seit dreißig Jahren mit dieser Jammermiene herum! Man kann Benoît ja wohl kaum dafür tadeln, nicht in deiner Nähe sein zu wollen, oder?« Cate spürte, dass ihr letzter Kommentar vielleicht ein wenig zu heftig war, also wurde sie ein wenig milder. »Wenn du ihm Gelegenheit gibst, die Frau zu sehen, in die er sich einmal verliebt hat, anstatt diese deprimierte, unglückliche Marie-Claude, vielleicht gibt er dir dann eine zweite Chance?«

»Das mache ich ja«, erwiderte Marie-Claude mit sanfter Stimme. »Und er hat mir auch immer wieder neue Chancen gegeben. Das sind die einzigen Momente, in denen ich wirklich glücklich bin.«

Cate fiel der Tag wieder ein, an dem Marie-Claude gut gelaunt gewesen war und ihr freigegeben hatte, damit sie mit Jérôme zusammen sein konnte. »Willst du damit sagen, dass du und er …« Cate suchte nach Worten, um den körperlichen Akt der Liebe zu beschreiben.

»Ja. Oft sogar. Aber sobald Benoît an meine Untreue denkt, wendet er sich wieder von mir ab.«

Nun fühlte Cate Mitleid mit Marie-Claude und einen überraschenden Hauch von Ärger gegen Benoît.

»Aber hier geht es nicht um mich«, stellte Marie-Claude klar. »Hier geht es um dich und Jérôme. Vielleicht geht eure Geschichte ja anders aus. Aber das wirst du nie erfahren, wenn du nichts unternimmst.«

30. Kapitel

»Mut habe ich so lange gezeigt,
glaubt Ihr, ich werde ihn verlieren,
wenn mein Leiden ein Ende findet?«
Marie-Antoinette

Am nächsten Tag lag Cate auf Célines Bett und grübelte über das Gespräch mit Marie-Claude nach. Hatte die Französin etwa recht? War sie selbst nur Zuschauerin in ihrem eigenen Leben? Cate musste zugeben, dass die Vorstellung, das Steuer selbst in der Hand zu haben, für sie immer noch neu war. Sie hielt es eigentlich eher mit Forrest Gump – »Das Leben ist wie eine Schachtel Pralinen: Man weiß nie, was man kriegt.« Die Erkenntnis, in ihrem eigenen Leben auf der Zuschauertribüne zu sitzen, traf Cate schwer.

Aber mit Céline neben sich hatte Cate keine Zeit, diesen Gedankengang weiterzuverfolgen, denn ihre Freundin strotzte nach dem Launch von *Le Placard d'Adélaïde* noch immer vor Energie und plapperte in einer Geschwindigkeit von gefühlten einhundert Stundenkilometern.

»Erzähl mir noch mal, wie das mit Lulu war.« Sie nahm von einer Eiscremeverpackung den Deckel ab und reichte Cate einen Löffel.

Cate kam sich wie ein Teenie vor. »Wo soll ich denn anfangen? Also, zuerst hat sie mein Schlafzimmer an ein paar Backpacker untervermietet, die im *Whitehorse* bedienten. Da sie im Pub alle in unterschiedlichen Schichten arbeiten, hat Lulu einen Belegungsplan für das Bett aufgestellt und die Miete durch die Schlafstunden geteilt. Eigentlich war die Idee ziemlich genial, denn für die Jungs war das billiger als ein Hostel, und für sie war das weitaus lukrativer als ein einzelner Mieter. Sie hat echt Unternehmergeist!«

»Aber was hat Jérôme mit der ganzen Sache zu tun?«, fragte Céline, den Mund voll Eiscreme.

»Tja …« Cate nahm die Packung an sich und steckte ihren Löffel hinein. »Eines Tages öffnete Lulu die Tür für einen französischen Backpacker – Jérôme –, der ein Zimmer suchte. Er fragte, wie hoch die Miete war und wie viele Leute noch dort wohnten, und sie erteilte ihm vergnügt Auskunft. Jérôme rechnete Lulus Gewinn aus, dann forderte er von ihr einen Scheck in genau dieser Höhe und kündigte ihr mit einer Frist von sieben Tagen. Als sie ihn aufforderte, sich zu verpissen, hielt er ihr einen Mitschnitt ihres gerade geführten Gesprächs unter die Nase und drohte damit, zur Polizei zu gehen.«

Céline war beeindruckt. *»Mon dieu!«*

»Ja, nicht wahr? Dann hat er extra Marybelle, seine Haushälterin, aus Südfrankreich kommen lassen, damit sie sauber macht, und hat Maler organisiert, um alles frisch zu streichen.«

»Wow«, entfuhr es Céline. »Jérôme hat dich wirklich gern.«

Cate dachte darüber nach, während sie das Eis im Mund zergehen ließ. »Das war aber alles, bevor er erfuhr, dass ich ihn mit Graham angelogen habe. Ich glaube kaum, dass er jetzt noch einen Penny für mich ausgeben würde.«

»Ich glaube, Marie-Claude hat recht«, sagte Céline und

leckte ihren Löffel ab. »Du hängst einfach an der Haltestelle des Lebens herum und nimmst den Zug, der gerade vorbeikommt…«

Cate schnaubte. »Sehr poetisch, Céline! Und sehr hilfreich«, sagte sie, während sie die Eispackung auskratzte.

»Ich kann nicht fassen, dass ich die Sache zwischen Benoît und Marie-Claude nie mitbekommen habe«, sagte Céline, offensichtlich, um das Thema zu wechseln. »Was hat sich Benoît überhaupt dabei gedacht, mit so einer jämmerlichen Ziege ins Bett zu gehen?«

»Du hast absolut nicht begriffen, worum es geht, Céline! Sie ist *seinetwegen* traurig!«

»Aber *sie* hat ihn doch betrogen!«

»Ja, aber sie hat sich dafür entschuldigt und lang genug gebüßt. Aber Benoît hat sie dreißig Jahre lang zappeln lassen und sie immer in dem Glauben gelassen, dass es noch eine Chance gäbe. *Oh my god,* sie ist einmal untreu gewesen, aber so etwas hat sie nun auch wieder nicht verdient!«

Céline klopfte nachdenklich mit dem Löffel gegen den Deckel. »Vielleicht nicht. Ich hätte wissen müssen, dass er ein Scheißkerl ist. Schließlich ist er ein Mann.«

Cate verdrehte die Augen.

»Aber wie bringt das dich und Jérôme weiter?«, fragte Céline.

»Gar nicht. Die Geschichten kann man nicht vergleichen.«

»So unterschiedlich sind sie nun auch wieder nicht. Wir wollen allerdings hoffen, dass eure Geschichte ein anderes Ende nimmt«, sagte sie nach kurzer Überlegung. »Aber eine Lektion steht noch aus.«

»Welche?«

»Dass das Leben kurz ist. Dass die Menschen einander

vergeben sollen. Dass man auf seine Gefühle hören soll … Such dir eine aus!«

»Okay«, sagte Cate und nickte bedächtig. »Das tue ich.«

Cate ging mit schnellen Schritten. Endlich hatte sie einen klaren Kopf. Und sie wusste, was sie zu tun hatte.

Es schien eine Ewigkeit her zu sein, seit sie damals in Saint Marc aufgeschlagen war: übergewichtig, depressiv und einsam. Das war erst neun Monate her. Nun war Februar, es gab keine Touristen, und selbst wenn es nicht so kalt war wie in London, lag auch hier eine gewisse Kühle in der Luft.

Cate bog in die kleine Gasse mit dem Kopfsteinpflaster, die sie im vergangenen Sommer so lieb gewonnen hatte, da entdeckte sie auch schon Benoît, der gerade dabei war, die Tür des Lokals abzuschließen.

Sonntagnachmittag war das *Jumelles* geschlossen, und Tische und Stühle für den Außenbereich waren zusammengestellt. Als Benoît sie sah, strahlte er.

»Cate!«

Er öffnete die Arme, als sie ihm entgegenlief. Aber sie hielt ihn auf Abstand.

»Was zum Teufel ist los mit dir?«

Er zog ein langes Gesicht. »Was meinst du damit?«

»Ich weiß, wer deine Verlobte war.«

Benoît setzte eine verständige Miene auf. Dann schloss er die Tür wieder auf. »Komm rein.«

Cate schob sich an ihm vorbei und ging im Restaurant auf und ab.

Er setzte sich. »Marie-Claude hat es dir erzählt?«

»Ja.«

»Und du denkst, dass ich ihr vergeben sollte …«

»Es tut ihr leid, Benoît!« Cate wusste zwar nicht warum,

aber sie schrie es heraus. »Und die ganze Sache ist dreißig Jahre her!«

»Du kannst es nicht verstehen …«

»Dann erklär es mir!« Cate wusste, dass sie kein Recht hatte, Benoît zur Rede zu stellen. Es ging sie überhaupt nichts an. Um Himmels willen, sie mochte Marie-Claude nicht einmal. Aber sie hatte etwas begriffen. Was sie einmal für Leidenschaft gehalten hatte – Benoîts Unvermögen zu verzeihen, Célines andauernder Argwohn, Adélaïdes häufige Partnerwahl –, erwies sich nun als pure Unsicherheit. Cate kam sich betrogen vor.

»Cate, wenn ein Mann enttäuscht wurde, kann die Liebe trotzdem weiterbestehen. Das ist der schlimmste aller Fälle. Denn so gern du auch das Rad der Zeit zurückdrehen möchtest, du kannst niemals vergessen, was man dir angetan hat. Was man dir noch einmal antun könnte …«

Cate konnte diese Logik durchaus nachvollziehen. Außer in einem Punkt. »Warum lässt du dann zu, dass sie hier herumhängt und nach dir schmachtet? Und hast du ab und an Sex mit ihr, damit sie scharf auf dich bleibt?«

»Nein, weil ich sie liebe. Ich würde sie ja sogar hier haben wollen, selbst wenn ich niemals mit ihr zusammen sein kann. Aber zuweilen, na ja, gehen die Gefühle mit mir durch … und ich kann nicht an mich halten.« Benoît zuckte hilflos mit den Achseln.

»Und genau das ist das Problem mit euch verdammten Franzosen!«, rief Cate und verpasste einem der Thonet-Stühle einen so kräftigen Fußtritt, dass er auf den Fußboden krachte. »Ihr glaubt, eure Leidenschaft ist an allem schuld und auch der Grund dafür, für nichts Verantwortung übernehmen zu müssen!«

»Cate, warte! Hör mir zu«, rief Benoît, doch Cate war schon auf dem Weg zur Tür.

»Nein, jetzt hörst du *mir* mal gut zu!« Sie machte auf dem Absatz kehrt und kam mit einem Finger seinem Gesicht verdammt nahe. »Benoît, Marie-Claudes Untreue ist Ewigkeiten her! Aber du machst ihr seit dreißig Jahren Hoffnungen und betrügst sie dadurch noch viel schlimmer, als sie es jemals getan hat. Du hast das Leben dieser Frau auf dem Gewissen!« Cate ließ ihren Arm sinken, mit dem sie wild herumgefuchtelt hatte, um ihren Worten Nachdruck zu verleihen.

»Allein *du* bist derjenige, der jetzt um Verzeihung bitten muss!«

31. Kapitel

»Ein Witz besagt, dass dein Hammer immer
Nägel finden wird, auf die er schlagen kann.
Ich finde das absolut nachvollziehbar.«
Benoît Mandelbrot

»Stehen Sie auf der Gästeliste?«, fragte der Mann vom Sicherheitsdienst, der vor Kraft nur so strotzte.

»Ich bezweifele es.« Cate verzichtete darauf, auf sein Clipboard zu linsen. »Aber ich bin eine Freundin von einem der Künstler.« Vor der Münchner Galerie prasselte der Regen auf sie nieder, und Cate fragte sich, ob das überhaupt stimmte. Jérôme würde sie wohl kaum als »Freundin« bezeichnen. Als »eiskalte Zicke« vielleicht, aber »Freundin«? Seit jenem Telefonat in London hatten sie und Jérôme nie wieder Kontakt miteinander gehabt.

»Dann kann ich Ihnen nicht weiterhelfen.« Der Mann besaß nicht einmal die Höflichkeit, eine entschuldigende Miene aufzusetzen. Er sah schon längst über Cates Schulter hinweg zu der nächsten Gruppe wartender Besucher. Cate trat zur Seite, damit sie hineingehen konnten.

Unter ein Vordach geduckt, wollte Cate gerade Céline anrufen und sie bitten, ihre Beziehungen spielen zu lassen, als sie bemerkte, dass ein zweiter Mann vom Sicherheitsdienst erschienen war und sie mit einem äußerst sonderbaren Blick bedachte. Als sie in ihrer Handtasche nach ihrem Taschenspiegel kramte, um ihre Zähne auf Speisereste zu kontrollieren, schob er das rote Absperrseil zur Seite und bedeutete ihr näher zu treten. »Bitte, kommen Sie herein.«

Cate hatte keinen blassen Schimmer, was der Grund dafür war, es war ihr aber auch egal; sie ging schnell hinein, bevor er seine Meinung änderte.

In der Galerie sah sie sich nach allen Seiten um. Sie hatte die Größe der Ausstellung unterschätzt, konnte weder Jérôme noch seine Werke auf Anhieb entdecken. Sie stand kurz davor, einen Abzählvers aufzusagen, um sich für eine Richtung zu entscheiden, als sie ihren Namen hörte.

»Cate!«

Als sie sich umdrehte, glaubte sie, ihren Augen nicht trauen zu können. »Adélaïde? Was zum Teufel machst du denn hier?«

»Jérôme hat uns eingeladen«, erklärte Adélaïde, als wäre es das Normalste auf der Welt. Das »uns« bezog sich auf den gut gekleideten Mann zu ihrer Rechten, in dem Cate den Mann aus der Zeitung wiedererkannte. Es war Laurent, der Politiker. Und auch der Mann von damals in der Gasse vor dem *Jumelles*. Die Erinnerung daran trieb Cate Schamröte ins Gesicht.

»Er hat auch Céline eingeladen, aber sie hat die Einladung aus Solidarität mit dir ausgeschlagen.« Adélaïde lächelte kurz ihren Begleiter an. »Und, was machst du hier?«

Cate zuckte die Schultern. »Keine Ahnung.«

»Hast du Jérôme gesehen?«

»Nein«, sagte Cate und sah sich suchend um. »Und ihr?«

Adélaïde zog eine Zigarette aus ihrer Handtasche und zündete sie an, ungeachtet des Schildes mit der Aufschrift

Rauchen verboten. Da erst fiel Cate der Klunker an ihrem Finger auf. »Er war vorhin da, musste dann aber zur Pressekonferenz. Danach soll er noch einen Vortrag vor internationalen Kunststudenten im Hörsaal 3a halten.«

Cate wusste nicht, ob sie sich zuerst nach dem Diamanten oder nach Jérôme erkundigen sollte. Sie befand, dass eine kurze persönliche Nachfrage niemanden verletzen konnte. Sie streckte Laurent ihre Hand hin. »Hallo, ich bin Cate. Wir sind uns schon mal kurz in Saint Marc begegnet. Wie war Ihr Name noch?«

»Laurent«, stellte sich Adélaïdes Begleiter mit einem gewinnenden Lächeln vor. »Laurent Guillaume.«

»Schön, Sie kennenzulernen«, sagte Cate und freute sich für Adélaïde. »Und, herzlichen Glückwunsch!«

Beide strahlten, und Cate kehrte mit ihren Gedanken wieder zu Jérôme zurück. »Ich schaue mir jetzt mal seine Ausstellung an«, sagte sie zu Adélaïde. »Wo ist sie denn?«

Adélaïde wirkte überrascht. »Du hast sie noch nicht gesehen?«

»Nein.«

Cate ging im Kopf alle schrecklichen Möglichkeiten durch. Hatte Jérôme etwa beschlossen, die Nacktaufnahmen von ihr im Garten zu präsentieren? Oder hatte er sie aus einem falschen Winkel aufgenommen, so dass sie aussah, als hätte sie ein Sechsfachkinn? Oder hatte er entschieden, keines der Fotos mit ihr zu verwenden und stattdessen Aufnahmen von einer anderen Frau auszustellen, vielleicht von seiner neuen Freundin?

»Warum?«

»Sie ist direkt hinter dir!«

Cate drehte sich um, nahm das Bild aber nicht sogleich wahr. Da war tatsächlich ein überdimensionales Werk – ihre Augen zuckten, als sie es erfasste –, eine gewaltige

Fotografie, die die gesamte Wand einnahm. Und zwar von ihrem Gesicht. Fassungslos starrte sie darauf. Es war keine der Aufnahmen, die sie in der Dunkelkammer entdeckt hatte. Tatsächlich konnte sie sich überhaupt nicht daran erinnern. Cate ging näher und versuchte es zu begreifen, doch je dichter sie herankam, umso weniger erschloss sich ihr das Bild. Als sie schließlich nur noch einen Schritt davon entfernt stand, war ihr Abbild in Millionen abstrakte Einzelteile zerfallen. Sie staunte mit offenem Mund. Es war keine Fotografie.

Es war ein riesiges Bild, das wie durch Zauberei entstanden war, indem Jérôme Tausende Aufnahmen nach Helligkeit und Farbtönen arrangiert hatte. Doch nicht nur das Werk als Ganzes war, objektiv betrachtet, überwältigend. Jede Einzelaufnahme – egal ob winzig oder riesig – war ein wahres Meisterwerk. Es war kaum zu glauben, dass sie die Inspiration für so ein Kunstwerk gewesen sein sollte. Cate fühlte das große Bedürfnis, Jérôme zu finden. Und zwar jetzt. Sofort.

Sie ging zu einer Frau, die nach Dienstpersonal aussah, da sie das Umhängeband des Veranstalters trug. Cate fragte sie nach dem Hörsaal, doch leider konnte sie ihr nicht weiterhelfen.

Cate stellte sich auf Zehenspitzen und hielt nach einem Hinweis Ausschau. Da! Sie hatte einen Wegweiser für den Saal 3a entdeckt und sprintete Haken schlagend durch den vollen Raum, bis sie endlich vor einer Flügeltür mit silbernen Klinken stand, die sie mit einer dramatischen Geste aufstieß. Zweihundert beflissene Kunststudenten starrten sie erwartungsvoll an.

»*Shit*…« Cate sah entsetzt in den Hörsaal. »Entschuldigung, ich habe gedacht, das sei der Hintereingang…«

»Engländerin?«

Cate erstarrte. Viele Monate waren verstrichen, seit sie die Stimme zuletzt gehört hatte. Mit pochendem Herzen drehte Cate ihren Kopf. Jérôme stand nur eine Armlänge von ihr entfernt an einem altertümlichen Overheadprojektor. Er zog die Augenbrauen hoch. »Was machst du denn hier?«

»Hm, ich … Ich habe dich gesucht.«

Jérôme machte eine Geste Richtung Studenten, die sie neugierig beobachteten. »Ich halte gerade einen Vortrag.«

»Ja, natürlich, *sorry* …« Sie zog sich zurück und griff zur Klinke, die ein quietschendes Geräusch von sich gab. Da begriff Cate, dass Jérôme sie nicht aufhielt. Sie drehte sich wieder um.

»Nein.«

Jérôme sah sie fragend an. »Nein?«

»Nein, ich gehe nicht. Ich habe etwas zu sagen.«

Jérômes Gesichtsausdruck war beherrscht. Aufmunternd nickte er ihr zu. »Sprich weiter.«

Da erst wurde Cate gewahr, dass sie gar nicht wusste, was sie sagen wollte, und ein Hörsaal voller abwartender Kunststudenten vor ihr saß. Eine Hitzewelle stieg in ihrem Nacken auf.

»Also … Ich habe wirklich ein Scheißjahr hinter mir«, begann sie schließlich und fragte sich selbst, worauf sie eigentlich hinauswollte. »Mein Ehemann ist gestorben, nachdem er ein Jahr im Koma gelegen hatte. Ich habe mich mit meiner besten Freundin zerstritten. Meine großartige Assistentin ist in Mutterschutz gegangen. Meine Mitbewohnerin hat mich schamlos ausgenutzt. Und trotzdem …«, Cate deutete bei diesen Worten mit dem Daumen hinter sich, »… sehe ich auf den Aufnahmen glücklich aus. Können Sie sich denken, warum?«

Das sollte eine rhetorische Frage sein, doch drei oder

vier Hände gingen in die Höhe. Bevor Cate weitersprechen konnte, rief Jérôme eine junge Frau mit dunkler Nerd-Brille in der zweiten Reihe auf. »Ja, Sie bitte«, sagte er.

Cate klappte die Kinnlade nach unten.

»Ich bin Frouke aus den Niederlanden«, stellte sich die Studentin vor und sah zu Cate. »Weil Sie den Schein wahren? Das ist doch bei Briten so üblich, oder?«

Cate verspürte merkwürdigerweise das Bedürfnis zu lachen. »Hm, nein. Nein, das nicht. Es ist weil …«

Bevor Cate weitersprechen konnte, zeigte Jérôme auf einen anderen Studenten, einen großen Mann im roten Pullover. Cate starrte Jérôme an, sie fragte sich, was zum Teufel er da veranstaltete, aber er wich ihrem Blick aus.

»Ich bin Klaus aus München. Ist es vielleicht, weil die Franzosen besonders witzig sind?«

Cate hielt die Arme vor der Brust verschränkt und musste sich kneifen, um sicherzugehen, dass dies kein Traum war. Das war alles zu bizarr. »Nein, Klaus, das trifft es nicht. Obwohl manche Franzosen wirklich witzig sind.«

Sie sah mit erhobenen Augenbrauen zu Jérôme und wartete, ob er noch jemanden aufrief. Ganz offensichtlich wollte er sie auf die Folter spannen, und sie wusste, dass sie es auch verdient hatte. Als sich ihre Blicke endlich trafen, bemerkte sie, dass sein Gesichtsausdruck milder geworden war.

»Möchtest du noch eine Stimme hören, Cate?«

Sie zuckte mit den Achseln. »Ja, warum nicht.«

Es gab noch ein paar Handzeichen, und Jérôme deutete auf eine Studentin in der allerletzten Reihe.

»Ich bin Elizabeth, ich komme aus London.«

Cate kam sich langsam vor, als wäre sie bei einem Meeting der Anonymen Alkoholiker.

»Weil Sie sich verliebt haben?«

Rund vierhundert Augen beobachteten Cate, als sie über ihre Antwort nachdachte. Sie atmete tief ein und wieder aus, schluckte und wiederholte dann die Prozedur.

»Ja«, sagte sie schließlich. »Genau deshalb bin ich glücklich gewesen. Trotz allem, was passiert war, ist es mir gelungen, mich zu verlieben.« Cates Blick war starr. »Aber alles ist schiefgegangen. Ich war unehrlich. Und aufgrund all dieser Umstände war ich nicht wirklich frei für ihn.« Sie sah zu Jérôme, dann sprach sie mit dünner Stimme weiter. »Aber jetzt bin ich es. Und ich hoffe, dass er mir noch eine zweite Chance gibt.«

Sie senkte sekundenlang den Blick, doch da Jérôme nicht reagierte, sah sie wieder hoch. Das Herz blieb ihr beinahe stehen. Das Gesicht, in das sie blickte, zeigte nicht gerade den Ausdruck eines Menschen, der soeben eine gute Nachricht erhalten und die große Liebe seines Lebens wiedergefunden hatte. Anscheinend gab es da etwas, wovon sie nichts wusste. Vielleicht doch eine andere Frau? Oder eben zu viele Verletzungen, die nicht vergessen werden konnten. Cate machte sich auf seine Ablehnung gefasst, und ein heftiger Schauder durchfuhr sie.

Jérôme ging ein paar Schritte auf sie zu. Er sprach leise, obwohl er noch immer mit dem Knopflochmikrofon verbunden war. »Soll das heißen, es ist eine Entscheidung zwischen mir und ihm gewesen? Das ist keine richtige Entscheidung, denn er ist gestorben, und ich bin noch da.«

Cate nahm seine Hand. »Ich bin jetzt absolut ehrlich zu dir, Jérôme, denn ich werde dich nie wieder belügen. Graham war mein Ehemann. Und wenn er noch leben würde, ja, dann würde ich mich für ihn entscheiden. Wir haben uns versprochen, unser Leben gemeinsam zu verbringen.« Sie seufzte. »Aber sein Leben ist vorbei. Im Grunde genommen seit eineinhalb Jahren. Es geht nicht um eine

Entscheidung zwischen dir und ihm. Es geht um die Entscheidung zwischen dir und jedem anderen Mann auf dieser Erde. Und du bist meine erste Wahl.«

Cate wartete hilflos Jérômes Reaktion ab und versuchte, seine Miene nach einem Indiz zu erforschen. Am liebsten hätte sie gebettelt, gefleht, geweint und verlangt, dass er ihrer Beziehung noch eine Chance gab. Das wäre wahrscheinlich die übliche französische Art, aber Cate wusste es besser. Sie wusste, sie konnte die Rückkehr in sein Leben nicht erzwingen; er musste letztlich die Entscheidung selbst treffen. Und sie musste abwarten.

Cate war sich durchaus bewusst, dass sie nicht allein waren und Publikum hatten, aber es kümmerte sie nicht. Nichts besaß noch irgendeine Bedeutung, nur noch Jérôme und seine Entscheidung. Selbst wenn er nun die ganze Sache vor all diesen Studenten beendete, wäre diese Schmach immer noch nichts im Vergleich dazu, überhaupt von ihm abgewiesen zu werden.

Schließlich öffnete Jérôme den Mund. »Du bist auch meine erste Wahl, Cate.«

Cate war so in dem Augenblick gefangen, dass sie nicht einmal bemerkte, wie er auf sie zuging und sie umarmte. Als sich ihre Lippen trafen, schloss Cate ohne nachzudenken die Augen, und ihr Körper verschmolz mit seinem. Es existierte nichts mehr um sie herum, kein Hörsaal mit all den Studenten und auch nicht die Menschenmenge in der Galerie vor der Tür. Es zählten nur sie beide.

Die Studenten lächelten verlegen über die unerwartete Wendung. Einige verfolgten ungeniert die Liebesszene, andere wandten sich diskret ab, um dem Paar eine gewisse Privatsphäre zu gewähren. Nach einigen Minuten war klar, dass die Vorlesung vorüber war. Klaus nutzte die Gunst der Stunde und verschaffte sich Ruhe.

»Entschuldigt bitte«, sagte er und räusperte sich. »Ich würde gern die Gelegenheit nutzen, um auf gewisse Qualitäten der Deutschen zu sprechen zu kommen, wenn es ums Thema Liebe geht …«, blaffte er und zwinkerte einer hübschen Studentin zu. Gelächter ertönte, und binnen Minuten hatte sich der Saal geleert.

»Weißt du«, sagte Jérôme, als sie schließlich voneinander ließen und sich ein verhaltenes Lächeln auf seinem ebenmäßigen Gesicht zeigte. »Ich könnte genauso gut in London wie in Paris arbeiten. Ein Umzug könnte sogar für meine Karriere günstig sein …«

Cate freute sich, doch sie schüttelte vehement den Kopf. »Nein, Jérôme.«

Sein Lächeln verschwand. »Nein?«

»Ich ziehe nach Saint Marc.«

Jérôme sah sie überrascht an.

»Ich möchte dich aber noch um einen Gefallen bitten«, fügte sie schnell an. »Benoîts Freund ist wieder auf seine Jacht zurückgekehrt, also suche ich eine Unterkunft …«

»Ich wüsste da etwas«, sagte Jérôme und nahm sie fest in seine Arme.

Epilog

Ein Jahr später

»Cate, du fette Kuh, geh sofort von meinem Fuß runter!«

»Céline«, Cate trat entnervt einen Schritt von ihr weg, »wenn wir so herumschreien, brauchen wir uns nicht hier zu verstecken, um unsere Männer auszuspionieren.«

Céline schnaubte und rieb sich die gequetschten Zehen. »Was für eine Verleichterung!«

Cate verdrehte die Augen, verbesserte ihre Freundin aber nicht. Es war Freitagabend, und Adam und Jérôme spielten im Salon Karten, und wie so manches Mal hockten sie und Céline mit Nachtsichtferngläsern im Gebüsch. Céline bestand darauf, dass sie nicht abstumpften, nur weil sie nun verheiratete Frauen waren.

Inzwischen war daraus ein Ritual geworden: Céline und Adam kamen getrennt, und Cate erfand irgendeine Ausrede, um in die Stadt zu fahren, und traf sich aber mit Céline vor Cates und Jérômes Villa. Manchmal blieben sie dort im Gebüsch, manchmal fuhren sie auch ins *Jumelles*, um mit Benoît etwas zu trinken. Für Cate waren diese Abende eine Gelegenheit, Zeit mit Céline allein zu verbringen, also beschwerte sie sich nicht zu laut.

Natürlich verbrachten sie viel gemeinsame Zeit in der kreativen Schaltzentrale von *Le Placard d'Adélaïde*. Aber dort waren die beiden nicht unter sich: Ella de Roux arbeitete nun Vollzeit für ihr Label, und zudem beschäftigten sie noch einen Marketingassistenten sowie zwei Repräsentanten. Bei all dem Treiben im Büro sprachen Cate und Céline meist nur über Geschäftliches. Ob in der Hecke oder am Tresen – es war einfach schön, mal über andere Dinge zu plaudern.

Cate und Jérôme hatten ein halbes Jahr zuvor im kleinen Rahmen standesamtlich in Paris geheiratet, mit anschließendem Abendessen in einem hübschen Restaurant. Eric hatte als Brautführer gedient und die Braut dem Bräutigam übergeben; Cate trug für den Anlass ein Unikat von *Le Placard d'Adélaïde*, das aus der Patchworkspitze geschneidert war, die Cate selbst kreiert hatte.

Adam hielt am selben Abend um Célines Hand an, vor allen Gästen, was Céline jedoch verdächtig vorkam, weshalb sie sofort einen Privatdetektiv engagierte, um zu erforschen, was er eigentlich im Schilde führte. Als sich herausstellte, dass er eine reine Weste hatte, heirateten sie in einer mondänen Feier an der Côte d'Azur. Was wiederum ein genialer Schachzug für das Label war, da alle französischen Klatschzeitschriften über das gesellschaftliche Ereignis berichteten.

Eines Tages lag unverhofft eine Karte in der Post, mit einem Foto, das Benoît und Marie-Claude vor dem Traualtar zeigte. Die beiden hatten still und heimlich geheiratet und unternahmen nun ausgedehnte Flitterwochen. Es war Nebensaison, also hatten sie entschieden, das *Jumelles* für sechs Wochen zu schließen. Auf der Karte stand: »Nun kann ich für den Rest unseres Lebens um Verzeihung bitten. Benoît« Zuweilen war es um die Leidenschaft der Franzosen doch nicht so übel bestellt, fand Cate.

»Ich gehe jetzt rein«, sagte Cate. »Ich muss mal.«

»Nein, dann erfahren sie ja, dass wir hier sind.«

»Sie wissen doch längst, wo wir stecken, Céline. Sie

haben uns doch schon vor einer Viertelstunde zugerufen, ob wir Käse wollen.«

Wie aufs Stichwort öffnete Jérôme die Glastüre, und die beiden Männer kamen in den Garten. »Ich vermisse Cate wirklich, wenn sie nicht da ist«, sagte Jérôme laut und deutlich. »Ich hoffe, sie ist nicht mit irgendeinem Perversen aus Avignon durchgebrannt. Du weißt ja, diese französischen Männer sind alle gleich.«

»Ja, französische Männer sind wirklich die schlimmsten«, pflichtete Adam ihm bei. »Ich bin auch ernsthaft besorgt. Céline hat jeden Freitagabend zu tun, und ich denke, dass sie womöglich eine Affäre hat. In ihrem Portemonnaie habe ich die Visitenkarte von einem Mann mit Namen Thibault gefunden. Angeblich ist er Schneider. Aber woher soll ich das wissen? Ich glaube, ich muss ihn mal aufsuchen und so lange foltern, bis er zugibt, dass er mit meiner Frau geschlafen hat.«

Céline stürmte aus dem Gebüsch. »Nein«, rief sie, »bitte nicht! Tu Thibault nichts an, *chéri*! Er ist ein guter Schneider und verlangt nicht viel für seine Arbeit. Ich habe keine Affäre, siehst du? Ich bin doch hier.«

Als das Quartett wieder vereint zum Haus zurückschlenderte, schlang Jérôme einen Arm um Cates wachsende Taille und drückte sie.

»Kannst du mir bitte etwas versprechen?« Er sah sie ernst an.

»Natürlich«, sagte Cate und bewunderte wieder einmal seine ebenmäßigen Gesichtszüge.

»Bitte erzähl Céline nicht, dass wir einen Jungen bekommen. Ich habe sonst noch Alpträume, dass sie, wenn es so weit ist, mit einem Messer in den Kreißsaal eindringt und ihn kastriert, nur weil er ein französischer Mann wird.«

Cate lächelte. »Versprochen. Aber früher oder später wird sie es sowieso herausfinden.«

Jérôme reagierte mit gespieltem Entsetzen, und Cate lachte, als sie das hell erleuchtete Haus betraten.